日本近世小説における挿絵の効力

王学鵬 著

◉目　次

まえがき

近世期は挿絵が成長して独自の発展を大きく遂げた時期である。近世初頭に印刷文化が発生して、『伊勢物語』などの古典文学も上梓される。はじめは限られたグループ内の配り本に止まっていたが、やがて商品化されると挿絵を伴うに至った。ということは、挿絵は読者にとって魅力ある存在であり、制作者側からは商品価値を高めるためのセールスポイントでもあった。それ以前の時代は本文と挿絵を各々別工程で作成せねばならず、挿絵の発達も限定的であった。しかし整版の時代になると、本文と挿絵が板木の中に一緒に組み込むことが可能となり、挿絵を伴う小説は成長の一途を辿った。

従って挿絵に関する考察も、水谷不倒氏の『古版小説挿画史』（大岡山書店、昭和10年）に代表される如く、長い年月を経て行われてきた。それは作者や画工を中心とする視点で行われたものが多い。ジャンルとしての研究は鈴木重三氏の『絵本と浮世絵』（美術出版社、昭和54年）の如く、草双紙を中心とするものが主であった。

そのような先行研究を踏まえて本稿ではジャンルを跨いで、対読者的な視点から挿絵を分析しようとするものである。扱い得る作品は限定的ではあるが、浮世草子の三作品、赤本の一作品、滑稽本の一作品を選んで、作者と読者が挿絵という媒介のもとで如何なる繋がりを持っていたかを考察する。

第一章では、浮世草子における挿絵の変遷を踏まえつつ、先ず井原西鶴の『万の文反故』から一つの挿絵を取り出して読解を試みる。続いて八文字屋本の二作品、『けいせい色三味線』と『世間娘気質』を選び、挿絵における書き入れと画面分割の発生に注目しつつ、その効果について対読者的な視点から論じることにする。更に草双紙との接近性にも言及する。

第二章では、『世間娘気質』と同じ頃に江戸で刊行された草双紙の一つである赤本『桃太郎昔語』（西村重信画）を採り上げる。浮世草子とは異なるジャンルではあるが同時期の刊行であることと、また上方小説の浮世草子に対する江戸絵本の特質という視点から分析を試みる。併せて赤本の対象読者は子供としてよいかという点についても言及する。

第三章では、幕末の滑稽本である『滑稽富士詣』について挿絵を中心に考察する。同作は他の滑稽本には見出し得ない特徴があった。それは挿絵の多用と、その書き入れの豊かさである。作者である仮名垣魯文の意図は何であったのか。初編から六編までの挿絵を読み解きながら、魯文の対読者という戦略を探ってみたい。なお、六編までとしたのは富士詣でが終了して、追加の内容である箱根と横浜までの旅行記へと変更され、五編・六編あたりからその後の創作方針が確立した故、ひとまずの考察を六編までとした次第である。

本書では、挿絵小説の本流である合巻には考察が及んでいない。従って搦め手からの内容分析という物足りなさは自覚している。しかしながら周辺領域だからこそ見えてくる要素もあると思われる。はたして本書で扱った挿絵は何を語っているのであろうか。

第一章

浮世草子における挿絵について
——『世間娘気質』を中心に——

はじめに

浮世草子の挿絵について、とりわけその変遷について論じているものは少ない。神谷勝広氏は、「浮世草子の挿絵—挿絵の変遷と問題点—」(『近世文芸』50巻、平成元年6月)において天和から明和まで五期に分けて概観している。以下、同氏の指摘を確認しておきたい。

第一期(天和二年~元禄十三年)の挿絵は「一画面に一場面しか入れない…そして言葉のないもの」とする。第二期(元禄十四年~正徳五年)は、絵入狂言本の影響を受けて「一画面に二場面、三場面と複数場面を入れ…画面に言葉が入」るとし、これを「八文字屋本様式」と呼び、自笑と其磧の確執がこの様式を普及させたとする。第三期(享保元年~元文三年)は、八文字屋以外にもこの様式が普及した時期とし、西沢一風を例に挙げて享保三年以降八文字屋本様式に落ち着くと指摘する。第四期(元文四年~明和二年)では、「一画面に四場面、五場面という多くの場面を入れる挿絵を持つ作品」に注目し、「部分的ではあるが、話の展開を挿絵の中でも示している」とする。第五期(明和三年~天明三年)の挿絵は初期の様式に回帰するとし、読本の影響も指摘している。

氏の指摘した、筋を語る挿絵で想起されるのが草双紙である。実際、神谷氏も注にて、鈴木重三氏の「八文字屋本あたりから…異時同図描方が導入され、多用されて、絵が筋を語る効果を見せてくる」（『近世子どもの絵本集　江戸篇』解説、昭和60年、岩波書店）という指摘を引用している。しかし草双紙との関連は直接には言及していない。

本章は筋を語る挿絵という視点から、以下の諸点について考察する。

一　第一期にはこのような挿絵が皆無なのか。
二　筋を語る挿絵が顕著化するのは、いずれの時期に求めるべきか。
三　八文字屋本様式と草双紙とを繫ぐものはないのか。

第一節　西鶴本の挿絵について

ここでは、第一期の挿絵について、西鶴の作品から一例を挙げ、ささやかな考察を行ってみたい。西鶴の挿絵には絵に対する書き入れは、神谷氏の指摘した如くほぼ入っていない。登場人物の名前を添える場合もあるが、それはごく少数である。台詞に至っては皆無であった。西鶴の作品において、読者は本文を読みつつ、その流れの中で挿絵と遭遇する。挿絵が本文のある場面における具体的なイメージを浮かべる手助けを果たすという役割になっている。本文を読んでからではないと挿絵が理解できない場合も多く、単に挿絵を見るだけでは一定量以上の筋を予測することは勿論不可能であろう。但し単なる一場面に過ぎないかというと必ずしも単純ではなさそうである。

一例として、『万の文反古』巻三―三「代筆は浮世の闇」を挙げたい。図一の挿絵を見てみよう。草庵にいた出家人らしい者が、飛び込んできた烏に両目をえぐり取られている場面であった。三羽の烏のうち、右の烏は出家人に接近して来る。真中にいる烏は左目を突いている。右目からは血が噴き出しており、既に突かれたことが判る。左の烏は目玉を咥えて飛び去ろうとしている。草庵の横には幽霊が

図一

立っており、その頭に三角の白紙をつけ、経帷子を身につけている。目をえぐり取られた出家人の苦しむ有様を幽霊がじっと見つめ、不気味な雰囲気を伝えている。右面には、池があり、もっと奥の方に寺院の屋根が見える。人里離れた場所であろうことが窺える。何故、出家人らしい者が苦しまねばならぬのかは一切判然としない。

この一編の梗概を念のため紹介しておく。

主人公は酒屋商売をしながら紙店を商ってい た。ある日、大名の買物使いらしい侍が中奉書を買いに来た。商品を得て、お金も支払い、その侍は帰ろうとしたところ、芝居の話しをしているうちに、財布を置き忘れて行ってしまった。主人公がその財布を手に持ってみると、ずっしりと重く、次第に欲心が起こり、財布を我が物とした。その侍が戻ってき、主人公に財布を返すよう求めた。しかし、主人公はとぼける。その侍は怒りを隠し、歯を食い縛りながら、ここに大金を置き忘れたこと、それは主人の金であること、そしてお金を返してもらわないと、武士の面目が立たないことなど述べて、武士でありながら町人（主人公を指す）に頭を下げた。それでも主人公は気強くしらを切った。侍は施すべき手段もなく帰り、暫く経ってから再び戻り、その手に一羽の烏を生きたままで持っている。主人公に向かい、おまえの最期はどうなるか見ておけと言うや否や、烏の両目を掘り出し、主人公に投げつけて帰った。それから、四、五日も経って、その侍は黒谷の奥で切腹した。

この噂が人々に知られ、周りとの付き合いがだんだん絶えた。主人公はそこにいるにもいられず、家財を売り払い、山に庵を構え、黒衣をまとって、身を懲らしめるために住みついた。それから自分に「自心」という名前をつけた。ある夜に、盗賊が家に押し入り、「自心」は一生の蓄えを全部取られ、鉢坊主になって、ぎりぎりの生活を送った。

この世に生きている甲斐もなく、死のうと思って、池の水の深いところを探した時に、いつかの侍が現れて「自心」に取り付き、恨みを晴らすべくお前の恥を生きながら曝させてやると言い、入水を許さない。以後何度も死のうと図ったが、自分の意のままに死ぬことができなかった。

ある夕方、塒に烏の声が寂しく聞こえ、たちまち飛び込んできた烏に両眼をえぐり取られて、盲目になってしまった。こうして「自心」は後悔の念を抱きながら生き続けた。

以上の梗概を踏まえつつ、この挿絵をもう一度見てみると、挿絵からだけでは明らかにならなかった内容が読み取れる。この挿絵は、主人公が欲心ゆえに客であった武士の財貨を己にし、その武士を切腹させ、後程出家していた草庵に飛び込んできた烏に両眼をえぐり取られている場面を描いていた。その自殺した武士は幽霊と化し、主人公の傍に杖をついてその苦しむ様子をじっと見つめているのであった。運命の予告が実現し、武士も恨みを晴らした。因果応報の教えに基づき、道理に合わぬことをすると罰は逃れ難いという戒めを描いており、恐怖心を喚起する絵組みとして提示している。

場面としては作品中のクライマックスであり、その臨場感を伝えるのに与っている。但し、何故、この黒衣が仕置きを受けねばならぬか、しかも烏によってなされねばならぬのかは、挿絵に拠る限り推測することは不可能であろう。

しかし、この挿絵には興味深い点がある。それは、原文に記載されていた烏の数と挿絵に描かれている烏の数が一致しないことである。侍が運命の予告をした時に、本文には「一時ばかりも過ぎて、又かの侍、烏を一羽生きながら持ちきたり」（本文引用及び挿絵は日本古典文学全集『井原西鶴集』（３）に拠る。以下同様）と書いてあった。ここでは、烏は一羽であることが判かる。一方、本文では自心の目がえぐり取られていた時、烏の数は三羽であるとは必ずしも記載されていない。ただ「暮方のとまり烏、声淋しく聞えしが、たちまち我が宿に飛入ると見しが」とのみ書かれる。何羽か明確にはされてはいないが、一羽のみという印象を受ける。

それでは、何故挿絵にわざわざ三羽の烏が描かれているのか。作者と絵師との意思疎通が上手く行かなかったのであろうか。しかし、絵師が勝手に三羽にしてしまうとは考え難い。この問題を解明するため、当時の作画技法を用いて考えてみよう。当時は、挿絵を作るには費用が掛かるので、できるだけ少ない数で最大の効果を出すという工夫がなされた。そのひとつが異時同図法である。一面の挿絵に異なる時間帯に起きた事柄を入れる技法である。この挿絵には三羽の烏が描かれているが、同じ一羽の烏のことのみを描いていると考えたらどうか。現在、動画という技法を用いればスローモーション分割すると複数に見える。右の烏は自心に向かう所を示す。目前に迫ってきた烏を見て、自心が恐怖を感じている。中央の烏は、その次の場面を示している。あっと言う間に左目をえぐり取り、血が出るや否や右目も同じように突いている。左側の烏は仕置きを済ませ、目玉を戦利品のように咥えながら何事もなかったように飛び去る所を示す。傍で嘲笑うように見つめていた侍は自心の悲惨な結末を楽しむように立っている。その復讐心の激しさが感じられる。三羽の烏は一羽の烏を時を追って描いたもので、自心の刻々と迫る恐怖、目をえぐられる苦しみ、そして報いの辛さを象徴する。侍はその瞬間、瞬間を冷徹に見つめ続けている。このように、二人の登場人物の心理を烏三羽によって伝えようとする。一羽の烏を三分割によって描くと、自心を一層苦しめていることが表現でき、それは、侍の幽霊が望む復讐心に合致しているのである。こう考えると、本文に書いてある烏の数と挿絵に描かれている烏の数とは矛盾しないと思われる。一場面のみ伝える挿絵ではあるが、異時同図の如きものも駆使しながら読者の想像を様々に掻き立てる工夫がなされているのである。

第二節　『けいせい色三味線』と『世間娘気質』の挿絵を巡って

その一　両作の文字情報について

前節でも確認した如く、西鶴本の挿絵には基本的には文字情報が存在しない。しかし、神谷氏も指摘する如く、第二期になると八文字屋本様式の挿絵が登場する。例えば八文字屋本の『けいせい色三味線』（以下『色三味線』と称す）の挿絵を見ると、挿絵中の書き入れが豊かになり、加えて台詞まで伴うものも登場する。『色三味線』の中には、合計三十四点の挿絵があった。このうちで説明文のみを伴う挿絵は十四点見出せる。台詞のある挿絵は説明文を伴うものを含めて二十点あり、全挿絵に占める比率は約五十八・八％であった。以上の如く、全ての挿絵には文字情報が入っているのである。そして台詞を伴う挿絵の方が、説明文のみのものよりやや点数が多いという状況である。一方、全ての挿絵に伴う文字情報は百十一点を数えることができ、台詞と説明文との数は、それぞれ三十八と七十三であった。台詞の占める比率は約三十四・二％であった（後掲の表一）。従って約二対一の割合で説明文の方が多くを占めている。挿絵に伴う説明文は既に漢籍にも確認でき、仮名草子の作にも見出し得る。その流れを承けているものの、三分の一の挿絵に台詞が伴うという点は注意を要するであろう。新機軸の一つとして、台詞付き挿絵が台頭しつつあったのである。この試みは好評であったか否か。後発の『世間娘気質』（以下『娘気質』と称す）について、続いて集計を示しておこう。
『娘気質』については、合計十三点の挿絵があった。こちらは全ての挿絵に台詞が伴っている。挿絵にある台詞と説明文との配当数は、それぞれ百九と十七であった。台詞の占める比率は八十六・五％となる（後掲の表二）。前掲『色三味線』では、三割五分にも満たなかった台詞が、『娘気質』では八割六分を超える占有率となる。従って挿絵に台詞を伴わせるという手法が、『色三味線』よりも重んじられており、それは読者の嗜好に叶っていたことを意味していよう。

ここで『色三味線』の方が合計で三十四点の挿絵を持ち、『娘気質』の方は十三点しか掲載されないのは、挿絵の重要度が低下しているためであるという推定は成り立たない。前者は五巻構成で、その中には二十四の短編があった。後者は六巻ながら、短編は十六にとどまっている。前者は短編の数が多く、なおかつ一編に複数の挿絵を配する場合もある。後者は全ての編に挿絵を伴っているわけではない。後述の江島屋独立に伴う運転資金等の問題もあり、挿絵の製作費を抑制したものと思われる。

挿絵の数は『娘気質』の方が少ないことを確認したが、文字情報の方はどうであったかを今一度検討しなければならない。『色三味線』は台詞と説明文の合計数が百十一点、『娘気質』は百二十六点であった。後者は前者の三割八分にしか及ばない挿絵数でありながら、文字情報は凌駕している。『娘気質』は圧倒的に文字情報が多く、しかも殆どが台詞によって占められているのである。

これを踏まえて両作の挿絵の構成について考えてみよう。『色三味線』の挿絵は余白が多く、簡潔な説明文を伴う場合多い。これは本文が主体として提示され、挿絵は本文の理解を助けるという副次的な存在であることを意味していよう。これに対して『娘気質』の方は、文字情報が多く余白も少ない。神谷氏も指摘するように、一つの挿絵を幾つかの画面に区切って複数の場面を伝えている。区切られた各画面には、台詞が多く配当されるとともに、必要に応じて説明文も添えられる。挿絵だけ眺めても、その一編の筋が予想出来るかの如くである。もしそうだとすれば、本文と挿絵の関係は主と従ではあるまい。本文に先立って挿絵のみ眺めて筋を予測し、翻って本文によってそれを確認することも可能であるとすれば、挿絵と本文が相互補完する役割を果たしていたことになる。これは草双紙についても然りである。後述の如く、草双紙の祖とも言うべき子ども絵本は八文字屋も手掛けていた。

　元禄十四年に『色三味線』が出版され、十六年後の享保二年に『娘気質』は登場する。この間に八文字屋とその代作者である江島其磧との間で利益を巡る対立を生じ、両者は決別し其磧が江島屋を開業したことは周知の如し。其磧は八文字屋と対抗しながら読者を獲得するべく、気質物の考案に至ったことも然り。それに加えて神谷氏も指摘するように、挿絵にも腐心していたことも挙げられるのではないか。書き入れを伴う子ども絵本の呼吸を換骨奪胎し、更なる読者層を開拓する其磧の姿を見出すことができると思う。

図表　『色三味線』『娘気質』両作における文字情報の点数

凡例

一　頁数は、『色三味線』が八文字屋本全集第一巻、『娘気質』が同第六巻に拠る。

一　台詞に数えたものには、掛け声や音曲の一節も含め、肉声によって発せられたと認め得るものも含む。

表一　『色三味線』の文字情報点数

頁数	台詞の数	説明文の数
14・15	1	0
18	1	1
22・23	1	1
27	1	0
32・33	1	0
35	2	0
38・39	0	2
41	0	1
48・49	0	2
76・77	0	6

78	0	1
82・83	1	3
86・87	4	1
92・93	0	3
94	1	0
100・101	2	2
102	2	1
124・125	0	2
128・129	0	2
130	0	3
132・133	0	4
138・139	0	3
141	2	0
144・145	3	0
150・151	1	2
162・163	1	2
166・167	0	4
172・173	2	6
176・177	5	2
188・189	0	6
192	1	1
198・199	2	6
204・205	4	2
206	0	6
合計	38	73

表二『娘気質』の文字情報点数

頁数	台詞の数	説明文の数
481・483	8	1
486・487	9	1
490・491	4	2
498・499	14	1
502・503	7	0
514・515	9	1
518・519	9	1
528・529	8	3
532・533	9	0
544・545	6	0
550・551	9	4
556・557	9	3
558・559	8	0
合計	109	17

その二　『色三味線』の挿絵について

前述の如く、『色三味線』には、説明文だけ、或いは台詞だけが書いてある挿絵もあれば、説明文と台詞両方が入っている挿絵もある。ここでは、書き入れのみ伴う場合と台詞のみ伴う場合、各々どのような効果があるのかを考察したい。

前節で見た『万の文反古』の挿絵では文字情報がなく、鳥を複数羽描くことにより、事件の進捗を暗示していた。このような絵組みの工夫をしなくても、書き入れを添えることで簡単に済ませることも可能となる。また台詞を伴うことによって、場面の説明を台詞の中に溶け込ますことも可能であると同時に、紙上の人物を読者の頭の中で生き生きと再生させることも容易になると思われる。

まず極めて単純な書き入れのみのケースを見てみる。例として、『色三味線』京の巻―四「花は散ど名は九重に残る女」を挙げたい。梗概は以下の如し。ある大尽が、菊川という遊女を身請けする。菊川は、妹も遊女なので、その身も自由にして欲しいと願う。大尽は身請けに値する女か否かを見極めた上で、その願いを叶えるべく一計を案じ、部下の吉蔵を大尽客に仕立て、妹である女郎を試みに合わせる。結果に満足したので、吉蔵に金を持たせ廓の主人に引渡し、その女郎を連れて行こうとする。しかし不審に思った女郎は拒絶するので、吉蔵は正体を明かした。

挿絵（図二）に描かれているのは、妹の女郎を身請けするべく廓で金を出して見せる場面である（挿絵は八文字屋本全集に拠る。以下同様）。何やら挟箱から取出して、周りの者にあれこれと指示を与えている遊客が描かれる。挿絵に伴う書き入れは「かねをわたす（金を渡す）」という単純なものである。この書き入れがなく絵のみであるとしたなら、包みの中身が必ずしも判然としない。書き入れを伴うことにより、小判や銀貨を包み金にしたものであることが明白となる。何か大金を必要とする事態が発生していることは読み取れる。それが身請けであることも予想できなくはないが、必ずしも明白ではない。この程度の書き入れでは、本文に従属する挿絵というレベルに依然として止まっていると言えよう。

一方、挿絵に台詞がある場合、その台詞（一言で

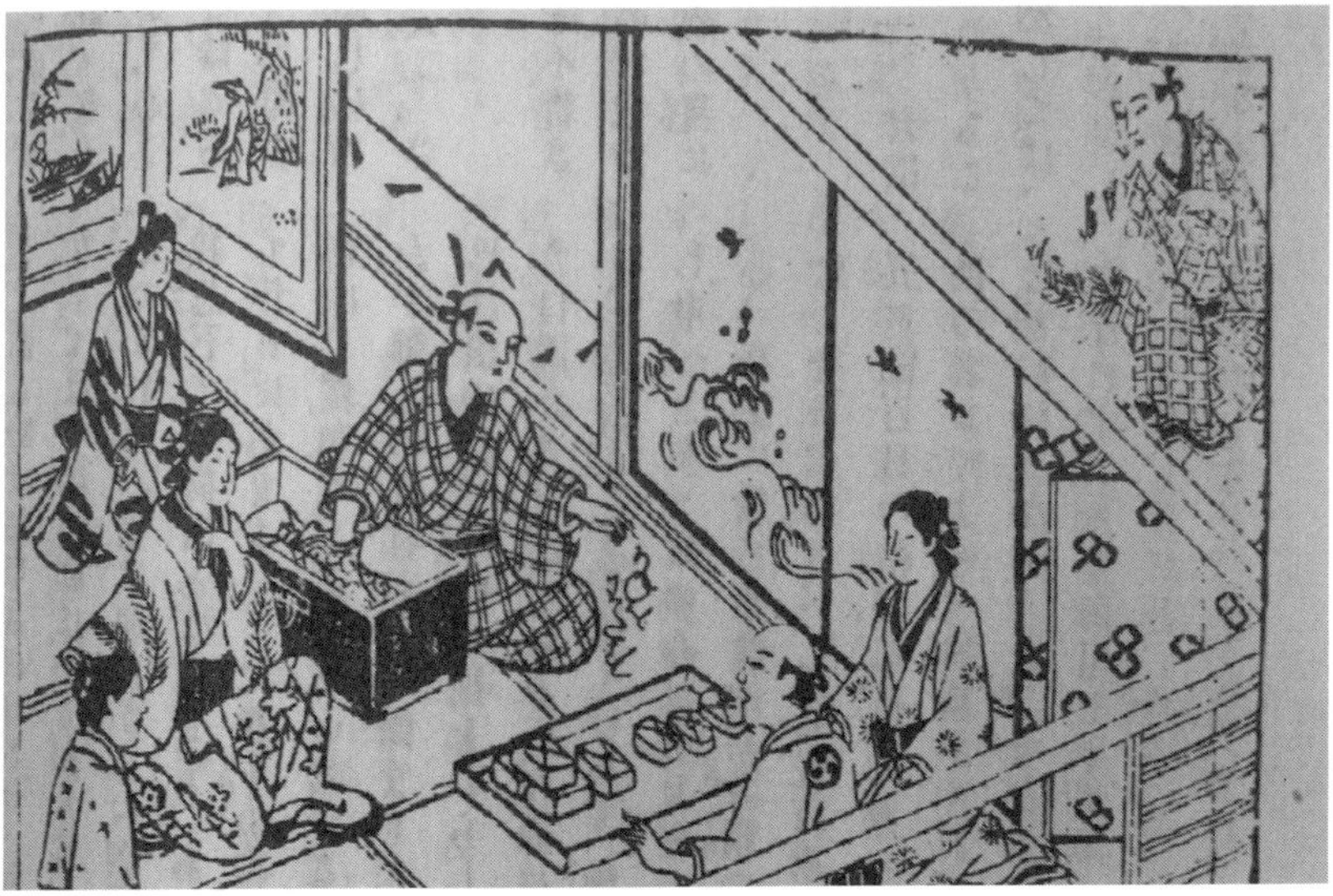

図二

も）により、その登場人物の性格、生活環境、社会的地位などとの特徴が見えるようになり、読者は描かれた人物を、より具体的にイメージできる。台詞は単なる文字ではあるものの、挿絵にこれが伴うと、文字を「音声」に変換させるような効果があり、紙面の人物を現実的なものとして想起するようになる。その結果、そのイメージが継続されたまま、続く本文場面を読み進めるのである。

　台詞によって想起された人物像を継承して、次なる場面へ接続する例として、『色三味線』京の巻―三「花崎実のる玉の輿」を挙げたい。東国の大尽客が、京都の島原に赴き、太鼓持の弥七に一両を与えて、既に先客のある大夫を呼び寄せるよう依頼する場面（図三）である。ここで、例えば「金を渡す」という書き入れが伴っているのみなら、無機質な一場面として提示されるに過ぎない。しかし「御粋様（大尽客の替名）、忝い」（太鼓持ちが祝儀をもらった故、大尽におべっかを使って誉めそやしている）、[注(1)]という台詞を伴うと、たとえそれがたった一言であっても、読者の頭の中では、紙上の弥七がいかに

図三

も畏まっているように感じられるのではないか。その結果、自分の使命を果たそうとする弥七の意欲も容易に想像される。右側に描かれたのは大夫であった。異時同図で描かれており、大金を手にした弥七が見事に役目を果たしたことが暗示されているのである。

　無論これは本文を読んでいないと理解できないことも多い。しかし金を与えられ感謝した者が、必死になって次の展開を導いてゆくという流れが、単なる書き入れより台詞の方が効果的に生み出せると思われる。同時に、複数の場面を一画面に詰め込む手法により、一定量の筋立てを挿絵によって提示することも可能となる。異時同図は目新しい手法ではないが、これを更に活用するとより多くの筋を詰め込むことが可能となろう。次の『娘気質』の挿絵分析では、この点を追求する。

その三　『娘気質』の挿絵について

　既に述べた如く、『娘気質』の挿絵には、台詞が沢山配当されている。加えてほぼ全ての挿絵において、画面を区切って複数の場面を提示している。そ

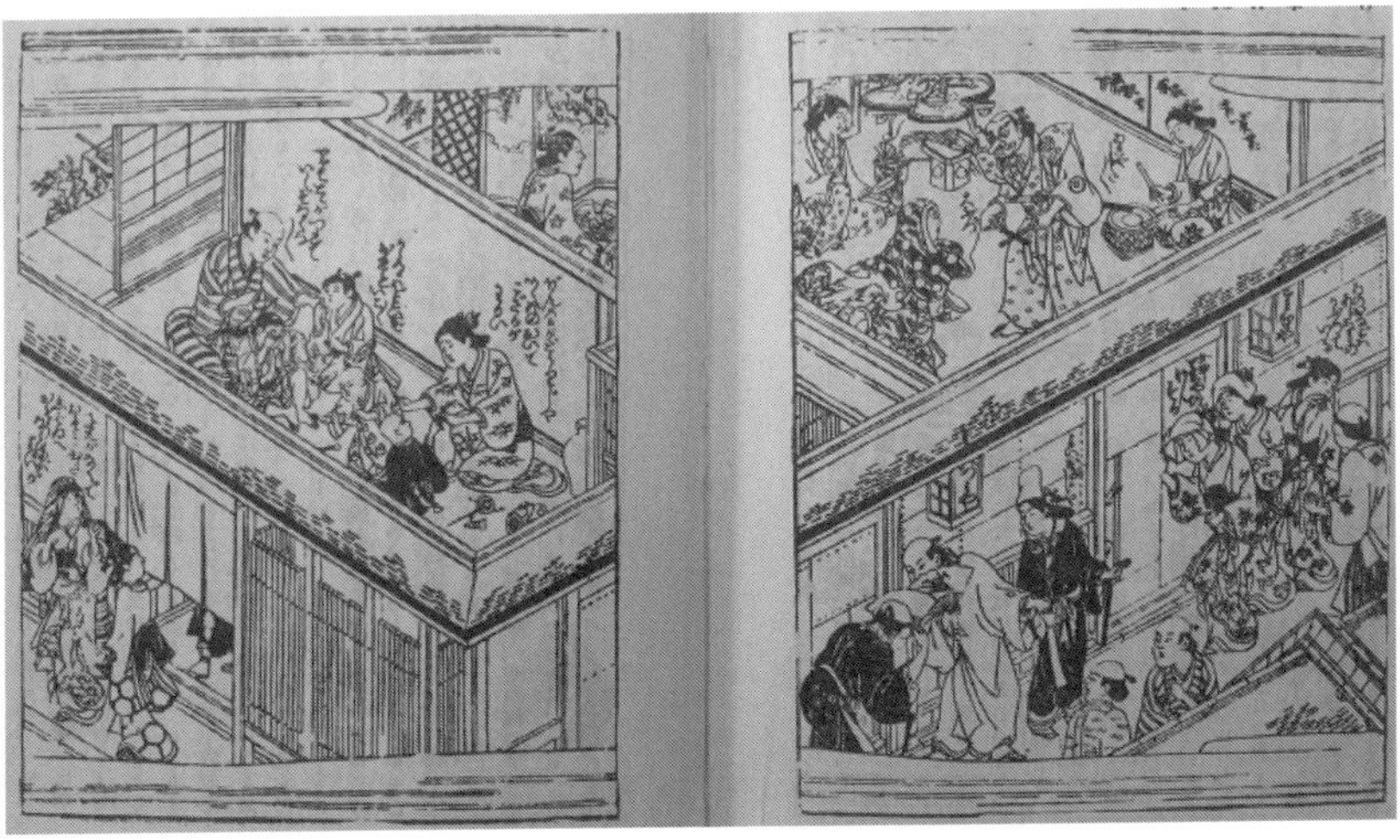

図四

の挿絵を見ると、後述の如く大まかに本文の内容を包括しているようである。もしその推定が許されるのなら、「台詞」は単に挿絵に添えられた付け足しではなく、画面と併せて筋を提示する「装置」の役割を持ったと言えよう。当時、小説の数も刊行回数もまだ少なかったので、読者が一作品をじっくり読むことが多かったと思われる。本作品の挿絵の構成については、以下に例示する如く、全体的に『色三味線』より一層複雑になり、絵に描かれているものは当時の社会風俗や、庶民の生活振りなどは勿論であるが、それに止まるものではない。さて、『娘気質』にある全ての挿絵を挙げてみよう。

『娘気質』巻の一―一「男を尻に敷金の威光娘」挿絵（図四）には台詞、書き入れともにあり、台詞の割合が特に多く、画面も三分割になっている。ここでまず挿絵のみ見ることにより一編の粗筋を予測し、それから、本文を読んでいくという順番が可能であろうか否かを考えてみる。梗概の部分は、中嶋隆氏（訳注）の『世間子息気質・世間娘気質―江戸の風俗小説―』（平成2年、社会思想社）を参考とする。
まず挿絵に伴う台詞と書き入れを翻字しつつ、画面解説を施してみよう。翻字に当たっては句読点を補ってある。また、台詞は「　」で、書き入れは［　］で各々示してある。

〈五丁ウラ〉

（下段中央）［女中、茶屋のけんする］
女性が男のつもりで遊客を装い、素見をして得意顔である。

（下段右）「あのおなごハ、あじなものかぶつている」
通行人の女性が、素見をする女の被り物を称賛する。

（下段左）「よいお山[注(2)]じや」
茶屋の素見をしながら漏らす女性の感想である。「お山」は遊女のこと。

（上段左）「大ぶつ〳〵」
獅子頭を被って太神楽の真似事[注(3)]をしている。

（上段右）「あれ[注(4)]やした〳〵」
下女が太鼓を打ちながら声を掛けている。神楽のお囃しだろう。

〈六丁オモテ〉

（下段）「子共がなくでおそう出た、芝居へおそう[注(5)]ならねバよいが」
子供が泣いて手間取り、芝居見物への出発が予定より遅れたようである。子供への心配よりも、芝居に間に合うことの方が気掛かりな母親である。

（上段中央）「か丶様どこい[注(6)]ぞ。おれ[注(7)]もいこ〳〵」
家を去る母を見て、一緒に行きたい子供は、その姿を追い求める。母に届けとばかりに泣きじゃくっている。

（上段左）「やがてと丶がつれていくぞ。なくな〳〵」
父親は、直ぐに母の許に連れて行くとなだめて、涙を止めるように優しく諭す。妻は外で遊び、夫が子供の面倒を見るという役割分担上の逆転である。

（上段右）「ぼん様がどうりじや。か丶様のおいてござるがわるい」

下女もまた坊ちゃんをなだめている。子供の悲しみを当然として、母が悪いと援護する。子供の慰めを通じて、主家の夫への同情を示し、妻への批判が垣間見える。

挿絵から筋を読み取るに当たり、五丁ウラから六丁オモテという順番に拘らず、全体を眺めながら推定してみよう。

ある女房は合羽の烏帽子を被って、男の専有物であるはずの遊郭に出かけるなど、町の遊び所に興味津々である。その身振りや、服装が際立っており、町人の注目を浴びている。また、ある女房は衣被を被り、泣く子供に手間取ったものの、これを打ち捨て、急いで家を出て見物に向かう。残された夫が子供の面倒を見ている。何の文句も言わず、ひたすら子供を慰めている。下女も協力しつつ、こちらは愚痴をこぼしている。妻は単に芝居に興味をもっているだけではなく、流行の風俗も好んでいる。どうやら夫は妻の意のままに振る舞わせているらしい。箱入り娘ならまだしも、町人の妻であり母である者が、自らの仕事を顧みずに美しく着飾り、芝居を見に行ったり、遊郭の素見を楽しんだりするのは如何なものであろうか。娘ではあるが、子供じみた形をした女性が、下女に太鼓を叩かせながら太神樂を見入っている。

以上の如く、町家の妻に相応しくない身なりと遊びを楽しむ状況は読み取ることが可能であるが、これと太神楽に興ずる子供じみた娘との関係は判然としない。

さて、本文に記載されている内容は次の通りである。

娘に遊女の如き派手な衣装を着せ、その器量を自慢し、人目につくことを悦んでいる母親がいる。子供を五人持っているが、遊女の如きしぐさをしながら派手な衣装を身に纏い物見物参りをする母親。子供が泣いて追い掛けても、これを打ち捨てて出掛けていく。朝と夕とで異なる服装をする女性もいる。奥様の出で立ちから一変して、身を窶すような服装で茶屋の素見などをする大胆さ。頭が汚れぬよう合羽の烏帽子を拵えたりする者もいる。その一方で、十六、七歳になっても恋の道に全く疎い娘もいる。

図五

室町の呉服屋の美人娘もその例にもれず、新町の酒屋へ嫁入りしたが、子供そのもので夫も手を焼く。止むを得ず嫁入り道具の中から太鼓と面を出し、太神樂の真似[注(8)]をしてその機嫌を直そうとした。

　以上によって、本文に書かれている内容は殆んど描かれていることが判る。挿絵のみでは理解できなかった、子供を夫に任せて遊ぶ妻等と、太神楽を見る娘との関係は、派手好きと初心という好対照なる対比であったことが判る。太神楽を見る娘が、頭に被っている布により子供じみていることを読み取らせ、衆目を集めて悦ぶ悪妻との関係を予想するという絵解きになっているのであろうか。この一話は筋の展開が乏しく、トピックを羅列しているような内容であり、挿絵から筋を読み解くのは必ずしも容易ではない。しかし主要な場面が挿絵に洩れなく載せられていることは、前述の如しである。

　同じ手順で次の一編を考察してみよう。

『娘気質』巻の一―二「世間にかくれのなひ寛濶な驕娘」この挿絵（図五）は三分割になっている。挿絵は一見二分割に見えるが、しかし脇差を差す女性と笙を吹く者とが同一人物と見られ、同じ場面で現れるのは考えにくいため、三分割と見なした。

〈十ノ廿丁ウラ〉

（下段右）「かわらばしとや油やの、ひとり娘におそめとて」

これは紀海音作「おそめ久松袂の白しぼり」の「地藏めぐり道行　下之巻」（正徳元年初演）の「瓦屋橋とや油屋の。獨娘にお染とて」（本文は日本名著全集『浄瑠璃名作集（上）』に拠る）とある。今回の役割は筋の暗示ではない。

（中央）「よふ〳〵」

参拝客らしき女がその歌祭文を聴きながら、掛け声をしている。

（上段上）［諸国より相撲取上り申候］

全国各地の力士による相撲興行を告げる看板が出ている。

（上段右）「らいでんさんを見よふぞ」

力士雷電目当てに相撲見物に来ている女の台詞。挿絵では長楽寺の境内において、力士雷電目当てに相撲見物に行く人もいれば、開帳場で歌祭文を聴かせる芸人もいる。参拝客らしき女がその歌祭文を聴きながら、「よふ〳〵」という掛け声をしている。開帳場の賑わいと相乗させ、臨場感を高める効果を生み出すため、歌祭文の一節を書き入れたと思われる。

（下段中央）「太夫がまつていよぞ」

女でありながら、男の風俗をしている。これから色遊びに行くのだろうか。

〈廿一丁オモテ〉

（上段中央）［女大じん、しやうをふく］

先に登場した男装の女性客が笙を吹く。

（上段左）「女房ほどめいじんハない」

一緒に遊びに行った旦那が妻のことを褒めている。

（上段上）「しやみがひけぬ」

隣座敷にいる三味線を抱える女が笙の音を聴いて、三味線をひくことができないと言っている。

（上段右上）「さけがのめぬ〳〵」

客らしき人が笙の音を聴いて、酒が飲めなくなった。

（右中央）「まづ、此金もやるまい」

「まづ」とは、「困ったことだが」の意。遊客が笙の音を聴き、金を使う気にならなくなった。

（右下）「だんなうらミハない」

太鼓持ちがチップを与えることをやめた客に対して言う。本来太鼓持ちはチップを得たがるものであるが、笙の音によって心変わりをしているのであろうか。

以上、三つの場面を通して予想される筋をまとめておきたい。

一つの場面では、町の中で芸をやっている人が歌祭文を歌っている。そのそばに派手な格好をする二人の女が座って歌祭文を聴いている。二人の後ろにいるもう一人の女も聴いているようである。道を挟んで向かい側にある所には相撲興行を告げる看板が出ている。女の相撲見物は、当時では珍しい。右上には駕籠を担っている下男が描かれている。その中の主人が相撲見物に来ているのであろう。右隣は下女か。この場面に描かれている女性は流行を意識した風俗である。

次の場面では、本来男性の言うはずの台詞「太夫がまっていよぞ」を、女が言っている。女は脇差を差し、一緒にいる旦那は普通の恰好をしている。世間における男女のイメージが逆転している。後ろに二人の連れの男がいる。従ってこの夫婦は金持ちであることが判る。

三つ目の場面は、茶屋の中の様子である。男装した金持ちの女客が笙を吹いている。旦那がそばに座りながら、妻の才能を褒める。妻の前に女の給仕が控えている。隣の座敷で三味線を弾こうとする遊女が、笙の美しい音を聴いて、よほど感心したのか、或いは自分の芸が劣っているという思いになったのか、もう三味線を弾く気にならない。同じ座敷にいた客も、笙の音に心酔し、酒を飲むのもやめてしまった。客の隣に座っている年寄りの女が、盃に注いだ酒を器に戻している。客に対面している男は恐らく太鼓持ちであろうか。この男も笙の音を聞いて心変わりが起き、貰えるはずの金を貰えなくても少しも文句を言わず、納得したようで客に「だんならミハない」と言う。

以上は、挿絵から読み取った内容である。しかし、「寛濶な驕娘」は、相撲興行を訪ねにきた女を指すなのか、笙を吹く女を指すなのかについて、単に挿絵のみによって判断できない。更に、客が笙の音を聴いて金を使う気にならなくなった理由も読み取れない。では、本文にはどのように書かれているのかを、次に述べておく。

世間には派手好きな女がある。流行芝居の座敷を予約しておきながら、長楽寺の開帳場歌祭文に立ち寄り、これに見栄を張って芝居を見ずに帰る。十種香・歌がるた・琴・三味線・絵かき・花むすびなど、女がしたいことをやり尽くしたので、贅沢な乗物を乗り回しているうちに、ついに相撲見物をしに行った。女が相撲を見るということは、噂にも聞いたこともなかった。

世間の男が皆、女房に甘くなって、何を言ってもイヤとは言わなくなった。京の立売と呼ばれる所に名の高い大金持ちがある。内儀は、歌道に造詣があり、しかも音曲が得意で笙の名人である。内儀は自分が女でありながら女であることを嫌い、どうして女と生まれ、一人の男を守って気儘な遊びができないのかと、その思いを亭主に告げ、若衆の髪型をし、服装も裾を短めに裏をふかし、八反掛の羽織に金拵えの中脇差をはさみ、その格好で亭主と毎日遊山した。亭主は内儀を連れて島原へ出かけ、有名な遊女を呼んで内儀に宛がい、余念なき遊びをする。

ある日、夫婦づれで祇園町の流行茶屋に行った。そこで、亭主は内儀の芸を自慢して笙を吹かせた。内儀はそもそも笙の名人、しかも時は秋である。秋風落葉して旅人故郷を思うという、漢楚の戦いの時九里山にて張良が吹いた一曲を、完璧に吹いたので、隣座敷に今まで我が儘に騒いでいた血気のある客達が俄に落ち込んでしまった。親父が身から脂を搾り出して儲けられた金を、つまらないことに使い果たすのは冥加もない事だと思い、言い付けた食事を食わずに帰りたい気持ちになってくるのは奇妙なことである。座敷の興に呼ばれた野郎（歌舞伎若衆）は、実の親が荷持ちの人夫をして、今日を暮らしかねている故郷のことを思い出して、三味線を抱えながら涙ぐんでいる。もう弾く気にならない。太鼓持ちは大尽の気に入られても、五度ほど召し連れられた上で、祝儀はせいぜい一角だと嘆く。茶屋を経営する欲の深い主人夫婦も何となく無常心を起こし、不覚の涙をこぼしている。奥の座敷の客達は、折角金を出して慰みに呼んだ私娼に二朱判をひとつ出してやり、涙で袖を濡らしながら茶屋から帰ったのである。皆がこの笙の一曲を聴いて、それぞれの心が乱れ、これまでの人生を変えたいという思いに至る。

　以上が、本文に書かれた内容である。挿絵に描かれたものと基本的に合うが、挿絵に描かれている三味線を抱える遊女は、本文では若衆であったのが判った。「寛潤な驕娘」とは、笙を吹く女であったのも判った。笙の音を聴いて、各々が落ち込んだ理由は単に挿絵のみによって読み取るのが困難である。しかし、本文に書かれる主な筋は全て挿絵に見られた。女が男装して遊びをすることは、性の逆転であり、色茶屋の座敷にいる人々が笙の音を聴いて、自分の人生を振り返るのは、本来浮世のことを忘れて

図六

遊ぶ悪所を場として逆転させている。この逆転が本作の主眼であり、それを伝える場面は全て挿絵の中に描かれている。

『娘気質』巻の一―三「百の銭よみ兼たる歌好の娘」挿絵（図六）には台詞、書き入れともにあり、台詞の割合が特に多く、挿絵も三分割になっている。

〈廿五丁ウラ〉

（下段）「此かゞみはなんぼ」

畳の上に何面もの鏡が置いている。客らしき人が鏡の値段を尋ねている場面である。従って、ここは鏡屋であると推定できる。

（上段）「かゝがあゝしたすがた、またあるまい。よいか、もつたぞ」

正装した妻を自慢している様子である。町家の妻にはふさわしくない小袖の重ね着をしている。

〈廿六丁オモテ〉

（上段左）［てならひ子供］

寺子[注(9)]が二人しかいないので、あまり活況を呈していないようである。

（中央）［白人文書いてもらふ］

字を自在に操れない人、あるいは文書をうまく書けない人が依頼に訪れる。

（左）「むしんの文か、くぜつかへ」

二人の女性は遊女らしく、妻が代筆を請け負うべく、その内容を無心か憾みか問うている。

（右）「かゝ〳〵わがみのふたのは、おれがあらふておくぞ」

主人が妻の下着を洗う。代筆が主業となったゆえ、役割が男女間で逆転したのであろう。

以上を総合して、挿絵から推定できる粗筋は次の通りである。

鏡屋をしている人が、町家の家にはふさわしくない美しい御所方の女性を妻にもらった。毎日、妻の自慢をしているうちに、商売がうまくいかなくなったためか、妻は生計を助けるために、子供に手習を教える寺子屋を始めた。しかし子供がたくさん集まらず、生計にあまり役に立たない。今度は遊女らに手紙を代筆して、何とか生活していけそうになった。

そのため妻が金を稼ぎ、夫が家事をすることになる。

以上が読み解いた筋である。対して本文はどのようになっているのであろうか、その梗概を述べる。

愚平次という人が真面目に鏡屋をしていた。その商売は没落もせぬが繁盛もせず、普通であった。縁あって、この人が御所に奉仕する高級女官に仕えていた女を嫁にした。妻が前と同じように、いつも奇麗な服装をして美しい姿をしている。麗姿であるが、家事は苦手である。こういう生活振りは、町家の妻にはふさわしくないものの、夫の愚平次はそういうことをしている妻に文句を言うどころか、逆に妻のことを自慢した。このような愚かな考えのため、鏡屋の商売は廃業に追い込まれた。生活のために、妻が自分の長所を発揮するべく、子供に手習を教える寺子屋を開いた。しかし思い通りに人数が集まらず、助けにはならない。また知恵を絞り出し、遊女らに無心の文の代筆をし始めた。手数料を得て、生活が豊かになった。ある日、親類からの苦言で遊女の代筆を止め、主人は家事をするので、妻は筆で稼ぐこととなる。そこで、訴状の代筆に加えて、ゆすりの手伝いまでした。

以上を踏まえると、本文に記載される内容と挿絵に描かれているものとがほぼ合致していることが判った。無論、台詞だけでの予想は難しい。画面の分割により、複数の場面を時系列に提示している点も見逃せない。加えて台詞と書き入れを併用する点も重要である。今回は「てならひ子供」と「白人文書いてもらふ」の二つの書き入れが存在している。いずれも台詞にすると長々しくなったり、短いと判然としないであろう。挿絵に入れる文字情報はある限られた字数に納める必要がある。その際、台詞と書き入れの併用は効果的なのである。

以上によって、挿絵が画面分割されること、台詞と書き入れ両方で筋に当たる要素が配当されている場合は、本文から挿絵、或いは挿絵から本文という二通りの順序が可能になる。但し、挿絵から読み解いた代筆の内容と筋とは、やや食い違いを生じていた。挿絵における妻の台詞では、無心か口説かの確認であった。しかし本文では無心と口説は同時進行ではなく、まず無心の代筆を行い、これを止めてか

図七

ら口説の文へと変わっていた。異時同図ということであろうが、一画面の分割では自ずと提示し得る内容も限定されるのは止むを得まい。

『娘気質』巻の二―一「世帯持ても銭銀より命を惜しまぬ侍の娘」挿絵（図七）には同じ紋様の着物を着ている男と女が三カ所で描かれており、強盗と戦う場面においては、男が「つよい女房じや」と言っていることから、この男（即ち、幕の中で「扨〳〵、よい娘じや」と言う男）は、花見に来ている娘との間に何らかの縁があって結婚したと思われる。以上のことを踏まえて、この挿絵も三分割と見なした。

まず、主人公等の出逢う場面から読んでいく。

〈五丁ウラ〉

（中央）［うえの丶花見］

場所の説明。

（下段中央）「かんしていつぱいしてやるぞ」

下男か或いは太鼓持ちが「酒を温め、いつぱい飲もう」と言う。

（中央左）「だんな、あれ〳〵」

連れの人が女性を見て旦那に声を掛ける。

（下段左）「扨〳〵、よい娘じや」

旦那が若い女性の容姿を気に入ったようである。

（下段最下）「かゝ様わしを見るかい」

幕の中にいる男が私を見ていますか、と娘が母に尋ねている。

（下段最左）「あのまくのそばへよりやんな」

母が娘に幕の中にいる男達に気をつけろと言っている。


次の場面は、女房が盗人を退治するところである。

〈六丁オモテ〉

（上段下）「一人ものがさぬぞ」

女房が強盗一人も逃さないと言っている。女房の強さが窺われる。

（上段中央）「かゝがてなミを見たか」

旦那が「私の女房の実力を分かったか」と自慢気に言っている。本来、夫は妻を保護する役割を果たすが、ここでは逆になった。


（上段左）「にくいやつじや」

捕まえた強盗を下男が叱ってやる。

（上段右）「つよい女房じや」

強盗が女房の実力を感心している。

（五丁ウラ上段中央）「こまいといふに」

蔵の中に閉じ込められた強盗が女房に対し懇願する。

（五丁ウラ上段左）「女中様、助けて〳〵」

盗人等が命乞いをする。


最後の場面は、妻が旦那に切腹を迫るシーンである。

（下段中央）「ひきやうにござる」

妻が旦那の無能さに失望して、切腹を迫る。

（下段右）「ゆるしておがむ〳〵」

妻の行動に対して、旦那は許しを頼む。

（下段左）「なんぎなことかな」

周りの人が夫婦の遣り取りを見て、大変なことだと呟く。

以上を踏まえて、挿絵から読み取った粗筋は次の通り。

はじめの場面では、親子二人が上野の花見に来ている。そこで幕を張って酒を飲む人もいる。娘の愛らしさが目立つので、直ちに幕の中にいる旦那が、娘の容姿に惹かれた。「幕の中にいる人が私を見ているか」と娘が母に尋ねた。母はそこに寄るなと娘に言い付けた。

次の場面では、先に登場した娘が結婚後に鎧を着て、長刀を手に持ち、強盗と戦っている。捕まえられた強盗もあれば、恐怖を感じて跪いているものもある。強盗が命乞いをしたり、「こまいといふに」と願ったりする。旦那が女房の勇ましい活躍を見て、「か、がてなミを見たか」と自慢する。

最後の場面では、旦那に切腹を迫っている女房が描かれている。本来家と妻子を守るはずである旦那が、いざという時に、何の役にも立たぬ。一方、守られる立場であるはずの妻が強盗を打ち負かした。卑怯な旦那に対して、妻が怒りを抑えきれず、旦那に切腹させようとする。旦那は戦慄しながら許しを請う。このような旦那に対して、周りの人が大変だと呟く。

以上は推測した筋である。対して本文の内容はどういうものであろうか、その梗概を述べる。

上野の桜が咲いてるうちに、沢山の人々が見に来る。その中で嫁入盛の娘は商売物と同じことだと思って、入念に娘を綺麗に着飾って花見に行かせる者もいる。

ここに、呉服町の反物屋の半四郎という大金持ちの息子がいった。店の販売は手代に任せ、自分は遊んでばかりいる。今日も、花見にきて酒を飲みながら近くを通る人々を見定める。その時、年十六ばかりと見える娘を見た。顔つき上品で、生まれつきの美人である。一緒に歩く女はその子の母親である。半四郎はこの世で嫁を貰うならばこの娘でなくてはと思った。すぐに手代に命じてこの親子を尾行し、身辺調査をさせた。「この娘は、浪人の父親を持ち、そして母も侍の娘であった。家庭が裕福ではないけれども、この娘は礼儀正しく、周りも評判が高い」という報告があった。半四郎はそれを聴き嬉しく思い、豪華な嫁入り道具を用意し、娘の父親に懇願した。ようやく父親が娘おいくを半四郎のもとへ嫁入りさせた。

ある時、半四郎は女房のおいくを連れて堺町の歌舞伎芝居を見物に行こうとしたところ、おいくが歌舞伎狂言の内容は良家の娘にとっては良いものではないと、逆に夫の半四郎を説教した。夫がそれを聴いて大いに腹立って、おいくに対して「夫が連れて行こうという芝居を嫌うのは生まれぞこないというものだ。たわけた事を言っていないで、はやく仕度をしろ」と厳しい口調で言ったところ、おいくは顔色が変わり、私の先祖の名声を汚すような悪口をしたら、決して許す事ではないと言い、長持ちから刀を取り出し、夫と決闘しようとした。突然な出来事で、親戚や、町役人など精いっぱい仲裁に入ってようやくおいくを落ち着かせた。それから亭主は女房の言い成りになり、逆らえなくなった。女房は女のするようなことを一切せず、終日武芸のことばかりをやっている。

頃は十月二十日の恵比寿講の時であった。この日は商人の祝日なので、皆が酒を飲み過ぎたか、扉を開いたまま寝てしまった。その時を狙って、八、九人の強盗が押し入った。旦那を初め手代達が縄に縛られた。その時、内儀は長刀を抱えて奥座敷から飛び出た。「命知らずの盗人どもめ。一人も逃さぬ」と言うや藏の外から鍵を掛けた。後に強盗が勝てないと見て降参した。首を取るかわりに棒で強盗を打ちすえて追い払った。

亭主は今さらながら強い女房を持つことの有り難さを感じた。しかし、女房に「男として生まれ、強盗に縛られ、そんな面目のないままでは、人に顔を見られるとどう思うか。潔く切腹なされ」と言われ、夫がびっくり仰天して、何かをしようと思えば夢が醒めた。

以上が本文に書かれた内容である。上野に出かけたおいくが後に半四郎の嫁になり、強盗が家に押し入った時には家財と旦那を守った。強い女房を持って有り難く思っているのも束の間で、女房に卑怯な者として見下され、困り果ててしまった。この話も男女の力強さの逆転を描いていた。挿絵では主人の喜びに続いて困惑へと逆転する有様も読み解き得る

図八

よう描かれている。

『娘気質』巻の二―二「小袖箪笥引き出していわれる悪性娘」この挿絵（図八）に描かれている場面については、右側は町の様子であり、左側の上は座敷で、その下は納戸（箪笥と長持が置かれているため）と思われる。座敷の隣に納戸があるとは考えにくいため、各々一つの場面として捉えた。従って、挿絵を三分割と見なした。

先ず、挿絵の書き入れを読み解いてみる。はじめの場面では芝居の木戸口が描かれている。

〈廿二丁ウラ〉

（上段右）「はじまり〱」

木戸口の番人がこれから（芝居が）始まりますよと客を誘っている。

（下段右）「榊山じや〱」

先の番人が「（主演者は）榊山だ」と言う。芝居の看板に「小栗判官一代記」と書かれている。役者が榊山であり、なおかつ「小栗判官一代記」と題する芝居は『娘気質』刊行前後では見当たらない。しかし『娘気質』刊行の十三年前の宝永元年に上演された『大嶋台小栗判官』が存在する。小栗判官を演じる役者は榊山小四郎（寛永11年~延享4年）である。「榊山」は榊山小四郎のことを指すか。あるいは狂言作者の榊山勘助のことか。

（中央）「よいしゆそうな」

通行人が奥様の一行を見て、金持ちに見えると言う。

次の場面は、裕福な家庭であることを窺わせる。当時流行の遊びである楊弓が描かれている。

〈廿三丁オモテ〉

（上段左）「こふてたもつてうれしやのふ」

楊弓を買って下さって嬉しいと老婆が言っている。

最後の場面では、空っぽになっている箪笥と長持を見て、人々の驚く様子が見られる。

（下段左）「扨も〳〵」

長持の中を見る人が、信じられないというようなことを言っている。

（下段）「きもつぶれる」

箪笥と中持の中に何も入っていないことに対して驚いている。

（中段右）「是はきやうとい〳〵」

「きやうとい」とは、「気疎い」のことで、ここでは「何もなく寂しい」の意。長持の蓋を開けてみたら、これは空っぽじゃないかと思い、驚いている。

以上を踏まえて挿絵によって粗筋を推測しておく。はじめの場面では、女が豪華な駕籠に乗りながら下女等に提重などを持たせて芝居を見に来る。別の通行人がこの一行を見て「大金持ちか」と思わず呟いた。木戸口の番人がこれから（芝居が）始まりますよと客を誘っている。更に「（主演者は）榊山じや〳〵」と客に呼び掛ける。その呼び掛けに反応し、看板をみる二人の男が寄ってくる。賑やかな木戸口の風景が当時の活況を現しているとともに、この場所に出入りする人々の贅沢な生活振りをも窺わせる。

次の場面では、楊弓を買って下さって嬉しいと老婆が言っている。老婆に対面している四人がその話を聴いているようである。双方の間にお菓子が置かれており、親戚の間柄であろうか。
最後の場面では、納戸に置かれている箪笥と長持を調べている場面が描かれている。中には何も入っておらず、人々の驚く様子が見られる。しかしそれまでの経緯が判らない。挿絵に描かれている場面を改めて確認したい。はじめの場面は豪華な芝居見物というものであった。最後の場面は箪笥と長持が空っぽになっているという殺風景なものであった。次の場面は親戚との付き合いであった。今回は、これまでのものとは違い、書き入れに頼るだけでは、場面の展開を解く手掛かりがない。実は挿絵を読み解く際に、もう一つの方法がある。即ち、該巻の目録に書かれている内容の要約を参考すれば、一助になるはずである。その内容は次の通り。

替り目の芝居見物は亭主を腰に提重の酒、呑込にくい小袖おしみ、如在は内儀の下心、一門づきあひも今からをくさまの賃仕事。

「替り目」とは、上演狂言が替わる度ごとのという意。「亭主を腰に提重の酒」とは、腰に下げると提重を掛ける。腰に下げるは人を自由に扱うこと。提重は徳利・食器なども組み入れた携帯用の重箱。「呑込にくい」とは、納得しにくいの意。酒の縁。「小袖おしみ」とは、小袖を貸すのを惜しむこと。「如在は内儀の下心」とは、如在ないと内儀を掛ける。「一門づきあひ」とは、親類との交際。「今からをくさまの賃仕事」とは、今からはおく（やめる）と奥様を掛ける（新日本古典文学大系『けいせい伝授紙子・世間娘気質』（以下「新大系本」と称す）の脚注に拠る）。全体の意味としては、次の通り。

亭主を意のままに扱う妻がある。（亭主が）小袖を貸してくれと頼んだが、なかなか貸してくれない。如才なしの妻が何かの下心を隠しているのではないか。結局、親類と交際をやめ、賃仕事をする。

しかし妻がどうして賃仕事をしなければならないという窮地に追い込まれたのかについては理由がまだ見えてこない。では、これと書き入れと両方を合わせて推測してみよう。

亭主を意のままに扱う妻がある。いつも贅沢三昧で見栄を張っている。妻が豪華な駕籠に乗りながら下女等に提重などを持たせて芝居を見に来る。通行人らしい人に見られ「大金持ちか」と言われる。ある日、亭主が小袖を貸してくれと頼んだが、なかなか貸してくれない。老婆が家に来た時に流行の楊弓を差し上げた。これがきっかけとなり、如才なしの妻が何かの下心を隠しているのではないかと思う。真相を探究するために、亭主が納戸に入って調べたところ、簞笥と長持の中には何も入っていなかった。妻の普段の生活ぶりを考えると、見せかけの豪華に過ぎなかったと亭主が驚く。それから亭主は妻に親類との交際をやめさせ、なおかつ、骨を折るような賃仕事に従事させた。

さて、妻の生活実態は一体どのようになっているのか。本文に書かれる内容は次の通り。

世の中は、外見を追求し、無理して贅沢なことする人が多い。子供に高級な服を着せ、楊弓などを買って遊ばせ、見せかけばかりである。中には裕福な様子をして、自分が沢山の財産を持っていることを人に思わせるため、金銀を借りまくるまでやる人もいる。自分の身分にふさわしくない生活をし、最後は家財を使い果たすことになる。必要のない腰元を抱え、歩いてすぐ着ける所にも乗物を使い、芝居を見る時に余計な桟敷席を買い取りなどなど、贅沢三昧である。

堺町に材木屋の木工兵衛という金持ちがいた。今の商売も繁盛で、家屋も立派なものである。夫婦仲もよく、一人の子供がいる。木工兵衛の姉の娘におつやという嫁入り盛りの美人の娘がいた。彼女は父親が若死に、後家の手で育てた。今年十八歳となっていたが、まだ結婚相手がいない。おつやのことを聞き、嫁入り仕度はしなくてもよいから結婚して欲しいと、伊丹の造り酒屋の金持ちから申し入れがあった。木工兵衛にとってはたった一人の姪であるし、小さい頃から可愛がってきたので、これを聞いて大いに喜ぶ。そして吉日を約束して先方の来るのを待つ。相手に気に入られるように、綺麗に飾らなければならないと思い、木工兵衛は妻を呼び、織紋と地無しの小袖を少しの間姪に貸してくれないかと頼んだところ、妻は言い訳をして貸してくれなかった。旦那が腹が立ち、仕方がなく、腰元を妹のところへ行かせ、服を借りてこいと言ったが、結局妹は妻と同じような口調で断った。そして柳馬場の姨御の娘おかんのことを思い出し、彼女は性格が寛濶で吝嗇なことをせず衣裳持ちだから、彼女宛に手紙を書いた。その返事には「先日宴会に行った時に枝に引っかけて裾が破れた」とあり、それを見て、亭主は困った。

亭主は、妹を呼んできて、妻と一緒に座らせ、なぜ姪に衣裳を貸さないと説教しようとしたところ、柳馬場の姨御様がきた。そして娘おかんの事情を明かす。娘に嫁入り仕度を整えたのに、二十個の小袖箪笥には、衣裳はおろか紙一枚もない。それを見て肝が潰れ、調べたところ、文箱には蓋の閉まらないほど質札が入っている。ほかの物は全て質物にした。

亭主はこれを聞いて、妻も同じ事情であるかもしれないと、妻の使う箪笥を開けてみたところ、全てが空っぽになっている。これは大変なことだと思い、妹の方も調べたが、どちらも今着ている物以外に夏冬の着物が一枚もなかった。

挿絵から読み取ったものとはほぼ合致するが、挿絵と目録に書かれる内容だけを見ると、老婆が何者か、どのような役割を果たすのかは明らかではない。本文では楊弓が子どもに買ってやったものであった。老婆は事情を説明しに来ており、楊弓と無関係。老婆の話を聴くことを切っ掛けに、亭主が妻も同じことをしているのではないかと心配し、調べたところ箪笥と長持の中に何も入っていないことを発見した。挿絵と目録の部分だけによっては確かにそれまでの経緯がなかなか見出せない。しかし三分割の場面を見れば、その中で納戸の方が全体の半分弱を占めており、しかも中央に配置され、中に置かれている箪笥と長持の中に何も入っておらず、それは最初の場面とは対照的であり、既に本話の主題を表していると言えよう。つまり立派な箪笥と長持を見ると、その持主が間違いなく金持ちであると思われるはずなのに、開けてみたら空っぽになっていることを知り、期待が外れた。この逆転が挿絵から読み取り得る。本文に書かれる主な内容が挿絵にほぼ反映されている。

図九

『娘気質』巻の三―一「悋気はするどい心の剣白歯の娘」この挿絵（図九）も三分割になっている。まず、右上の場面を読んでいく。

〈六丁ウラ〉

（上段右）「是は〳〵」

下女が娘の荒っぽい行動に対し嘆く。

（上段中）「なんとなされた」

どうしてそういうことをなされたのですかと下女が娘の行動を問い掛ける。

（上段左）「いと様のわろさにほつとした」

「わろさ」とは「悪さ」の意。「ほっと」とは、「持て余して困るさま」の意。下女がいと様の悪さに困ったと言っている。床に鏡の台が倒れており、化粧用の道具も散らしていることから、この娘には何かよほど気に入らないことがあるのであろう。

右下の場面では、娘を説教する僧侶が描かれている。

（下段左）「ひいな様のくびぬいてよいきミじや」

娘がお雛様をめちゃめちゃにしてしまい、心の中では嬉しく思っている。

(下段右)「ぐそうがいふことをようきかしやれ」娘の躾をするために、僧侶に来て貰った。「愚僧の言うことをよく聴きなさい」と僧侶が言う。

左の場面では、母が娘の体を洗っている。

〈七丁オモテ〉

(上段中)「か丶様いたい〳〵」

痛がるほど体を磨いている。

(上段右)「よいこにせねばならぬ」

母親が娘を宥めながら体を洗う。

(下段左)「おか様ちやのミにござれやいの」

井戸の水を汲む女性がそばにいる婦人を誘う。

(下段右)「こちにもわきました」

右の誘いに対し、婦人も相手を誘う。

(上段左)「娘が三味が上だ〳〵」

下男が娘の三味線の出来を褒める。

以上を踏まえると、一、化粧の邪魔をする部分と、二、雛の首を抜く部分は同一の娘が描かれており、連続することが判る。しかし体を洗ってもらう娘は別の娘であり、内容上も連続性が認められない。従って取り敢えず一と二の部分を踏まえて筋を予測してみる。


化粧する下女達が綺麗に見せようとする。しかし娘がそれを邪魔する。しかも自分は化粧しない。いつも床に化粧道具をあちこちに散らしている。平気で雛の首を抜いたり、親に逆らったりする。この娘は恐らく強い嫉妬心を持っているのだろう。娘の教育に行き詰まり、しかたなく僧侶を招いて説教してもらった。僧侶は娘に対し話をしっかりと聞きなさいと諭す。

書き入れのみでは、娘がどうして嫉妬心の強い人間になってしまったのかについて、まだ判らない。その手掛かりを探すため、目録三―一に書かれる内容の要約を見てみる。

迷惑な雛の首、抜目のなひ和尚の異見、聞ぬは親の育からあまやかした甘草子、今ぞ女房が廻りのよひ薬屋へ入婿が匕加減。

迷惑は、首を抜かれて雛人形は迷惑の意。抜目は、首を抜くと掛ける。育からあまやかしたとは、育てかたの必然の結果を意味する。甘草子は、親の愛する子。あま（やかす）の縁。廻りのよひとは、意に逆らわぬことと薬がよく効くことの二義を含む。匕加減は、薬を調合する加減の意。また手加減。薬の縁（以上、「新大系本」の脚注に拠る）。これらの語釈を踏まえて全体を訳してみる。

雛にとって迷惑なのは、娘が自分の首を抜いてしまったことである。世の中をよく知っている和尚に頼んで意見をもらった。しかし娘が聞かない。原因は、親が甘やかして育てたためである。娘が女房になって意に逆らわない入婿を薬屋へ迎えた。しかし実際には入婿が女房に対して色々な加減を行っている。

以上より次のことが判る。娘が強い嫉妬心を持つきっかけは、彼女の両親からの溺愛によるものであった。しかし以上を踏まえて見ても、七丁オモテの場面がまだ判らない。

本文に書かれる内容は以下の如く。

大阪の堺筋に商売をしている生薬屋道斎という男がいた。五十歳になって初めて女の子を儲けた。名前はおいとと付けた。尋常ではない可愛がって慈しんでいた。この娘は早くも五歳になり、被衣初をした頃から、家の使用人が化粧をするとすぐ腹を立てる。自分も鏡を使わず、化粧もせず、敢えて下品に見せる。家の使用人の歩き方まで口を出す。子供らしいことを一切せず、文句を言うことばかりを楽しみに暮らしている。両親の少し親密な触れ合いを目に入ると、機嫌がすぐ悪くなり、母親に冷たい面をして見せる。雛祭りの際に雛の首を抜いてしまった。

両親は娘のすることを見て心配し、いろいろ口説いたが、少しも聞き入れず、更に酷くなってくる。両親はする術がなく、檀那寺の僧侶を呼んで娘のくせを直そうとしてもらうが、五歳の子にそういうことをするのは本当に良いのか、実に疑問がある。僧侶が娘に近づいて話をよく聞きなさいと言いながら、昔の性格の悪い人が死んでも今までその悪名が残っているとか、女として大事なのは嫉妬心を捨てることとか、まるで三十路の女房を説教するように長々と述べた。娘はその話を聞いてから、両親への不満の原因を僧侶に教えたうえ、そういう話は両親に聞かせて欲しいと求めた。僧侶はあきれた顔をして両親に注文した。娘の心の僻みが直るまで別居しなさい。娘の前で親密な行動をお止めになったほうがよいかもしれないと言って帰った。

この娘は大きくなるにつれて物妬みが一層酷くなった。この不名誉な評判が町中に知られ、十八歳になっても縁談の話は一つもなかった。両親は焦り婿の選ぶ条件を下げてあちこち媒酌人に頼んで、ようやく谷町の古道具屋の息子が娘の性格を承知の上、婿になるという申し込みがあった。祝宴が終わり、婿が娘に祝宴の時に座敷の三番目に居た男に酌をしたのはどういうつもりなのかと聞いた。娘はそれは私の叔父だから、これからも家の世話を頼むから、心配する必要はないと笑ったが、婿はまたお前が父親を見る目つきが何なのか、親し過ぎたのではないかと文句を付けた。婿は朝起きてから寝るまで娘のそばを離れようとしない。娘の言動を監視しながら、揚げ足を取る。とにかく毎日毎日文句ばかりを言う。娘は困り果てて、生まれついた嫉妬心がさっぱり消えた。それから娘は耳喧しく思い、どうにかして夫の束縛から逃げたがる。そして下女に頼んで、主人に言い寄らせる。主人に郭へ行くのを勧めたり、婿に気に入られるように妾に膳を据えるまでした。このように昔とは打って変わった人になった。

以上が、本文に書かれる内容である。挿絵を本文に照らして見ると、前半が本文にほぼ合致しているものの、やはり体を洗われたり、三味線を習ったりする場面は本文には登場しなかった。これまでの読み解く方法は、挿絵のみ見ることにより一編の粗筋を予測し、それから、本文を読んでいくという順番であった。しかし今回はそれでは対応できない。この点に関しては次話三―二において解決する。

さて、挿絵の前半と本文を併せて改めて確認してみよう。幼いから嫉妬心深い娘がいつもまわりに迷惑ばかりを掛ける。しかしようやく結婚できたおいとには思いがけないことが待ちかまえていた。それはおいとより嫉妬心が一層深い旦那であったことである。どんな男でも妻との会話すら決して許せなかった。おいとはその苦しい日々を送っているうちに、生まれついた嫉妬心が消えた。どうにかして夫の束縛から逃げたいと思い、主人に郭へ行くのを勧

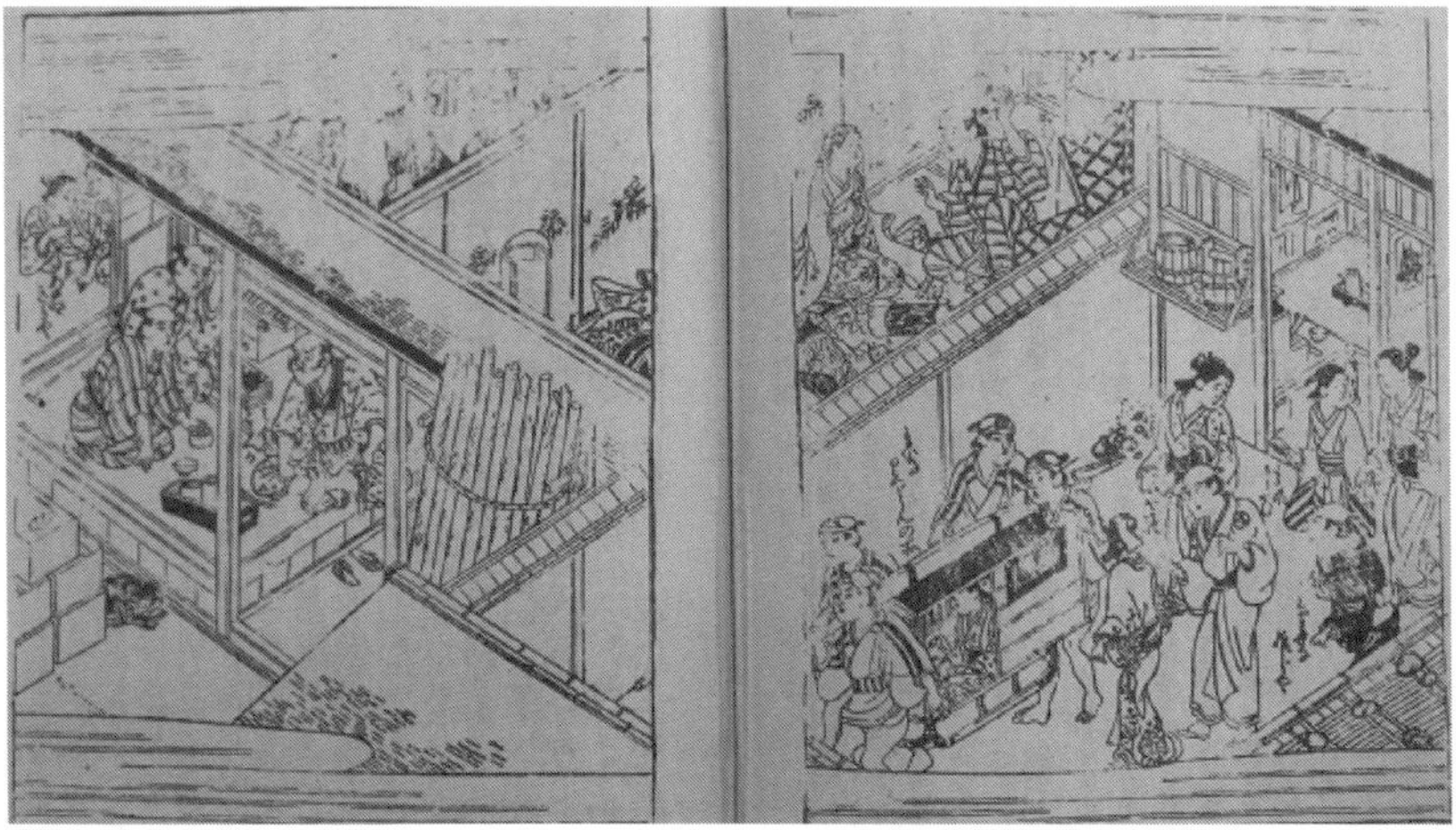

図十

めた。もともと嫉妬心の深い女だったが、嫉妬心が消えたにも拘わらず、嫉妬心の一層深い旦那の「被害者」になってしまった。人に迷惑をかける「犯罪者」から「被害者」へと変わるという逆転も見られる。しかしこの連続の変化は一面の挿絵にするのがほぼ無理だと思われる。特に抽象的な心理的変化については視覚的な「装置」を用いても捉えがたい。従ってこのような内容を挿絵にしなかったのであろう。

『娘気質』巻の三―二「不器量で身を麩抹香屋の娘」

この挿絵（図十）も三分割になっている。挿絵の右下は、舞子が立身出世した場面。

〈廿二丁ウラ〉

（下段左）「まいこりつしんの所」

場面の説明に当たる。供付きの立派な駕籠に乗っているので、武家に奉公できたと思われる。

（下段中央）「やがて〳〵」

舞子の母親と思われる人物が悪娘の父親に「そのうち、そのうち（貴女のお娘さんも良い縁に結ばれるのだろう）」と言う。

（下段下）「しやわせな娘じや」

中間（江戸時代、武士に仕えて雑務に従った者の称）が舞子の幸せな様子を見て感想を漏らす。

（下段右）「わる娘うらやむ」

容貌に恵まれない娘が、舞子を見て羨む。

（下段右上）「（願）かけまつ」

難読箇所。入木にて訂正した跡が認められる。願掛のご利益が現れるのを待つと解しておく。


挿絵の中央上は、女の話を盗み聞きする場面。

（上段左）「わたしが心ハ是じや」

女が心中を明かす。

（上段右）「扨も〳〵」

隣の男が話しを聴いて驚いている。

〈廿三丁オモテ〉

（上段）「ア丶もつと、きこへぬ、しんき」

男女の話を盗み聞きしようとする女が「もっと聞きたいが、聞こえないから焦れったい」と言う。辛気とは、焦れったいの意。


挿絵の左下は、包み金を差し出す商家の人と、これを見る侠客風の男が描かれる。

（中段左）「あれをききや」

下女達が聞き耳を立てて話の内容を聞こうとしている。

（中央）「其金でたらんか」

突如家に押し入った侠客に金を渡し、「その金でも足りないのか」と商家の人が言う。


以上の内容を踏まえて予想しておく。

はじめの場面では、供付きの立派な駕籠に乗って嫁ぎに行く舞子が描かれている。近所に住む人がその場面を見て、羨望する。特に容貌に恵まれない娘が羨む。出世した娘を喜んで見送る親が、容貌に恵まれない娘の父に慰めの言葉を掛ける。自分の娘には武家に奉公できる見込みがないから、願掛けてこれと違ったご利益が現れるのを待つことにした。

次の場面では、聞き耳立てて男女の話を聴こうとする女が描かれている。心の中を明かす女が男に述べた後、男が驚いた様子をする。盗み聴きする女がもっと聞きたがるのに、聞こえなくて苛々する。

最後の場面では、侠客風の男が商家に押し入り、何かを求めているようである。この男に何らかの弱味を握られているのだろうか、商人が強く主張できず、ただ金で解決しようとする。裏の方では二人の下女がこちらの話しを聴こうとする。

しかし二番目と三番目の場面では、女が何を男に明かしたのかと、家に押し入った男が何の原因で来たのかについては、書き入れのみによっては予想しがたい。ここで目録に目を転じる。巻の三―二の内容の要約は、次の通り。

同じ所には尻のすはらぬ舞子の三味線嫌ひ、呉服所より抱にござつた〳〵お大黒の殞子、内証はあたゝかな饅頭のあんまとり。

尻のすはらぬとは、落ち着かないの意。舞うの縁。舞子とは、上方で小歌をうたい、踊り、酒の相手もする少女のこと。抱にござつたとは、雇いにおいでになったの意。「ござつた〳〵」は、大黒舞の文句。お大黒の縁。お大黒の殞子とは、僧侶の隠し妻のこと。「あたゝかな饅頭」とは、経済的に豊かなことをあたたか饅頭という。「あんま」は、「按摩」のこと。饅頭の餡と掛ける（以上、「新大系本」の脚注に拠る）。全体の意味としては、以下の如し。

同じ所に舞子とあんまとりが住んでいた。舞子が大事な三味線を嫌った結果、大金持ちに誘われて妾になったものの出戻りを繰り返した。一方、あんまとりは金持ちとして暮らしていた。

従って、これが挿絵のはじめの場面に当たることが判る。抹香屋の娘が後に按摩取りになったと予想できるのだろう。もう一つ気になっているのは、「舞子の三味線嫌ひ」という語句の指す場面が何処にあるのか。ここで巻の三―一で保留にした挿絵の半丁分が思い出される。挿絵の左側に描かれている「体を洗われたり、三味線を習ったりする」場面は前話本文には合致しなかったが、右の目録の解説から、もしかしてそれを指すのではないかと思われる。

「不器量で身を粧抹香屋の娘」については、本文に書かれる内容は以下の如し。ある夫婦が子供を産めず、女の子をもらって養子にした。自分は倹約しながらも養女に金を掛けて、琴・三味線を習わせ、この子を一人前に育てた。しかも生まれつきの端麗さで周りの人から評判となっている。ある日、上京してきた侍衆に妾に選ばれ、一家の栄耀になった。しかし二月も立たないうちに、この子は家に戻ってきた。このような不名誉なことは人に言えず、すぐに丹州の方へ妾奉公に出した。こちらにも半月も経ないでまた戻ってきた。両親はこのような綺麗な娘がどうして幸せにならないのか不審に思う。

さて、両親が娘のことを悩んでいる所、またチャンスがやってきた。北国の大名が側室を求めるため、色々探した結果、この娘より器量の良い女はいないから、側室とした。贅沢三昧な生活を暫く極めたが、ある時、大名が周りの人々と町人を招待する宴会を開いた。酒を飲んでいたところ、この娘が仏法によれば、飲酒は罪に当たるともったいぶった顔で言った。これを聞いて、大名はもっと姿らしく振る舞うよう求め、この娘の手を掴もうとしたところ、この娘は浅ましいことだと拒否する。勿論後に、大名の家から追い出された。この娘がこれまで失敗した原因は、金持ちの家で酒盛淫楽の場面を見ると、思わず説教の仏経をぺちゃくちゃと喋るため。この癖があるから、もう大名奉公は出来なくなり、美貌も無駄になった。後に墓守の女房になったが、両親は娘による親孝行を受けず、六十歳超えても辛い仕事を余儀なくされた。

ところで、隣の抹香屋の不器量な娘は、目鼻立ちの置き所が違い、しかも痘痕顔で、体付きも悪く、良い相手が見つからなかったけれども、評判の腹さすりの名人に按摩を教えてもらい、後に独立した。たちまち有名になり、金持ちになった。そのお陰で両親が安楽な晩年を過ごせた。

以上が、本文に書かれた内容である。本文を読むことに拠って、新たな発見があった。それは本文に書かれる「判金廿枚の鶯を飼ふよりも二親の世話大かたならず。七つ八つより琴・三味線をならはせにつかはし、朝夕糠袋の底のぬけるほど磨たてヽ、あたりもかゞやくばかりの娘となして」という一節である。これを読めば、巻の三―一に置かれた挿絵の左の場面は、巻の三―二に登場するものであったことが判る。次話の予告として前の挿絵に出したのである。このような手法は本作挿絵においては初めてのことである。二つの挿絵に描かれている場面を併せて見れば、次の通り。

両親が娘に三味線を習わせた。娘の三味線は母より上だと父が言う。母は娘の体を痛がるほど磨いた。その努力は無駄にならず、娘が見事に武家に奉公できた。両親の苦心が報われた。

しかしこの娘は後に自分の持つ美しさを活かせず、結局惨めな状態に陥った。これとは反対に、不器量な娘は大名奉公への夢を諦め、ひたすら按摩の仕事を頑張った結果、豊かな生活が手に入った。容姿の良い娘が幸せになり、不器量の娘が一生苦労するという先入観があるが、結局、人々の予想は覆された。両者の人生における逆転も見られる。

続く巻の三—三目録に伴う内容の要約は、次の通り。

> 祝言の夜に婿をふる材木屋の花娵子、悪性な妹娘果は尼棚へ千両のしき金、表の間のねだり者、番頭はむつと脇指に剃下奴。

婿をふるとは、婿の意に従わないの意。「ふる」はまた柵などを設ける意があり、材木の縁。悪性は、身持ちの悪いことを意味する。尼棚は、江戸の日本橋北詰室町一丁目西側の俗称。塗物屋が多かった。悪性女の果は尼と掛ける。ねだり者とは、金品をゆする者の意。根太と同音で上に続ける。脇指は、わかすと掛ける。わかすは怒る。脇指を指した奴に番頭はむっとして怒った。剃下奴とは、月代を広く剃り、鬢を細く残した奴の髪風（以上、「新大系本」の脚注に拠る）。全体の意味としては、次の通り。

材木屋出身の花嫁が新婚の夜に婿を拒む。一方、悪性な妹に対しては千両の敷金を使い、尼棚へ嫁がせだ。一人の剃下奴が金を強請りに来た。それに対して、家の番頭が怒った。

さて、これと書き入れと両方を併せて改めて予想してみよう。

新婚の夜に婿を拒む花嫁が心中を明かす。その理由を聞いて婿が驚いている。隣にある女が聞き耳立てて話しを聴こうとするが、聞こえなくて苛々する。一方、悪性な妹には評判が悪いため、尼棚へ嫁に行く時に千両を使ってしまった。やがて一人の剃下奴が金を強請りに来た。この男に何らかの弱味を取られたのだろう、商人が強く主張できず、ただ金で解決しようとする。裏の方では二人の下女がこちらの話しを聴こうとする。「祝言の夜に婿をふる」と「ねだり者、番頭はむつと脇指に剃下奴」とは、各々巻の三―二に置かれた挿絵の二番目の場面と三番目の場面に当たっていると思われる。一つの挿絵に二つの話が混在しているのではないか推定できる。

では、「物好の染小袖心の花は咲分けた兄弟の娘」の本文を読んでみよう。

江戸に金持ちの材木屋が十六と十五歳の娘を持っていた。長女の名前はおはるで、次女はおなつである。おはるには通町の中橋辺りの大金持ち亀松屋の次男九米三郎を養子婿にすると婚約した。次女のおなつには、姉の婚礼が済んでから、財産を一部渡し結婚させるつもりであった。図らずもおはるの婚約者が結婚の当日に病気でなくなった。おはるは尼になろうと思ったが、両親に説得され、その思いをやめた。後に再婚して、婿に自分の思いを再び打ち明けた。婿はおはるの気持ちを理解し、両親が亡くなったら、出家しても良いと約束した。夫婦の営みについては、自分の代わりに顔立ちの良い腰元を寝室に遣わした。

妹のおなつは、本町の呉服屋と結婚したものの、浮気をしたことを暴かれ、しかたなく離縁に追い込まれた。しかし、おなつは少しも慎もうとはしない。ようやく二度目の縁ができ、嫁入仕度をしたところ、外から草履取りが突如入り、おなつに会いたいと言い張る。調べたところ、おなつはこの男と密通し、起請文も書いた。家の番頭はこれを見てもう弁解できぬ、この起請文を自分に売るように懇願する。男に満足させるような金を出してやっと解決できた。

従って、巻の三―二に置かれた挿絵は、巻の三―三の話も併せて載せてあることが判った。巻の三―三には、同じ兄弟なのに、姉が貞操を堅く守っている一方で、妹が浮気好きで家族に迷惑ばかりを掛けてしまった。姉妹の性格が相反しており、これもある意味で逆転が見られると言えよう。

これまでの分析を通して、『娘気質』における挿絵のパターンは二通り存在していることが判る。一

図十一

枚の挿絵に描かれている内容は一つの短編のみに関わるものと、一枚の挿絵に二つの短編が関わっているものということである。このような結果になった理由は、コストを要する挿絵の丁数を抑制するためであろう。

　続いて巻の四の挿絵をみてゆく。収録される短編数は三話。これに対して挿絵は二つであり、巻の四―一（以下、挿絵①（図十二）と称す）と、同巻―二（以下、挿絵②（図十一）と称す）に配されている。既に「新体系本」にて長谷川強氏が指摘するように、①は巻の四―三に、②は同巻―一・二に対応するという錯簡を犯している。従って挿絵①を見て、その筋を予想した後に巻の四―一の本文を読んでも、読者は解けない謎を突き付けられた思いがするであろう。続いて挿絵②を見て、その右半分が先程読んだ四―一の本文に対応していたことに始めて気付く。挿絵②の左半分で筋を予測したとしても、それが四―二に対応するか否かの保証はなく、挿絵①の方が該当するかもしれぬという疑問は解消できない。四―二の本文を読むと、挿絵②の左半分が該当していたことが始めて判る。ここまで来ると、挿絵①は四―三に対応するしかないと予想できる。このような杜撰な本文構成をしているということは、挿絵で筋を予想させるという読ませ方を、大いに読者に期待しているとは言い難い。しかし、本論では飽くまで当初の方針に基づきながら挿絵を分析し、最終的な総括部分で再検討を試みる。

以下、挿絵②と四―一・二（「器量に打込聟の内証調て見る鼓屋の娘」と「胸の火に伽羅の油解て来る心中娘」）との対応関係をこれまでの手法に基づいて検討する。挿絵②も三分割になっている。まず挿絵の書き入れを翻字する。

〈廿二丁ウラ〉

（上段上）「むすめハきやうものじや、おもしろい〳〵」

娘は器用に鼓を打ち、父親が感心している。後方に鼓が二つもあるので、鼓打ちを職業としているものと思われる。

（上段下）「あにハしたて物やよりましじや」

兄は針仕事が得意で、仕立て屋より上だと母親が称賛する。

（下段中央）「もミぢがさやのナア、めおとの心中。男廿一、おかめハ十五、年にあハすりやいたずら〳〵じや」

近松門左衛門作「卯月の紅葉」の一節である。『近松全集』第四巻（昭和61年、岩波書店）『卯月の紅葉』の「末期の道行」では以下の如し、「紅葉笠屋のな女夫の心中男廿一お亀は十五年にあわすりやいたづらいたづらぢや」。

（下段左）「よふ〳〵」

浄瑠璃語りの間に掛け声をしている。

（下段右）「身にこたえておもしろいぞへ」

正本を見ながら、浄瑠璃語りに聞き入っている娘あり。

〈廿三丁オモテ〉

（下段右）「心中じやそうな」

「卯月の紅葉」の主題を再確認する婦人。娘の母親であろうか。

（下段左）「よふかたりますの」

浄瑠璃語りの巧みさに、母親と感心しあうのはその亭主か。

（上段右）「むすめ子が見えぬ〳〵」

家中では娘の失踪に気付き大騒ぎをしている。

（上段左）「あゝうれしや、内を出た」

浄瑠璃語りの男に背負われて、聞き入っていた娘は出奔する。二人には「卯月の紅葉」の如き結末が待っているであろうか。

台詞を伴う画面を踏まえて、その筋を推定してみよう。鼓打ちの家では、跡取り息子は針仕事に長じており、その妹は鼓の演奏が得意である。本来なら息子に家業を継がせたいが、娘の方が向いている。そして娘の方に身に付けて欲しい針仕事は兄が長けている。世の中は上手くいかないものである。

「卯月の紅葉」を語っている男に対し、周りの人が耳を傾け感動している。その物語の内容は二一歳の男と十五歳の女と心中事件に取材している。娘は殊の外熱心に聞き入っている。やがて二人は恋仲となり、男は娘を背中に負い駆け落ちをするのである。二人の行く末は破滅に向かうのであろうか。

以上の如く、この三分割の画面に描かれている場面を見る限り、心中語りと駆け落ちは関連しているが、これらと鼓及び針仕事とはどう考えても繋がらない。

「器量に打込聟の内証調て見る鼓屋の娘」の本文を読むと、以下の如き筋立てとなっている。本来跡取り息子のやるべき鼓打ちを娘の方がうまくでき、娘がやるべき針仕事は、兄の方が仕立て屋よりも上手である。ここでは、家業を息子に継がせたいが、娘の方が向いているという皮肉が描かれている。しかし心中は全く登場しない。次の「胸の火に伽羅の油解て来る心中娘」を読むと、ようやく心中が出てくる。弁七は義大夫節を得意とし、「卯月の紅葉」を聴いたおるいと恋仲となり、駆け落ちする。途中でおるいが老婆と入れ替わり、弁七は知らずに老婆と心中する。挿絵の下段は「卯月の紅葉」を語っている場面を描き、左側は駆け落ちを描いていた。この挿絵は、隣接する二つの短編が共用する形になっていたのである。当時、挿絵を作るには、時間もコ

図十二

ストもかかる。全体の挿絵数を抑制するべく一つの挿絵に納めたものと思われる。今回の挿絵には肝心の心中場面は描かれずに終った。しかし「卯月の紅葉」の一節を出すことにより、挿絵のみにて結果を予想することは可能であろう。

このように挿絵の中に音曲の一節を書き入れることで、筋を示したり、臨場感を高めたりする効果が期待できる。流行する音曲を用いると、読者の共感を得やすいと言えよう。長谷川強氏によれば、「近松門左衛門作の卯月の紅葉（宝永三年夏、竹本座上演）は、道具屋の娘お亀と入聟の与兵衛の心中。与兵衛は死におくれ後追い心中をするのが卯月の潤色（同四年四月上演）。義大夫（筑後掾）の段物集鸚鵡ヶ杣（正徳元年序）に卯月の紅葉の二十二社廻り・末後の道行、鸚鵡か園（同二年序）に、末期の道行を収める。この浄瑠璃を出すのは、心中当事者の一方が死におくれるという点に本章の趣向のヒントがあることを示していよう」（以上、「新大系本」の脚注に拠る）とあり、挿絵のみならず、本文でも筋の暗示をしていたことが判る。

続いて挿絵①と巻の四―三「身の悪を我口から白人となる浮気娘」との関係を考察する。挿絵①も三分割になっている（図十二）。

〈五丁ウラ〉

（上段中）「はて、わたしがうちわでおめのあくまであふくぞへ」

主人思いの良妻として描かれる。

（上段左）「うたたねする。かやつらせてたも」

旦那が女房に蚊帳を吊るよう依頼する。

（上段右）「だんなとおく様とハ中がよい。うら山しい」

使用人が感想を漏らす。

（下段中）「これが四らたらさんのか」

女が評判記のことについて問うている。好みの役者がいるようである。ここで四郎太郎は、榊山鶯助（初代）を指す。つまり榊山四郎太郎（元禄10年～明和5年）のことである。

（下段下）「四らたらのハ貳文、たかいでござります」

評判記を売る男が値段について説明する。本作は享保二年刊行で、その時点では榊山四太郎は二十歳になり、男盛りで人気があると思われる。評判記は八文字屋も出版しており、江島屋でも対抗して上梓したか。

〈六丁オモテ〉

（下段左）「ぽんと町ざしき」

場所の説明に当たる。

（下段右）「やくしや評判見る」

役者評判記を熱心に読んでいる。

（下段左）「なんと役しやハよかろかの」

役者に夢中になっていることを示す。

（下段中）「それを帯にせふかの」

呉服商人が持つ反物を気に入った様子である。

（上段上）「四条川原」

場所の説明。

（上段中）「なまいた〳〵」

川原にいるものが「なむあみだぶつ」と唱える。その行動はものをもらうためであり、「河原乞食」

を想起させる。「河原乞食」とは、歌舞伎役者を卑しめていう語。従って役者と密会場所がぽんと町座敷であることを示していよう。

本文に書かれる内容は下記の通り。

ある女が結婚して夫を大事にしていた。夫がうたたねをすると、すぐ座布団を差し上げる。夏の夜には自分が一晩中寝ないままずっと夫の側にいて団扇を持って涼しい風を送る。夫が外出すれば、家に帰るまで夜着のまま待ち続ける。無駄をなくすため、自分のできることを自らする。腰元がいるのに、自ら膳をすることもある。嗜みとしては、暇の時に艶書を小声で呼んだりするときもある。字の読めない夫が鼻も低く、不器量であるのに、世の男は皆同じだろうと思い込む。

しかし平穏な生活は長く続かず、この女が次第に派手好きになり、芝居に上手く書かれた色話を本当のことだと思ってしまった。それから町に出かけ、茶屋などに行って格好の良い若い役者を見たり、日々好きな役者の噂ばかりしている。そして段々夫に不満を持ち始め、八つ当たりをする。今まで大切にしていた夫が見るだけで目に余るような気がする。勿論夫婦生活は家の中で別居状態になっている。一方、芝居への執着心が益々強くなる。狂言の番付き売りから番付きを買い求める。

やがてこの女は離縁を念頭に、実家へ帰り、両親に旦那から虐待を受けたと嘘を言った。両親がこれを信じて、娘の離縁を願い出た。そして、娘の願いどおりに叶えた。

それから娘を再婚させるために、両親が周りの縁故に色々願って、娘に相手を紹介するように頼んだ。実は娘が再婚する気は微塵もない。紹介してくれた相手にそれぞれ口実をつけて断った。それどころか、また仮病を偽った。医者が診察して、これは長期間に渡り気の滞ることによる病気なので、暫く娘に好きにさせるように言い付けた。これを聞いて、両親は東山の見える景色の良いぽんと町の座敷を借りて娘に使わせた。これは娘の思う壺であった。娘は腰元を連れて、毎日芝居見物に明け暮れた。仲介する茶屋を通じて、好きな役者に文を出す。この茶屋は双方の間で返事をでっち上げて、金品を騙し取るば

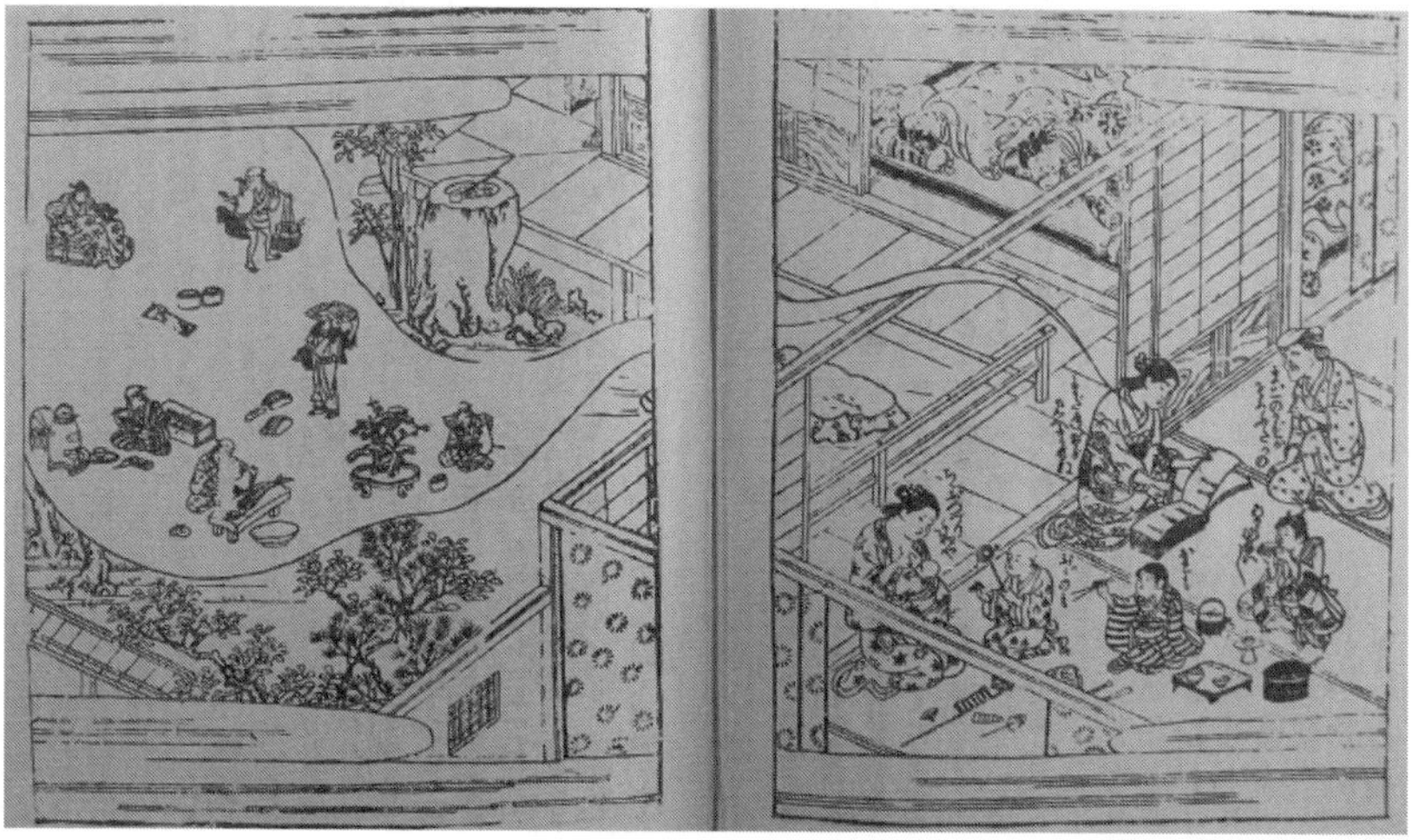

図十三

かりであった。娘はそれに気付かず、金を追い込んだ。最後に家まで質に入れてしまった。両親がようやく娘の嘘を発見したが、もう施す術がなかった。娘はさらに淫らな道へ進み、娼婦になった。酒宴の座敷で役者との戯れを喜びつつ、最初から娼婦であったらよかったのに、と悔んだ。

本文の主な内容は全て挿絵の中に見られる。即ち最初は主人思いの良妻であったが、役者に関心を持つのを契機として、その役者に溺れて転落してゆく。主人公の生き方における善から悪への逆転が見られる。

これまでは、一つの巻にある短編の数と挿絵の数とに相違があったが、これ以後の巻の五と巻の六では、短編数と挿絵の数とが一致している。従って一つの短編に対して一つの挿絵が対応する構成となっている。

まず巻の五―一「嫁入小袖妻を重ぬる山雀娘」の挿絵（図十三）を考察しておく。

〈四丁ウラ〉

（中段右）「まごのかずがそろふたかの」

婆が孫の数を確認する。孫が多人数であることを窺わせる。

（中段中）「まだ太郎市が見へませぬ」

まだ一人戻っていないと母親らしい女が名簿に照らしながら返事する。

（下段右から一番目）「あからむまい〳〵」

親が子供の面倒を見切れない。「あから」とは、酒の異名。子供が片付けていない酒を見て好奇心で味を嘗めてみる。

（下段右から三番目）「ぶゝのも」

「ぶゝ」とは、茶または湯をいう幼児語。他の子供がお白湯が欲しいと言う。

（下段右から二番目）「おれも」

隣の子が聞いて、俺も欲しいと言う。

（下段左）「ちゝぶつつり被成や」

乳児に乳をしっかりと飲んでくださいと乳母が言う。ぶっつりとは、しっかりの意。

この挿絵は、これまでのものとは違い複数場面の分割になっていない。基本的には沢山の子供を持つ母親が描かれるだけである。しかし母親の体から吹き出し形式で数多くの男が描かれている。この二つの要素にはどのような関係があるのかを分析してゆく。

吹き出しを使って表現しようとするものは、夢あるいは過去のことであろう。母親は寝ておらず、睡眠中の夢ではないことが判る。子供に対し将来それぞれそういうふうになって欲しいという夢である可能性はあるものの、描かれている男達の様子を見ると、世間にありふれた仕事をする人々中心に描かれている。どう考えても自分の子供にそのようになって欲しい存在とは思えない。従って男達は女性の過去の様々な亭主ではないかと思われる。そして多くの子供ができたと考えられる。

本文の内容は次の如し。

柳原のあたりに米屋の俵左衛門の後家で、若い未亡人が子供二人を養っている。長男の俵七は五歳で、女の子であるおゆきは三歳である。母は二六歳の年に旦那がなくなり、それから再婚せず、十三年間ひたすら働いて家財を貯めた。そして嫁入り道具を沢山拵え、娘おゆきを結婚させる準備をする。最初、乾物屋の与吉郎という人が結婚の申し込みをした。結婚して、旦那が女房をとても気に入り、大事にしていた。しかし一ケ月立たないうちに、旦那が突然吐血し、翌日に可愛い女房を残して亡くなった。おゆきは悲しみのあまり、その場で自殺しようとしたが、人の話を聞いて自害を止めた。相続する子供がないから、百両を貰い親里に戻った。母は後家としての苦しみを味わってきたから、娘に体験させたくないと思い、すぐに再婚の口を探した。今度は魚屋と結婚した。結婚してまだ五ヶ月も立たないうちに、嫁御の腹が大きくなり、聞いたらこれは乾物屋の与吉郎のはらごもりであった。亭主はこれを認め、おゆきを実家へ戻させ安産した。生まれた男子に与作と名付けた。産後七十五日も待たず、魚屋へ帰った。皆に優しく接し、家事も上手くでき、周りの好評もあった。ある日、亭主が料理をするときに不注意で鰒の肝を汁に入れた。それを食べて来客も中毒し、旦那はそのまま他界した。おゆきは尼になろうと思ったが、腹には七ヶ月の子を抱えていた。親類相談の上、銀五貫目をもらって、また実家へ戻り平産した。この子と与作と兄弟分にして育てることにした。

おゆきは、これまでの出来ことを考えて、次の結婚相手には外見に拘らず、健康、元気であれば良いと決めた。探したら運が良く伝馬町の綿屋の息子である腎八という男がいた。双方も良縁だと決めて、嫁入りさせた。想定外のことに、腎八は毎日郭に通い、結局家の家督にならなかった。家の家督は腎八の妹婿に譲った。このような始末になり、おゆきは離縁の話を持ちかけられた。しかも腹にはもう妊娠していた。腎八の忘れ形見と思って養育するように頼まれ、銀百枚もらい仕方なく実家に戻った。またその子を安産して母に預けた。母は苦労するが、娘が金を貰っているから、次第に苦労を忘れた。

今までもらった金は大体全部で百貫目ぐらいであった。おゆきは母に相談し、今度嫁入り口を探すなら、死にそうな人が良いと決めた。そして、こちらの亡くなった旦那の七十五日の忌みも開かないうちに、次の相手をもう物色し始めた。このように繰

図十四

り返し、四十六歳までに既に男女の子供二十七をもうけた。朝起きる時にそれぞれ好きな食べ物を言い合い、外出して戻る時は、帳面を控え点呼までするありさまであった。

　本文に書かれる内容は、挿絵に描かれているものとほぼ一致する。最初は、おゆきが後家として育てくれた母のことを考えて、円満な家庭を手に入れるのを望んだが、叶えられなかった。皮肉なことに、後におゆきは繰り返し後家になっても悲しく思っているどころか、それを嬉しく待ち望んでいた。一つの場面中心で挿絵を構成しながらも、吹き出しを効果的に使うことによって読者に筋を予想させている。

『娘気質』巻の五―二「傍輩の悪性うつりにけりな徒娘」　この挿絵（図十四）もこれまで多く見られたものと同じく三分割になっている。

〈九丁ウラ〉

　（上段右）「むすめせつだなげる」

　場面の説明。娘が母へ雪駄を乱暴に投げる。娘の後ろに桶が幾つか置かれていることから、普通の家の台所を描いていると考えられる。娘が現状に不満を持ち、次第に我慢できず乱暴なことをするに及んだのだろうか。

（上段左）「は〻おやころさんとする」

場面の説明。母が娘の行動に怒りを覚える。

（上段中）「よめ取さ〻へる」

場面の説明。嫁が姑を宥める。

（上段下）「かけこいよめにぜに金やる」

場面の説明。「かけこい」とは、借金取りの意。本来金をもらう側である借金取りが嫁に金をあげるということは、母娘の喧嘩を仲裁する嫁の立派な振る舞いに感動したに違いない。

（下段右）「ならずものの女よりあい、あばれぐいの所」

場面の説明。「あばれぐい」とは、無茶食いをすることの意。多くの不良女が寄り合い、無茶食いをする。

（下段左）「此すいくわハかうじや〳〵」

ある女が西瓜を乱暴に切っている。

〈十ノ廿オモテ〉

（下段）「一ハいのむがいのち〳〵」


ここで「酒は百薬の長」という言葉を借りて、屁理屈を言う。

（上段下右）「これいろとり、はなしハせぬぞ」

「いろとり」とは、色取り男のことで、色事に巧みな男を意味する。娼婦が男客を掴まえ、離そうとしない。

（上段下左）「はなしやいの、なじミがある」

男がよく通う店があると言い、離せと言う。

（上段右から二番目）「仁介さん、あそばんせ」

「仁介」とは、性欲さかんなことを意味する。娼婦が決まり文句を言いながら客引きをする。

（上段右）「ぜにがたかい、九文にまけや」

値引き交渉をしている。

（上段中）「あんばいよし、かうてきてさかづきせう」

商人らしい男が娼婦と話を交わす。買い物を終えたらまた戻ってくると約束する。

（上段中左）「かならずへ」

遊女が是非戻って来てくださいと願う。

（上段左）「一はいのミたい。まず」

ある男が酒を一杯飲みたいと言いながら、まず一服しようとする。

以上三つの場面を踏まえて、挿絵によって粗筋を予想する。母娘の対立に嫁が仲裁に入る。借金取りが嫁の行動に感動し、金を与える。一方、嫁と正反対にして、不孝者である娘が堕落してゆく。結局、娼婦になってしまった。

本文に書かれている内容は次の如し。

福岡屋の後家は嫁のおそめ、娘のおたつと暮らしている。ある時、島屋町の搗米屋の借金取りであるきかぬ生平がやってくる。毎日の米代なので借金を取るまでは帰らないと告げ、台所の近くに坐っていたが、疲れていたのだろうか、眠気に襲われ、人の話を夢のように聴いていた。後家は借金取りが皆帰ったと思い、目の前の苦しみを語り始めたところ、娘のおたつが庭におりて、色っぽく嬌態を作りながら、明日の晩からの踊りの稽古に夢中になっている。娘の行動を見て後家が叱る。しかし言い終わらぬうちに、娘が履いている雪駄を親に投げつけ、普段の寝間に行く。後家も今は堪忍がならず、手元にあった爪を切るための小刀を手にして立とうとしたところ、嫁のおそめが驚いて姑を抱き止め、ようやく姑を落ち着かせる。密かに裏の方へ行き、髪に挿している笄等を抜き取り、淡黄色の帯を細い組帯にしめ替えた。おそめはこれらを持って外へ行ったが、暫くして戻ってきた。袂から銭百四五十文を取り出し、また、刺し鯖三つ、素麺二把、白い餅を姑に与えた。姑は四、五度も礼を言いながら、涙を流した。きかぬ生平は夜からずっと前後の事情を見ていて、袖を浸すほど涙をこぼした。嫁の美しい心に感心し、暗がりから姿を見せる。皆が自分のことを忘れていたので吃驚する。生平は涙にくれて、財布の口を開けて持っている金を全て渡し、この嫁に進呈すると言い捨てて帰った。

孝があるから天の助けもあるという言葉のように、借金取りから貰った金で辛い生活を凌いでいるうちに、後家の息子五兵衛が、例年より多く儲けて帰ってきた。借金をことごとく済ませてから、島屋町の搗き米屋へも、この前に貰った金に借用日数を計算してその利息を添えて、五兵衛が自ら持って行ったところ、米屋から妹の非行を聞いた。五兵衛は呆れた表情で母も妻も妹の非行を教えてくれなかったと言いながら、感謝の言葉を述べる。家に帰って妹を呼び寄せ、厳しく躾けをしようと考えたが、妹は生まれつきの不孝者だから、いくら説教をしても効果が期待できないと思われるので、意見をするのはやめて、ともかく世間に送り出して、人々と接触している中で、世の中というものを知ったなら、自然に孝行心が出てくるだろうと考え直した。そして縁故を使って北浜の富家へ中居奉公にだしたところ、そこにいた癖の悪い下女達の身振りを見倣い、誰が教えたというわけではないが、情事のことを知るようになった。奉公人の集まる宿に泊まってしけ込み、皆金を出し合ってものを買って好きなように食べ放題する。腹がいっぱいになったら、そのまま昼寝をする。夜は男狂いをする。

息子夫婦は仲良く母に孝を尽くしたので、その孝行の功で幸せな生活が出来、家に家を買い並べ豊かな暮らしを送った。母を願いのままに安楽に養い、めでたく往生させたが、妹のおたつは自分の職業に恥じを感じたのだろうか、実家へ帰ることが出来ない。結局母の死に目にさえ会えなかった。今日の命をつなぎかね、夜になると歌を歌いながら川端の納屋の陰からそっと出る。往き来の人の袖を引き、十文をもらえば身を売るほど困窮した。不孝者の身のはては、隠居もしそうな年になっているのに、振袖を着て図々しく色気を使い続いた。

以上、挿絵に描かれている場面は、本文に書かれる代表的な箇所であった。不孝な娘が母親に乱暴したのち、悪性な娘同士のいたずら好きに走り、そして娼婦になってしまい、結局惨めな結末を迎えた。一方、親孝行をする嫁は豊かな暮らしを送った。作品の主要な部分が挿絵に描きやすかった章段といえよう。

『娘気質』巻の六—一「心底は操的段々に替る仕掛娘」この挿絵（図十五）も三分割になっている。

〈四丁ウラ〉

（下段右二番目）［はつとりしんでんたばこいろいろ］

図十五

場面の説明。服部煙草とは、摂津国島上郡服部村付近で産出された、香りの良い上質の煙草のこと。

（下段）「是ハ〳〵」

タバコ屋を営む男が目の前の女を見て驚く。客であれば、驚く必要はないから、この女は久しく会わなかった知人であると思われる。


〈五丁オモテ〉

（下段右一番目）「たのむぞや」

女が何かを依頼している。言葉遣いから女の方が身分が上と判る。二本差しの供を連れているので武家の娘であろう。


〈四丁ウラ〉

（中段右）「さあはやう〳〵」

女がその場を一刻も早く逃げようとする。着物の柄から煙草屋に来た娘と判る。

（中段左）「せかぬものじゃ〳〵」

「急く」は「慌てる」の意。慌てなくても良いと男が言う。服装から町人の男と判る。

（上段左二番目）「ひとの主の娘をぬすみ申候」

長持に閉じ込められた男の情況を説明する。

（上段中）「大ちやくものめか」

「横着」は、図々しいの意。不審を察知した者達が長持の中に隠れていた男を見て罵る。

（上段左一番目）「是ハめいわく〳〵」

長持の中にいる男が戸惑う。着物の柄から、煙草屋に来た娘の供をしていた男だと判る。

〈五丁オモテ〉挿絵の分割として大きな区切りの波模様がある。従って大きく場面が変わっていることが判る。

（上段中）［大峯山］

場所の説明。

（中段右）「どふやら天ぐ様が出そふな。こわや〳〵」

新客を脅かしながら告白を導こうとしている。

（中段中）「山があれる、さんげめされ」

山が荒れるので（天狗が怒っているからの意）、懺悔するよう新客に勧める。

（中段左）［しんきやくさんげする］

場面の説明。初めて山に登ってきた客が懺悔する。

以上を踏まえて簡単な粗筋を予想してみる。娘が一人の供を連れて煙草屋を訪ねてきた。突然の来訪に亭主が驚く。後に娘は町人の男と逃げていく。供の男は「ひとの主の娘をぬすみ申候」という書き付けが貼られる長持の中に閉じ込められた。最後の場面では、初めて山に登ってきた客が懺悔している。しかし誰が懺悔するのかは判然としない。

本文に書かれる内容は以下の通り。

ここに、播州生まれで武家奉公を勤めていた伝七という男がいた。ある日、かつて働いていた主人の娘が中間の角平をお供に連れて尋ねてきた。煙草屋をしている伝七は、作業を中途で止めて、親切に持てなした。次の日に、おとわが伝七に別の住む所を用意してもらった。一ヶ月あまり過ぎて、播州の主人に仕えていた侍二、三人が尋ねに来た。おとわは中間の角平と密通し、二人で駈け落ちをしたという事実を知った。二人の行方を聞かれたが、伝七夫婦はそ知らぬ顔をした。

二人はこの所に落ち着いていることが出来なくな

り、夜中に密かに逃げて、高原の辺りに安い家を借りた。近所の紙屋の息子が、おとわを見て、長屋を通るたびに流し目を使った。おとわは、角平と美人局を仕組んで、密通の内済金を狙い取ろうと企んだ。そして紙屋の息子を家の中へ招き入れる。角平は長持の中に入って隠れ、女房の合図を待ち構えている。

おとわは、紙屋の息子に恋心を打ち明けるが、紙屋の息子は躊躇する。するとおとわは硯を取り出し、主人の娘をたぶらかして無理矢理ここに連れてきた者という書き付けを長持に貼って立ち去った。

長持の中にいる角平は内から開けて様子をみようとしたが、少しも動かない。不審を感じた長屋の連中が、借屋の持主へ様子を告げた。町役人が立ち合いながら、わずかな道具を点検した時に、長持の中から人の声が聞こえる。各々手に棒を持って警戒しながら、錠前を押し開けて中を見れば、角平が立ち上がった。町役人は長持に貼っている書き付けを見て、厄介な者だと思い、すぐに家を借りた時の保証人に身柄を預けて家を退去させた。

世の中で浮気をする女は、この娘のようなタイプだけではない。愛慕の情を押さえきれず、不倫の仲となるのは、ひとつには夫の愛が多すぎることから起こるのである。江戸堀辺りに住む松原屋藤八と生野屋の与五三郎という者は、友情の厚い関係であった。大和国吉野郡の山上ヶ岳山頂の金剛蔵王権現を信仰し、大勢連れだって山上を目指した。藤八と与五三郎は今度が初めてなので、新客として先達が道々の世話を焼き、高山深谷を案内した。金峰山にある鐘懸という岩壁に着いたところ、先達が二人の新客を懺悔させる。そうしなければ天狗にやられると言う。与五三郎は罪になると思うことを話す。この度同道した松原屋の藤八の内儀おゆかと不倫関係となったのを自白した。

さて、次は藤八が懺悔することになる。友人の与五三郎の女房おはると関係した私に対し、お慈悲を願いたいと、手を合わせて拝む。

巻の六―一に書かれる主な内容は挿絵に漏れなく見られる。本文には「駈け落ち娘」と「夫婦二組の不倫」という二つの別々な話があるから、挿絵のみを見ると、人物関係が判りにくいところもある。こ

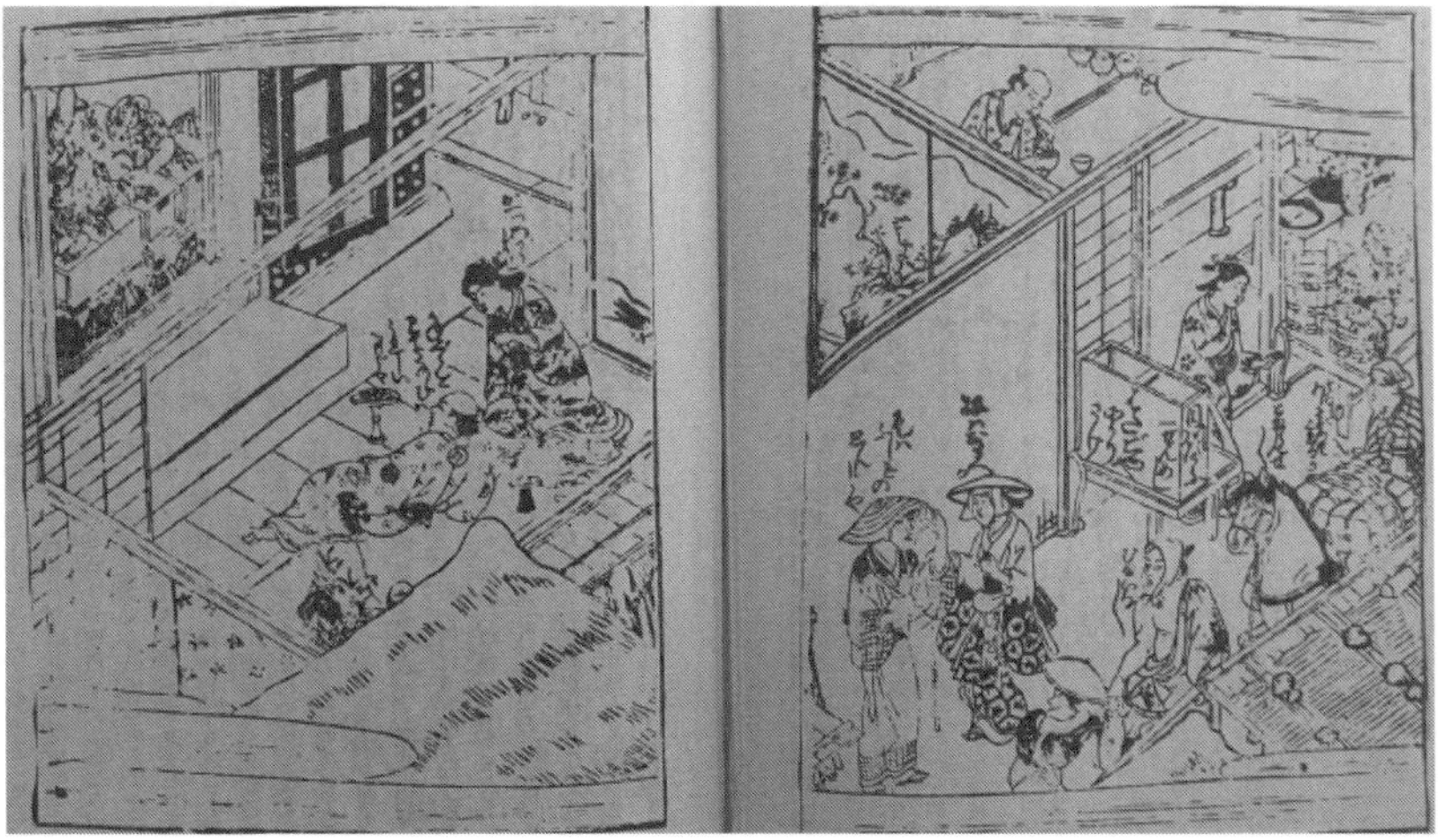

図十六

れはこれまで見たことのないパターンである。一つの短編に二つの異なる話があって、しかも二つの話に関わる内容が一枚の挿絵に描かれている。実際、巻の一から巻の四までは、巻毎に三話ずつ配置されている。巻の五・六には、一巻に二話と挿絵二つずつが配置されているようになった。巻の六―一にある二つの話が一つに纏められた。これは、挿絵の数に合わせるためであろう。巻の六においては実質上、巻の四までの一巻に三話ずつ配置される型を踏襲したものである。

『娘気質』巻の六―二「貞女の道を守り刀切先のよひ出世娘」この挿絵（図十六）は二分割になっている。挿絵全体としては、男女再会の場面と仲むつまじい夫婦を描く場面によって構成されている。しかし左の場面では、仲むつまじい夫婦と酒を飲む七福神が各々独立しているように見えるため、結果として三分割に近いものに当たる。

〈九丁ウラ〉

（中段右二番目）「とまらんせ〳〵」

旅籠屋の給仕が店の前を通っている客に泊まるよう呼びかける。

（中段右一番目）「そなたあしさすつてくれるか」

通る客が足を摩ってくれるかどうかを確認する。

（中段左二番目）「扨ハおまへか」

一人旅に出る女が男との再会に対して、吃驚して信じられないと思っている。

（中段左一番目）「是ハふしぎのえんじや」

流れ者の男も女に出会ったことに対し、不思議な縁であると感動する。

（下段中）「むまいな〳〵」

「むまい」は「うまい」に等しい。「うまい」とは、男女の仲の良いこと。通行人が再会する男女の仲を冷やかしている。


〈十ノ廿オモテ〉

（上段右）「お一ツあがりませ」

女房が亭主に酒をもう一つ飲みなさいと勧める。仲むつまじい夫婦が描かれている。

（上段中）「かねぐらを見てたのしむハうれしい事じや」

亭主が金蔵を見て満足している。この家では金銭的にも恵まれていることが窺われる。

（上段左）「むまい〳〵」

酒が甘いと七福神が言う。金庫の中では七福神が舌鼓を打つ。これは平和と幸福の象徴である。

以上を踏まえて挿絵によって粗筋を予想してみる。流れ者の男が旅の女と話を交わしたら、不思議な縁がある者だと判った。後に二人が結ばれ裕福な暮らしを送った。七福神もこの夫婦を守っている。

本文の内容は次の通り。

奈良の手貝という町にある刀屋の宗斎という者の一子五三郎が喧嘩好きで、常々親に迷惑をかけるので、縁切りされた上、家を追い出されてしまった。旅先で抜け参りをする娘に出逢った。五三郎は娘を見て路銀を騙し取ろうと思ったが、話を交わしているうちに、娘が自分の婚約者であると判った。二人は縁の尽きぬのを祝って抱き合い、感動のあまりに涙にくれる。五三郎は、娘に志しを明かし、出世して再び故郷へ立ち帰るまで、独身のままで辛抱するように頼んだ。娘は南都の親の元へ帰っても刀屋に会ったことは言わずにして、それからは耳が聞こえぬように装って奥に閉じ籠もり、夫の出世の便りを心待ちにしながら過ごす。

一方、五三郎は白銀町へ行き、親代々の職は刀脇差の拵えだから、それを継ぎ、武家屋敷等にへ出入りし、十年立たぬうちに一万両の財産家となった。南都から、約束のおそめは勿論、舅姑も江戸へ迎え、朝晩夫婦とも両親に孝行を尽くし、何の不便もない日々を送った。これは皆貞女の道を立てたお陰である。老後の安楽、昔の道はずれた心を後悔し、今は素直に世を渡る。日本橋のほとりに角屋敷を買い、隠居母屋ともに家が栄えた。昔の奈良刀は、今は豪華に拵えて箱に納めた。いつまでも世の中が平穏で、このように江戸に安住できて益々慶びを感じる。

男の主人公が許嫁に出逢う前は遊蕩な生活をしていたが、再会を契機として生まれ変わったように真面目な生き方をし始めた。あたかも七福神の言った通り、上手くやったと本人も嬉しく思っている。巻の六―二については、筋が単純であるため、挿絵のみを見ても、物語の粗筋が十分に想像し得ることになる。挿絵から本文へ、或いは本文から挿絵へ、読み方としてどちらにしても可能である。今回は最終話ゆえ、当時お決まりのハッピーエンドという型を守っており、それ故の筋の単純さでもあった。

最後に、『娘気質』に描かれる挿絵と本文との関係について、もう一回振り返ってみたい。巻の一―一「男を尻に敷金の威光娘」にある挿絵では、本文に書かれている内容が殆んど描かれていることが判る。挿絵のみでは理解できなかった、子供を夫に任せて遊ぶ妻等と、太神楽を見る娘との関係は、派手好きと初心という好対照なる対比であった。巻の一―二「世間にかくれのなひ寛濶な驕娘」にある挿絵について、本文に書かれる主な筋は全て挿絵に見られた。ただ挿絵に描かれている三味線を抱える遊女は、本文では若衆であった。巻の一―三「百の銭よみ兼たる歌好の娘」については、本文に記載される内容と挿絵に描かれているものとがほぼ合致していた。無論、台詞だけでの予想は難しい。画面の分割により、複数の場面を時系列に提示している点も見逃せない。加えて台詞と書き入れを併用する点も重要である。
巻の二―一「世帯持ても銭銀より命を惜しまぬ侍の娘」と巻の二―二「小袖箪笥引き出していわれる悪性娘」については、筋が単純である故、本文に書かれる主な内容が挿絵にほぼ反映されている。巻の二―三「哀れなる浄瑠璃に節のなひ材木屋の娘」には、挿絵が配置されなかった。この話の主人公の女は、最初僅かなことで泣いたりするくせがあったが、後にはどんな悲しいことがあっても笑うようになった。このように心理的な変化についての描写が困難であるから、挿絵にするのを取りやめたのだろう。
巻の三―一「悋気はするどい心の剣白歯の娘」にある挿絵ついては、右半分だけは三―一に関わるものであり、左半分は三―二に関わるものであった。巻の三―二に置かれた挿絵は、巻の三―三の話も併せて載せてある。これまでの分析を通して、『娘気質』における挿絵のパターンは二通り存在していることが判る。
巻の四―一の挿絵は、同巻―三に対応する。挿絵による筋の推定も可能である。巻の四―二の挿絵が、同巻―一・二に対応する。これは、巻の三―一・二同様、二話に対して挿絵一つというパターンである。
巻の二から巻の四までは、一つの巻にある短編の数と挿絵の数とに相違があったが、これ以後の巻の五と巻の六では、短編数と挿絵の数とが一致している。従って一つの短編に対して一つの挿絵が対応する構成となっている。
巻の五―一「嫁入小袖妻を重ぬる山雀娘」の本文に書かれる主な場面は、挿絵に描かれているものとほぼ一致する。一つの場面中心で挿絵を構成しながらも、吹き出しを効果的に使うことによって読者に筋を予想させている。巻の五―二「傍輩の悪性うつりにけりな徒娘」についても、作品の主要な部分が挿絵に描きやすかった章段といえよう。
巻の六―一について、主要な場面は挿絵に描かれていたが、別々の内容を持つ二つの話を無理に一つに纏めており、挿絵でそれを推定するのは難しい。巻の六―二一つの挿絵に二話収める型に類似する。

「貞女の道を守り刀切先のよひ出世娘」について、筋が単純であるため、挿絵のみを見ても、物語の粗筋が十分に想像し得ることになる。

以上が、『娘気質』の挿絵について考察した結果である。それを踏まえて、挿絵の類型を大まかに分類すれば、次の如し。

一　短編一対挿絵一
　巻の一―一、二、三、　巻の二―一、二、巻の四―三、　巻の五―一、二、　巻の六―二
　合計で九

二　二つの短編を一つの挿絵に並記
　巻の三―一・二、　巻の三―二・三、　巻の四―一・二　合計で三

三　巻の六―一は、両パターンの特徴を持つもの

続いて、各々の中で筋の予想が容易であったかどうかを分析してゆく。

一について
　筋の予想が容易であったもの　巻の一―二、三、　巻の二―一、二、　巻の四―三、巻の五―一、二、　巻の六―二　合計八
　筋の予想が少々難しかったもの　巻の一―一

二について
　筋の予想が一部可能なもの　巻の三―一・二、　巻の三―二・三、　巻の四―一・二　合計で

三
三は、筋の予想はほぼ不可能。

以上によれば、一のパターンが圧倒的に多い。九つの中で筋の予想がしやすかったものは、八つを占めている。二と三は、筋の予想がいずれも容易ではなかった。一つの挿絵に複数の場面が描かれていると、読者は各々の場面の繋がりを読み解こうとし、その行為が自動的に筋の予想となる。一パターンの如く、挿絵における場面の提示が多ければ多いほど、筋の予想がしやすくなる。一方、二と三のパターンは描かれている場面数が少なく、短編トータルの筋の予想は難しくなる。以上を踏まえると、本の創り方として挿絵に担わせた役割が、全体としては筋の予想を可能とする傾向性を指向していると言えると思う。

むすび

本章は浮世草子における挿絵について筋を語るという視点から、以下の諸点について考察した。

一　第一期にはこのような挿絵が皆無なのか。

二　筋を語る挿絵が顕著化するのは、いずれの時期に求めるべきか。

三　八文字屋本様式と草双紙とを繋ぐものはないのか。

第一期の挿絵について、西鶴の作品から一例を挙げ、考察を行った。西鶴の挿絵には絵に対する書き入れが、神谷氏の指摘した如くほぼ入っていない。『万の文反古』巻三―三「代筆は浮世の闇」に描かれる草庵にいた出家人らしい者が、飛び込んできた烏に両目を抉り取られている場面を考察した結果、異時同図法を取ることによって、一場面のみ伝える挿絵ではあるが、読者の想像を様々に掻き立てる工夫がなされているものであると判った。画面分割という手法は用いていないが、「筋を語る挿絵」という機能を部分的に果たしたといよう。

第二期になると八文字屋本様式の挿絵が登場する。例えば八文字屋本の『色三味線』の挿絵を見ると、挿絵中の書き入れが豊かになり、加えて台詞まで伴うものも登場する。『色三味線』京の巻―四「花は散ど名は九重に残る女」を考察したように、書き入れ、また台詞を伴うことによって、場面の説明を台詞の中に溶け込ますことも可能であると同時に、紙上の人物を読者の頭の中で生き生きと再生させることも容易になると思われる。一方、挿絵に台詞がある場合、その台詞（一言でも）により、その登場人物の性格、生活環境、社会的地位などとの特徴が見えるようになり、読者は描かれた人物を、より具体的にイメージできる。台詞は単なる文字ではあるものの、挿絵にこれが伴うと、文字を「音声」に変換させるような効果があり、紙面の人物を現実的なものとして想起するようになる。その結果、そのイメージが継続されたまま、続く本文場面を読み進めるのである。『色三味線』京の巻―三「花崎実のる玉の輿」は、その一例にあたる。挿絵に書き入れを伴うと、「筋を語る挿絵」の機能をある程度までは持たせることができる。

『娘気質』の挿絵には、全ての挿絵に台詞が沢山添えられ、新たな試みとして画面の複数提示をしている。従って挿絵が語る物語の筋は大きく拡大された。先ず挿絵のみ眺めて筋を予測し、翻って本文を読んで確認するというのが草双紙における一般的な読み方であった。『娘気質』は本文から挿絵、或いは、挿絵から本文の内容を推測するという、順序をどちらにしても各々の読み方がある程度可能となる。『色三味線』には見られなかった、今一つの新しい鑑賞方法が設定されていたのである。従って、神谷氏の分類でいうところの第三期の早い段階には、画面分割方式が導入されていたといえよう。

加えて、草双紙との接点に関しても言及しておきたい。中野三敏氏は「上方子ども絵本の概観」(『近世子どもの絵本集　上方篇』収録、昭和60年、岩波書店)において、次のような見解を示している。

享保期に入る頃から、上方子ども絵本の世界は急激に発展し、…半紙本一冊形式のものが定着して、大量に刊行される時代となる。この半紙本型の子ども絵本は、…芝居の絵尽し…類と、書型・画風・造本等のすべてにわたって甚だ紛らわしく、恐らくその発生は同根と見るべきであろう。…初期の小型本もその後の中型本も、いずれも鶴屋、山本、八文字屋といった正本屋を版元としているのであれば、子ども絵本と芝居本との関わりは、出発点から甚だ強いものであることは確実なのである。

前掲の如く、神谷氏は八文字屋本様式の挿絵と絵入狂言本との関係を指摘していた。その絵入狂言本は、中野氏に拠れば子ども絵本と同根の発生であった。そして八文字屋は、そのいずれの刊行も手掛けていた。八文字屋本様式の挿絵に草双紙の呼吸を読み取ろうとするのは妥当な見解であろう。子ども絵本が、やがて年齢層を上部設定する契機は既に準備されていたのである。次章では、『娘気質』とほぼ同時期に刊行された江戸版の草双紙の一つである赤本『桃太郎昔語』を分析し、挿絵に盛り込まれた情報を分析することとする。

注

(1)佐伯孝弘氏の御教示により、初出の翻字を改めた。
(2)注(1)に同じ。
(3)佐伯氏の御教示により、初出の「大神楽の舞」を改めた。
(4)注(1)に同じ。
(5)注(1)に同じ。
(6)注(1)に同じ。
(7)注(1)に同じ。
(8)注(3)に同じ。
(9)佐伯氏の御教示により、初出の「生徒」を改めた。

なお、図二・三は『八文字屋本全集　第一巻』を、図四~十六は徳島文理大学蔵本を用いた。また図十二は、文理大学蔵本に欠損部分があり、書き入れの記載は『八文字屋本全集　第六巻』にて補った。

第二章　『桃太郎昔語』に対する再考

はじめに

文学史上、享保期は赤本の型式が定着したとされる。それから程遠くない時期の刊行と思われる西村重信画『桃太郎昔語』は、書名通り桃大郎譚に取材した一作である。赤本は幼児向けの絵本として提供され、以降の草双紙は黄表紙に接近するにつれてその内容を更に年齢層の高い読者向きへと転じ、黄表紙に至り大人向けの挿絵小説として変貌を遂げたことも文学史上の常識である。しかし『桃太郎昔語』を精読すると、従来の赤本評価では括りきれない要素が複数見出せるのである。それらを具体的に明らかにするべく本章は、穿ちについて、絵解きについて、歌舞伎趣味について、台詞を巡って、の四つの視点から論じてみたい。

その一　穿ちについて

『桃太郎昔語』（以下『昔語』と称す）の画工である西村重信の作画期は、『近世子どもの絵本集　江戸篇』（鈴木重三・木村八重子編、昭和60年7月、岩波書店）によれば「享保後期——元文頃」とされる。佐々木亨氏は同作中の穿ちについて、米価の暴落を具体的に指摘し、併せて登場する菓子類に関しても、その可能性について言及している（「挿絵小説の展開――挿絵と本文の関係に留意しつつ」（『文学』11・12月号）平成21年11月、岩波書店）。本章ではそれを承けつつ具体的に確認してみたい。

まず、菓子類から考察してみよう。現行の「桃太郎」では、犬・猿・雉の三者を供に加えるに当たり黍団子を与えるのが一般である。しかし『昔語』では十団子となっている。穿ちからはやや外れるが、江戸における黍団子の流行時期について言及しておきたい。大田南畝の『半日閑話』巻十三、安永六年（一七七七）四月の項に以下の記載が見られる。

日本一黍団子／この頃、浅草門跡前に日本一黍団子出きる。家号、むかしや桃太郎

（本文引用は『大田南畝全集』第十一巻（昭和63年、岩波書店）に拠る）

安永六年は重信の作画期よりも四十年ほど後のことになる。『昔語』の当時は、まだ普及していない菓子であった可能性が高い。対して十団子は、古くから知られた菓子である。試みに『東海道名所記』（以下『名所記』と称す）を繙いてみよう。

蔦のほそ道、左右は高き山にて。そのあいだをとをる。…宇都の山、また八内屋ともいへり。…坂のあがり口に、茅屋四五十家あり。家ごとに、十団子をうる。

第三巻「府中より吉田まで」（本文引用は、近代文学資料類従『古板地誌編』七（昭和54年、勉誠社）に拠る。以下同様）

重信の作画期よりも半世紀ほど遡った時点でも、やはり十団子は販売されていたようである。『名所記』にも紹介される周知の菓子を出したのに違いはないが、ここでは今一つの理由が考えられる。穿ちから外れるが、それは絵解きも関係していよう。三人の供を従えた桃太郎は鬼ヶ島へ向かう。現行の「桃太郎」も然りではあるが、鬼ヶ「島」なので海路を描くべきところである。しかし『昔語』は続く場面が険しい山道なのである（図十七）。猿に「さるとは難所」などと地口を言わせて笑いを取っている。ここで再び『名所記』を見てみる。

宇都の山のたうげハ、道せばく。一騎うちに通る

図十七

難所なり

「難所」はありふれた用語ではあるが、十団子を媒介として「宇都の山のたうげ」を読者に連想させる仕掛けになっていたのである。『昔語』には他にも絵解きが見られる。詳しくは次章で述べたい。

さて、菓子類に話を戻そう。十団子を与えられた犬は以下の如き謝辞を述べる。

うまいこと、大仏餅、幾代餅ははだしだ。まっと食いたい

（本文引用は『近世子どもの絵本集　江戸篇』に拠る。以下同様）

ここで「大仏餅」と「幾代餅」が登場するのは何故であろうか。各々について考えてみよう。先ず、「大仏餅」である。『本朝世事談綺』（以下『談綺』と称す）に次のような記載が見られる。

大仏餅根元は京誓願寺前にてこれを製す。今以て堂上方へも召さる。至て其風味格別也。又方広寺大仏殿の前にあり。これ又好味なり。江戸浅草にて製するは、これを倣て大仏餅の名目を以てす。近世数品の餅あり。

（本文引用は『日本随筆大成』第二期（昭和49年、吉川弘文館）に拠る。以下同様）

『談綺』は序文の年記が「享保癸牛」（享保十八年）、刊記が「享保甲寅」（享保十九年）である。「近世数品の餅あり」の「近世」とはいつ頃を指すのか断じ難いが、その当時の意としても問題なかろう。バリエーションが豊富になるということは人気の菓子と考えて然るべきであろう。

続いて「幾世餅」について考える。前掲の『談綺』では「大仏餅」の項に続き次のように紹介される。

根元は両国橋詰にあり。前は鉄砲町に住して、すこしき餅を商ふ。此者の妹にかもんと云あり。この女の夫は蕨駅の某にて大百姓なり。渠と示し、元禄十七年にはじめ鄽をかまふ。其餅甚だ味美にして栄ふ。今所々にこの名あるは、これに准もの也。何ゆへに幾世餅と名付たりや。

ここで、「幾世餅」を製造する店が既に元禄十七年（一七〇四）に開業していたことが確認できる。その繁盛振りは「今所々にこの名あるは、これに准もの也」により窺われる。「今所々にこの名ある」状況により、「幾世餅」という商品名を巡って、訴訟が発生した。当時の町奉行である大岡忠相越前守によって裁きが下されている。その訴訟事件は次のような経緯を巡っていた。

両国橋幾世餅起立の事

幾世餅は浅草御門内藤屋市郎兵衛方元祖にて、両国橋のかた（小）松屋は…新吉原町の遊女幾世といへるを妻として夫婦にて餅を拵へ…両国橋幾世餅と妻の古名を名代にて商ひせしが、幾世郭にありし頃の馴染の客など逐々世話致し、暖簾を染めさせなどいたし、右世話人共思ひ付にて日本一流幾世餅と染めて懸渡けるにぞ、藤屋より障を申立、其頃の町奉行大岡越前守方へ訴出けるは、「幾世餅の儀は本来藤屋一軒にて暖簾にも藤の丸のしるし相用候処、近所に同様の商ひを始、暖簾も藤の丸を染候事難心得」と申立故、…小松屋申立は、「同人妻は元遊女にて幾世と申故、自然と幾世餅と人々唱へ候義にて、紋所は前々より用ひ候品に有し。暖簾・看板いづれも已前之幾世客の給はりし」と答ふ。…越前守尋故、「いづれにも可奉畏」旨答へける故、「双方共に一所に居候故事やかまし。さればとて（小）松屋が幾世餅といへるも其名をもちふるも商ひ筋の儀、藤屋が古よりの事のよし、是又可改様なし。然るに双方共に江戸一と看板にしるし候間江戸の入口に右江戸一の訳を記し可然。ふじ屋は四つ谷内藤宿へ引越江戸一の看板出して、小松屋は葛西新宿へ引越商ひを可致。何れも新宿と唱ふる所なれば汝らが同名を争ふ所も相立可然」と申されければ、双方共辺鄙へ引越の儀大に当惑して、熟談の上願ひ下げいたし今の通商ひいたしけるとや。

（本文引用は、『耳袋（上）』（岩波文庫、平成3年）による）

さて、前述の『談綺』に記載される「幾世餅」の項（以下「談綺」と称す）と『耳袋』に紹介される「両国橋幾世餅起立の事」（以下「耳袋」と称す）を元に分析しよう。

「談綺」では、「幾世餅」が「根元は両国橋詰にあり」、「今所々にこの名あるは、これに准もの也」とあるので、「耳袋」の店名で示せば、元祖は小松屋であり、藤屋が後続したことになる。従って「談綺」と「耳袋」では全く逆の認識をしていることが判る。どちらが誤伝であろうか。「談綺」には「何ゆへに幾世餅と名付たりや」とあり、命名の由来を未詳としている。一方「耳袋」では「妻の古名を名代にて商ひせし」と具体的に記載されている。後者の筆者が特別に事情に通じていた可能性も考えられるが、裁判になった事実を踏まえると、命名の由来はこの事件によって明らかになったとするべきであろう。従って『談綺』が書き上げられた享保一八年の時点では、判決がまだ下されていない可能性が高いと思われる。恐らく『談綺』が執筆された享保一八年頃には、小松屋の餅が既に藤屋製を圧倒しており、元祖は小松屋という人々の認識が一般化していたのであろう。それ故に利益を横取りされたという思いが藤屋を裁判に駆り立てた。

では、この訴訟事件は何時の時期に起きたのかを考察してみよう。越前守が江戸の町奉行であったのは享保二年（一七一七）～元文元年（一七三六）の間であった。既に分析したように、この訴訟事件は『談綺』の記述が完了した後に結審した（あるいは起きた）可能性が高いとすれば、越前守である大岡忠相が江戸の町奉行であった時期を重ね合わせると、判決を下した時期は、享保一八年～元文元年の間であろう。

『昔語』の執筆時期も当然これから離れるものではない。作者である西村重信の作画時期は享保から元文頃とされる。その時期を更に絞ってみたい。ここで、前掲佐々木氏の論文を紹介する。

鬼ヶ島から凱旋した桃太郎は、戦利品の一つである打ち出の小槌で貨幣を出す（王学鵬による挿入［図十八］）。挿絵では小判や銀貨が打ち出されている場面を描く。台詞の方は、桃太郎に「このあとで米を打ち出してやらう」と言わせる。これは食料の確保を指しているのではあ

図十八

るまい。当時は、武士の俸禄が米で支給されていた如く、米もまた貨幣と同等の価値を持つ。対して、桃太郎の向かいにいる男には「たゞ金がよふござる」と応えさせている。これも、単にお金が欲しいとお強請りしているのではあるまい。ここでは享保期の米価統制政策を踏まえて解釈するべきであろう。八代将軍吉宗は米将軍と綽名された如く、米価の吊り上げを図り貨幣の流通量を減らした。しかしこれが失敗に終わり、米は逆に売りに出されて暴落を招くに至った。先程の男の台詞は、この享保末期の現実を踏まえたものと思われる。

このように、「当時は、武士の俸禄が米で支給されていた如く、米もまた貨幣と同等の価値を持つ」という時代背景があった。米価が上がれば、金より米の方を欲しがる人が自然に増える。逆に、米価が暴落することにより、金を欲しがる人が増える。金の方が優位に立っているからである。従って前述の裁判時期を踏まえた上で、「たゞ金がよふござる」という言葉が当て嵌まる時期は、享保のごく末年で米価が暴落した時期である。

では、この時期の米価はどうであったのか。『日本史総合年表』によれば、米価にかかわる主な変化は以下の如し。

享保一八年＝「江戸の窮民、米問屋高間伝兵衛宅を襲撃」、「米価騰貴、幕府、町民に施米を行う」

享保二〇年＝幕府、米価下落のため、諸国払米の置値を定め、11～12月にも米価を引き上げる

元文元年＝幕府、前年よりの公定米価を廃止

享保一八年は、米価が上がっており、作品に書かれている内容と相反するので、『昔語』の執筆期ではない。翌々年は米価下落し、年末になっても引き上げ政策を打ち出しているので、一年を通して下落傾向は続いたままであった。そして翌年には米価統制政策を放棄するに至る。従って、享保二〇年の状況が最も相応しいということになる。

以上の如く、『昔語』には濃厚な穿ちが見られるのである。米価の下落と幾世餅の裁判沙汰を踏まえると本作の成立時期が明確に見えてくる。赤本は子供向けとされているが、

大人も読者の対象としている可能性は高まるであろう。

その二　絵解きについて

前章で既に指摘したように、本作では十団子を出して、続く難所が何処かを考えさせるヒントにしていた。絵解きはこれにとどまるものではない。以下幾つかを取り上げてみよう。

現在よく知られている桃太郎は、川から流れ着いた桃に男子が封じ込められており、爺と婆が食べようとして桃を切ると元気な子が登場するというものである。しかし既に指摘されるように、これとは全く異なる誕生を伝える桃太郎はなしが複数存在する。『近世子どもの絵本集　上方篇』に収録される桃太郎は、神功皇后から授けられた桃自体が男子に変化するというものであった。一方本作では、川から桃が流れ着き、これを食するところまでは同一であるが、食した結果二人は若返り子宝に恵まれるという筋を辿っている。西王母が持つ長寿の桃を東方朔が食して長寿を得たという中国の故事にも見られるように、桃は齢を延ばす食物として知られている。また、実を豊かに結ぶところから、子沢山の象徴ともされている。前掲の上方版桃太郎は、こちらのイメージを踏襲したものであろう。

さて、『昔語』における物語部分の発端は、前述の川から桃が流れ着く場面である（図十九）。左上に描かれる藁屋のある背景は、『近世子ども絵本集　江戸篇』にて指摘されるように、菱川師宣画『和国百女』（元禄8年刊）中巻の一図の部分を利用している。

典拠である『和国百女』を見てみよう（図二十）。図の左上に同じ藁屋が描かれている。その右側に描かれる馬に乗っている女は懐に子を抱え、その前に夫らしき男が付いている。これは、出産した女の里帰りの風景である。『昔語』の作者である西村重信は、単に藁屋の構図が気に入って取り入れたのではある

図十九

図二十

まい。原拠に描かれていた出産した我が子を抱く若い母親を隠して、桃を受け取る婆に置き換えたのである。『昔語』の藁屋を見て原拠を知る者は、嬰児を抱くうら若い母親を想起するであろう。それは続く場面への暗示となっているのである。桃を食して若返り、我が子を得て喜びに浸るかつての婆が描かれていた。このような手の込んだ絵解きは戯作に通底する要素を濃厚に持っている。子供には必要のない情報ではあるが、併せて大人も、しかもかなりの知識を持つ者が知り得る謎解きなのである。

続いては朝比奈の画題に関して考えてみよう。『昔語』六丁オモテには、桃太郎が家来達を率いて鬼のいる城に辿り着き、こう述べている。

待て〳〵。中のやつらは微塵骨灰にしてやろう

桃太郎の城門を押し突く姿が描かれている。この挿絵は、『近世子どもの絵本集　江戸篇』（以下『近世子どもの絵本集』と称す）にも指摘されるように朝比奈の門破りに擬している（図二十一）。武勇と美髭でお馴染みの朝比奈は、浮世絵の画題としても好んで扱われていた。試みに『原色浮世絵大百科事

図二十二

図二十一

図二十三

典』第四巻（以下『浮世絵』と称す）に掲載される朝比奈の代表的な画題を並べてみよう。

①門破り（図二十二）
②曽我の対面
③鰐退治
④草摺引き
⑤島巡り

『昔語』で明らかに踏まえられているのは①の門破りであった。他の画題はどうであろうか。

③の鰐退治に関して『浮世絵』では図版が掲載されてはいない。しかし解説には以下の如くに指摘されている。

小坪の海中で鰐を小脇に抱え、一匹を空中へ投げ上げる形

ここで『昔語』八丁オモテに描かれた桃太郎のポーズに注目してみる（図二十三）。桃太郎は一匹の鬼を左手で押さえつけるように、胸から脇にかけて抱えている。そしてもう一匹を右手で空中へ投げ上げるようにしている。持ち上げられた鬼は、次のように述べて降参している。

若衆方はとりわけつよいやつだ

『近世子どもの絵本集』では、歌舞伎でお馴染みの荒若衆姿をしている桃太郎のことを指すとする。確かに風俗としては歌舞伎の荒若衆を踏まえて描いているが、桃太郎のポーズとしては、「門破」に続いて「鰐退治」を踏まえたものではあるまいか。

④の「草摺引き」に関して、『浮世絵』では鳥居清満画の図版（図二十四）を掲げつつ、次のような解説が施される。

逆沢潟の鎧を抱えた五郎の草摺に手を掛けて引き留める朝比奈

図版では、朝比奈が右手で曽我五郎の草摺を胸の前に引き寄せて掴んでいる。左手は草摺に隠れて見えない。左足を、くの字型に上に立てている。右足は床に倒され、これも、くの字型に曲がっている。左足の先には大太刀が柄を下にして、右肩から上に鞘が伸びている。そして顔は右手側を向き、顎を突き出している。

一方『昔語』八丁ウラに描かれる桃太郎は次のよ

図二十四

図二十五

図二十六

うな意匠を持つ（図二十五）。右手は胸の前に置かれ、これと組んだ左腕は殆ど見えず、僅かに指先が見えるだけである。左足は、くの字型に上に立てられており、下に組み敷いた鬼の上に右足が倒され、やはり、くの字型に曲がっている。大太刀が柄を下にして左足から突き出ており、右肩の上に鞘が伸びている。そして顔は右手側に向けられ、顎はやはり突き出ている。無論草摺を引いているわけでもないし、曽我五郎が朝比奈の上に配置されているのに対し、鬼は桃太郎の下に敷かれている、等の違いは存在する。しかし桃太郎自身のポーズは「草摺引き」と類似するのである。

以上の如く、『昔語』後半の挿絵は複数の朝比奈に関する画題を踏まえて作成された可能性が高い。②の残った画題についても併せて検討してみたい。②の「曽我の対面」は、無論曽我兄弟とその敵である工籐祐経が主人公であって、朝比奈は従属的な素材ではある。『浮世絵』では、哥麿画の図版を挙げている。奴姿の朝比奈が、袖広の鶴模様の衣装を身に纏い、刀の柄を上に向け、これを左手で掴んでいる（図二十六）。

『昔語』六丁ウラに描かれる桃太郎の姿を見てみよう（図二十七）。共通するのは袖広の衣装と上向きの柄を左手で握りしめている箇所に過ぎない（後述の如く、このポーズは元禄見得を描いていると思われ、本作の歌舞伎趣味を伝える好例である）。しかし場面としては確かに鬼の大将との対面であり、朝比奈の画題を念頭に置きながら門破りに続く場面を配置したものと思われる。

⑤の島巡りについては、『浮世絵』において、小人島の朝比奈等数種類の図柄が指摘されている（例えば、図二十八）。『昔語』では、直接島巡りを描いた挿絵は見出すことができない。僅かに九丁ウラ・十丁オモテの、故郷に錦を飾る桃太郎の背後に島々が点在するだけである（図二十九）。しかし、当初桃が流れてきた藁屋は川に面していたはずで、島々を臨む海上に面してはいなかったはずである。加えて桃太郎主従が鬼ヶ島へ向かうに際して海路は登場せず、険しい山道しか描かれていなかった。前述の

図二十七

図二十八

図二十九

如く十団子から蔦の細道を読み取らせる絵解きではあろうが、鬼ヶ島に向かうには船を使うのが一般的な了解事項であろう。往路の険しい山道とうって変わり、復路にのみ海と島を描く。しかも点在する島々を配当している。その理由は、前掲の曽我の対面と同様、これもまた朝比奈の画題である島巡りが踏まえられているからと考えては如何であろう。とすれば、『昔語』後半の四丁半は全て朝比奈の画題を踏まえて成立していることになる。島巡りを彷彿とさせる画面を提示した一丁には、次の台詞が添えられている。

これはさて、お手柄〳〵。一番目から詰めまで出来ました

既に『近世子どもの絵本集』にて指摘されるように、歌舞伎用語を借用している。これもまた本作の持つ歌舞伎趣味が指摘出来る箇所である。のみならず、朝比奈の複数画題を直接に、あるいは部分的に、そして場面性として採用しながら、作品の後半を仕立てた画工の自負心と思われる。作品前半は、藁屋と十団子によって筋を提示する絵解きになっていた

図三十

のに対して、後半は画題の採用を幾つまで発見できたかという謎解きになっていたのである。

その三　歌舞伎趣味について

前述の如く、『昔語』には様々な歌舞伎趣味が散見される。『近世子どもの絵本集』にて指摘される歌舞伎に立脚する箇所を、重複を厭わず挙げておこう。

①五丁オモテ—この場面から、桃太郎は、歌舞伎の荒若衆風に描かれている

②六丁オモテ—この場景は、朝比奈の門破りに擬している。歌舞伎の荒事風

③八丁オモテ—鬼の台詞「若衆方はとりわけ強いやつだ」に対して、「歌舞伎で若衆を専門に演ずる役者。ここでは荒若衆姿の桃太郎」

④八丁ウラ—桃太郎の台詞「まず今日はこれきり。どん〳〵」に対して、「歌舞伎で、終演を告げる座頭の口上と太鼓の音」

⑤十丁オモテ—村人の台詞「これはさて、お手柄〳〵。一番目から詰まで出来ました」に対して、

図三十一

「歌舞伎用語。一日の芝居の前半である時代物の最初から終幕まで。ただしここでは初めから終わりまでの意味」

①と②は桃太郎の勇ましさを引き立てるべく、挿絵に工夫を凝らしたものであり、③から⑤は挿絵に加えて台詞の方面からも、歌舞伎の雰囲気を伝えるべく配当したものである。

ここで①の挿絵（図三十）に注目してみたい。桃太郎は右手を胸に置き、十団子を握っている。右足は曲げられ、左足は伸ばされ力強く踏ん張っている。羽織は袖広の桃染め模様で、腰に帯びた大刀は柄が右膝を越え、鞘は頭よりも高い。そして顔は左手側を向いている。同じく桃太郎を描いた役者絵をこれに並べてみよう。二代目三条勘太郎と四代目市村竹之丞を描いた初代鳥居清信画（図三十一）である。桃太郎は右手を胸に置き、扇子を握っている。同じポーズで右足は曲げられ、左足は伸ばされ力強く踏ん張っている。羽織は袖広の桃染めでの模様で、腰に帯びた大刀は柄が右膝を越え、鞘は頭よりも高い。そして顔は左手側を向いている。以上の如く、図三十との類似点が複数存在する。

どちらがどちらを参照したかを考えるべく、鳥居清信の作画時期を確認しておこう。『日本近世人名辞典』によれば、鳥居清信は、寛文四年（一六六四）生まれ、享保一四年（一七二九）亡くなった。貞享四年（一六八七）から絵画を始めた。「作風は、抑揚のある線描、装飾性豊かな曲線を多用する傾向をみせ、江戸歌舞伎独特の荒事芸、また京坂歌舞伎の優美な伝統的演出による芸という両面性をもつ江戸歌舞伎の芸風をよく描写し、表現した」とされる。前述のように、『昔語』の画工である西村重信の作画期は「享保後期――元文頃」とされる。従って、西村重信が描いた桃太郎は、清信のものを参考にした可能性が高いと思われる。とすれば図三十は役者絵風というより役者似顔に近いものとすべきであろう。

歌舞伎趣味から外れてしまうが、清信画と重信画の桃太郎における相違点について言及したい。清信画では、桃太郎が頭に力紙を結んでいる。しかし図三十は無論のこと、『昔語』では、桃太郎の頭には

図三十二

力紙が一つも見出せない。上方版「桃太郎」（『近世子どもの絵本集　上方篇』収録）でも、江戸版の明治期豆本（『幕末・明治豆本集成』（加藤康子編、平成16年、国書刊行会）収録）でも、いずれも力紙を結んでいた。それでは『昔語』には力紙が出てこないかというと否である。それは三丁ウラにさりげなく見出せる。幼少の桃太郎が力自慢をしている挿絵である（図三十二）。左上には筋肉隆々とした男が配置され、「見さしったか。受け取り手はないか」と、その場を仕切っている。この人物に関して『近世子どもの絵本集』では以下のような注が施されている。「頭に力紙（歌舞伎の「暫」などで勇力を象徴する紙）をつけた男は、腕に「一心命」と彫っている」。桃太郎が付けるべき力紙を戴くこの男は、桃太郎と如何なる関係にあるのか。

手掛かりは「一心命」なる彫り物であろう。『江戸語大辞典』によれば、「恋仲の男女が、情愛の深いあかしとして互いの二の腕に入墨する文字。一心は、相手一人にのみ心を傾けて他念なしの意。命は、わが命にもひとしき人の意。多く相手の名を冠して何某一心命と書く」と書かれる。この彫り物は「恋仲の男女」にのみ見られるのであろうか。一例として『万の文反古』巻三―一「京都の花嫌ひ」（本文は日本古典文学全集『井原西鶴集』（3）に拠る。）を挙げたい。内容は、慶眼なる男色愛好僧が、「やんごとなき御方の次男」で「すゐ〳〵出家の望み」ある岡島采女に一目惚れし、親友の「遊夕御坊」に宛てた独りよがりの惚気文である。その中に次の如き一節がある。

　このたび右のかひなの六字、夢現書きたるいれぼくろ、用に立申候

全集本の頭注には「若衆の夢現が、衆道の契りを仏に祈って南無阿弥陀仏と彫ってくれた入れぼくろ」とある。僧籍にある身ゆえ「一心命」ではさすがにまずく、「六字」の名号を彫るのであろう。男色の世界でも相手を想い彫り物をすることがあったのである。

幼少の桃太郎と力紙の男との関係も、実はこれと同類ではないのか。彫り物の男は桃太郎の兄分として設定され、後見役を務めている。武力も知力も桃

太郎を教え導くのに相応しい人物であった。それは力紙によって象徴されるとともに、「見さしったか。受け取り手はないか」なる仕切り役の台詞にも込められていよう。このような兄分の薫陶を受けた桃太郎は、もはや十分その資格を備え、そして兄分を凌駕する力量を獲得したが故に力紙は不要となったのである。以上の推測が許されるなら、ここでも絵解きが用いられており、西村重信の遊び心が鏤められた戯作的な挿絵であるといえよう。

歌舞伎趣味に関して、新たにもう一例加えておきたい。六丁ウラの挿絵は、朝比奈の画題でもある「曽我の対面」を踏まえると同時に、「元禄見得」を描いたものであることも併せて指摘した。ここではそれを具体的に検証しておこう。『原色浮世絵大百科事典』十一巻に掲載される「元禄見得」の項を以下に紹介する。

> 左足を大きくふみだし、左手で刀を握り、右の手を後ろへ上げるポーズで、「暫」のほかに「車引」の梅王丸にもある（図三十三）。

ここで六丁ウラに描かれた桃太郎のポーズ（図三

図三十三

十四の右側）に注目してみる。鬼の大将と対面した桃太郎は、左手で大刀の柄を握り締め、右腕を真横に上げて大将を威嚇するかの如く手を開いている。内側に曲げられた右足が、桃太郎の体を力強く支え、くの字に曲げられた左足は前方に踏み込み、足の指先まで前に伸びている。従って「元禄見得」を写したもの考えても差し支えないと思う。

以上のように、挿絵においても台詞においても歌舞伎趣味を複数指摘出来る。挿絵においては、単に「歌舞伎の荒若衆風」のみならず、実際の役者似顔を踏まえた絵柄を用い、緊迫した場面では、舞台の一齣を実感させるべく桃太郎に「元禄見得」を演じさせていた。本作の歌舞伎趣味は極めて濃厚なものである。草双紙と歌舞伎の連携は既に赤本の時代に遡ることができるのである。

その四　台詞を巡って

本作の持つ戯作性についても挿絵を中心に言及してきたが、台詞に見られる場合も無論存在している。

図三十四

既に指摘が備わるように五丁ウラの難所越えに際して、猿に「さるとは難所」と言わせている（図十七）。「さりとは」と「猿とは」を掛けていること無論であり、所謂駄洒落による言葉遊戯を披露する箇所である。次に他の例を改めて指摘する。

六丁ウラに桃太郎が威張っている鬼の大将に対して、「角をもいでやろう」と言っている（図三十四の右側）。無論、鬼には角が生えており、これを取り除いて鬼としての威厳を削いでやろうというのである。加えて「角をもぐ」は、慣用句の「角を折る」という意味をも利かせているのではないか。『日本国語大辞典』によれば、「角を折る」とは、「強情を張るのをやめる」とある。鬼の大将が桃太郎主従を威嚇するべく睨み付けている。対して桃太郎は臆することなく見得を切りながら、逆に挑発している。その台詞は「角をもいで」「見せかけだけの強さの正体を暴露してやろう」という二重の意味が込められている。言葉の連想による意味の広がりを楽しませようとする箇所であろう。

八丁オモテには桃太郎と鬼達の戦闘が描かれる。桃太郎は鬼を脇に抱え、もう一匹を持ち上げている（図二十三の左側）。七丁ウラは犬も雉も鬼を苦しめている場面である（図二十三の右側）。猿は鬼と組み合ってはいるが、緊迫感が伝わらず、抱擁するかの如き描き方になっている。幼児向けの絵本故のこととも解される。しかし猿の台詞を見ると、両者が抱擁しているように見えた意味が見えてくるであろう。その台詞とは「いらざる俺との腕立て」である。「腕立て」に関して『近世子どもの絵本集』では「腕力争い」という注が施されるのみである。『日本国語大辞典』により「腕立て」を調べてみると、「自分の腕力の強いのを自慢すること。また、それをたのんで人と争うこと」、「腕の力の甚だ強いことを誇りとする。または人前に示す」、とあり、前掲の注と変わらない。用例として「染纏竹春駒」の大詰「いらざる女の腕立てすると、返り討ちだ」が掲載される。この前半部分と猿の台詞を比較してみると、「女」と「俺と」との違いのみである。用例の歌舞伎初演は本作の刊行よりも後のことであり、偶然の一致かもしれない。しかしこれが歌舞伎等でお馴染みの台詞だとしたら、異なった結論に至るであろう。「いらざる女の腕立て」がまずあり、これを捩ったのが猿の台詞であれば、これもまた歌舞伎趣味である。更に男が女に対して「いらざる女の腕立て」と言いながら戯れ合うような場面を想起すれば、それを猿と鬼にすり替えた画面上の遊戯ということになろう。可能性のみで論じており、問題があるのは承知しているが、赤本の段階で戯作の要素を見出し得る可能性を指摘しておきたいのである。

同じく七丁ウラに、犬が鬼の上に馬乗りして鬼を成敗する場面も描かれている（図二十三の右側）。犬の下の鬼に「一かみにされた」と言わせている。犬に噛まれているだけではあるが、何故「一かみ」なのであろうか。ここで想起されるのが、例の「鬼一口」である。『伊勢物語』六段でお馴染みの説話である。鬼に食われる人間は「あなや」と絶叫しつつ一口で飲み込まれてしまうのである。しかし一口で人間を食うはずの鬼が、ここでは逆に犬によって「一かみにされ」てしまう。主客を逆転させ、なおかつ人間よりもさらに小さな動物を主役の座に着かせているところがおかしみを生み出している。

以上の如く、本作は台詞の上でも遊戯性を確保しており、これらは幼児が理解するというよりも、大人が楽しみ微笑を浮かべる装置となっているのである。これまでに確認した穿ちと絵解きの要素も併せると、赤本は幼児向けの絵本という評価に対して疑問を呈せざるを得ない。上方版の「桃太郎」は、狂言の「せつぶん」を濃厚に取り込み、それを桃太郎譚に、如何に巧みに溶け込ませるかに腐心していた。本作で確認した穿ちや絵解き、そして台詞の遊戯性は基本的には見出せない。江戸の赤本は発生時期から既に後の黄表紙へと繋がって行く諸要素を獲得していたのである。

むすび

『昔語』は絵本という性格を持つ挿絵小説であり、筋を語る挿絵を持つのは当然のことである。しかし単に筋を語るという役割に止まっていなかった。書き入れと挿絵を複合的に操作しながら、執筆された当時の風俗や事件を暗示していた。更に絵解きを盛り込み筋を予測させたり、画題を考えさせたりもしている。加えて挿絵に歌舞伎絵を溶け込ませて、豊かな表現を追求していた。前章で見てきた浮世草紙とはジャンルが異なるので、単純な比較はできないものの、享保期においては、江戸の方が挿絵への拘りが高かったと思われる。

注

『昔話』の挿絵は全て『近世子どもの絵本集　江戸篇』に拠る。また『和国百女』の挿絵（図②）は、日本名著全集『風俗図絵集』（昭和4年）を、二代目三条勘太郎と四代目市村竹之丞を描いた初代鳥居清信画（図⑦）は、『芝居絵に歌舞伎をみる』（平成2年、麻布美術工芸館）を各々用いた。

第三章 『滑稽冨士詣』の書き入れを巡って

はじめに

前章で見てきたように草双紙は初期の頃から挿絵を生命線としてきた。黄表紙そして合巻と挿絵は様々な工夫を巡らして発展した。他ジャンルでも読本の挿絵で丹念に描かれたものある。しかし滑稽本はカット風の挿絵のものが多かった。本章では異色の挿絵を持つ『滑稽冨士詣』を見てゆく。

第一節　初編から三編までの翻字と略解、及び分析

幕末維新期の代表的作家といえば、仮名垣魯文がまず挙げられよう。彼が名を高めた一作が『滑稽冨士詣』であった。興津要氏は『転換期の文学』（昭和35年、早稲田大学出版部）等で、この作品がヒットした理由を述べている。一つは、万延元年に女子も富士登山を許されて赴く者が多かったという穿ちであった。もう一つは、特定の主人公を設定せず、コント毎に登場人物を入れ換えるという趣向であった。しかし『冨士詣』の挿絵については言及しなかった。

佐々木亨氏は、「『滑稽冨士詣』論序説―滑稽本と

しての占める位置を中心に―」（「近世文芸　研究と評論」77号、平成21年11月）において、挿絵に注目した論考を行った。以下、同氏の指摘を確認しておきたい。

①挿絵の多さとその細密な描写
②台詞も豊富に書き込まれる
③合巻に見られる読み継ぎの記号を多用
④暖簾や着物の模様等に暗示するものあり

従って同作が、異色の滑稽本として位置付けられるとした。

本章では佐々木氏の論文を承けて、『富士詣』における挿絵中の書き入れに注目する。そして、書き入れと本文との関係、描き出されている世界等分析を試みる。

本章では、二段階に分けて試みておきたい。すなわち、初編から三編までと、四編から六編までとする。理由としては、前掲佐々木氏論文にも指摘した如く、三編で初めて作者である魯文その人が登場すること、初・二編が同時か接近した時期の刊行に対して、三編刊行はこれらとやや時期を空けていることなどから、三編を一つの転換点として捉え、その前の二つの編との比較に意味有りと判断したからである。

本作は無論、本文の内容を踏まえた挿絵が基本となっており、場合によっては補完関係となっている。しかし書き入れとなると、本文に基づいた内容から逸脱するものも多く見られる。ここでは、初編から三編までの書き入れの翻字と略解を行い、続いてその内容分類を試みる。

凡例

一、底本は徳島文理大学蔵本を用いた。同本は各編ともに上・下巻を合綴した後印本である。
一、翻字にあたり句読点等を補った。
一、会話の箇所、あるいはその主体を必要に応じて（　）にて補った。
一、讃についてはは掲げなかった。
一、書き入れの中で、明らかに誤字や欠落等認められる場合は、［　］にて改めている。

図三十五

初編　上巻

①〈五丁ウ・六丁オ〉（図三十五）　この挿絵の左上に本作の書名「滑稽冨士詣」、「作者魯文」及び「画工よし虎」という書き入れがある。

冨士同者男女群集の図

（参詣客二）「ヤレ〳〵たいそうなさんけいだ」

万延元年に女子も富士登山を許され、従って、登山客が一層増えたと考えられる。「大層な参詣だ」という台詞は、その時の様子を表したのであろう。

（団子売り）「いつぱい〳〵いつぱい四もん」

参詣客の中で、団子を売る人もいて、人に商品をアピールしようとしている。その賑やかさを窺わせる。

（子供）「ヲイ〳〵おくれ〳〵」

子どもが団子売りに団子をくださいと求める。

（団子を食いながら歩く人）「だんごさん、おさきといつたらあんまりふるいだらふが、そんなにあとにすることもねへ」

「団子さん、お先」とは、かつて流行した唄を基にしているか（例えば、「旦那さん、お先」とか）。「団子さん、お先と言ったらあんまり古いだらふが、そんなに後にすることもねへ」とは、二つの意味を持つ。一つが、「団子さん、お先」という唄はとても古いだけど、そんなに忘れ去るほど古くはないということ。一つが、右の子供の台詞「ヲイ〳〵、遅れ〳〵」を聞いて、「団子さん、お先と言ったらあんまり古いだらふが」と言いながら、子供に向いて、「そんなに後にすることもねへ」と言って、つまり「それほど遅れていない」という駄洒落。

（参詣客二）「よくかいぐらひをするをとこだぜ、いぢのきたねへ」

参詣客が団子を食いながら歩く男を見て悪口を言う。

（莫蓙を背負っている人）「いせまゐりにごほうしや」

この人は、伊勢神宮参りを口実に、参詣客から報謝を騙そうとする（背負っている莫蓙と水飲みというような格好から見れば、他の参詣客と明らかに違う（一種の物乞いと言っても過言ではないと思う）。

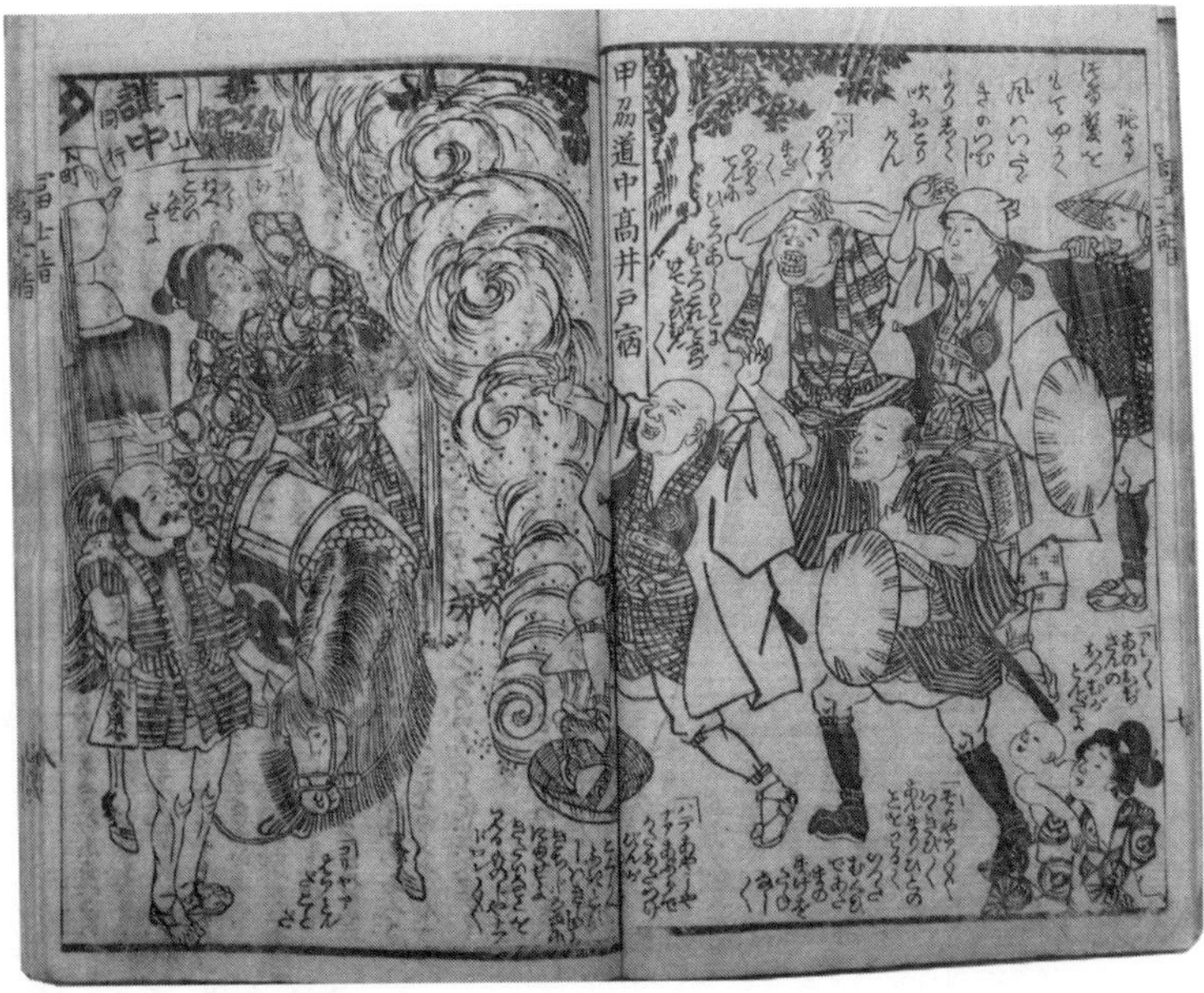

図三十六

人に直接お金をくださいと言ったら、くれる人があまりいないだろうと、本人がそうと思っているのかもしれない。従って、富士詣ではなく、伊勢参りにかこつけ金を騙し取ろうとする)。

②〈七丁ウ・八丁オ〉(図三十六)　参詣客が強風に遭い、つけびんが飛ばされる場面。

(参詣客二)「ハアのぼるハ〱まだ〱のぼる。てんにひとつ、あしもとにひとつ、これをなづけて、とびびん〱」

参詣客の一人が、髪に付けた鬢が強風に一つ虚空へ飛ばされ、もう一つ足下に落ちた。これを名付けて、飛び鬢だと言う。「飛品」とは蚤の意で、これも飛び跳ねる。

(子供)「アレ〱あのおじさんのおつむがとんだよ」

周りにいた子どもも吃驚したようで独り言を呟く。「おつむ」とは、幼児語、頭のこと。

(参詣客二)「そりやア〱〱い、きび〱、あんまりひとのことをわるくいつて、むくひであたまのまげをたねなし〱」

(参詣客三)「ハテ、あやしやナア、あぶらでかためたつけびんが、かぜにこくうへふきとびしハ、きようじか、きちじか、なにもせよ、きたいなことを見るものじやナア、ドロン〱〱」

油で固めた付け鬢が思わぬ強風に飛ばされ、凶事か、吉事か判らないが、とにかく奇態なことだと思っている。

(参詣客四)「ヲや、けしからねへ、こハいかぜだよ」

「こハい」は「怖い」と「強い」を掛ける。

(参詣客五)「コリヤア、はアとんだことだ」

「とんだことだ」とは、「思いがけないことが起きた」こと、「付け鬢が風に飛ばされた」こととを掛ける。

③〈九丁ウ・十丁オ〉(図三十七)　参詣客が歩きながら歌を歌う場面である。

(参詣客一)「つがひチ、チント、そこをもつ

図三十七

とまをのばしてうたひねへ」

歌う方法を指導するところ。

同「ナア、ヱ、まア、ヱハイとんぼイ、チリン〳〵」

歌の歌詞である。

（参詣客二）「はうたうたざハ、とびたつばかりで、ちつともミちがはかどねへ。もちつとさつ〳〵とゆかう」

「端唄歌沢」は、俗曲の一種である。『日本古典文学大辞典』の「うた沢節」の項に、安政四年六月、笹丸が初代家元となったが、すぐに隠居、平虎が翌月二代家元となり、安政五年ごろグループの端唄を歌沢節と名付けたとある。本作刊行は、その二年後である。

（参詣客三）「おてふさんのそうしたなりハ、すゞきもんどをうたひそうだ」

「重褄閨の小夜衣」（嘉永五年三月三日から市村座興行の「隅田川對高賀紋」の六幕目橋本屋の場に出した浄瑠璃）に「此節はやる瞽女のうたふ鈴木主水」（本文引用は、日本名著全集『歌謡音曲集』に拠る。

図三十八

以下同様）という一節がある。杖を持つお蝶の姿が瞽女のようだという意味である。

（参詣客四）「三丁さんのこゑハしほからとすきミをいつしよにたべたやうでいがらツぽいやうですねへ」

「剥身」は、魚の切り身に塩を付けた物であり、これに塩辛を加えて一緒に食べると、塩分の多さで食べづらくなるはず。敢えて食べると、「いがらツぽい」というような食感が出てしまい、転じて、その不味さを、声が嗄れそうに聞こえるとからかう。

あん「ハア、あんだか、ちゝ、ちんだのとてちんだのと、ねへさま、アリヤアなんでござる」

按摩取りが、間奏の擬音が理解できず、茶屋の下女に質問をする。

④〈十一丁ウ・十二丁オ〉（図三十八）この挿絵も冨士詣での賑やかな場面を示す。

（駕籠を担ぐ人二）「せきとりまいねん、まいとしとりくめ、はねこめ、サツサござれや〱」

相撲取りを激励する言葉。「はねこめ」は、力士が土台で互いに打ち合い、跳び込むことを励ます言葉である。また、重い駕籠を担いでいる人が、自分を励ますために、「はねこめ」と言っている意味をも持つ。

(参詣客一)「アノおすまふのおなかハ二タ子のうミづきのやうだねへ、あれじやア、おなかのへるといふことハありますまいよ」

参詣客が力士の大きな腹を見て、双子の産み月のようで、お腹の減るということはないだろうと思っている。

ウタ「あいがナア引、せにすむとりやア木にとまる。サアヱ、セツ〳〵」

大関の付け人が唄っている。「せにすむとり」は「瀬に棲む鳥」と関取を掛けるか。

ぶし「あれがふじがだけといふ大ぜきだとヨ、ゐらいもんだ」

武士があれが富士ヶ嶽という大関だよ、偉いもんだと言っている。当時の力士最高位は大関で東西各一名。尊敬の対象となっていた。なお、富士ヶ嶽なる大関は実在しない。

(駕籠を担ぐ人二)「ヤア〳〵ごまヨ、うなア、さつきからあぶらばかりうつてけつかる、ちつとかハれヤア、ごくどうめが」

相撲を担いでいる人が、あまり重く感じたのだろうか、悪口を言いながら怠けている仲間に交代を求める。

(駕籠を担ぐ人三)「もうちつとこてへろ、今にかハるハ」

仲間が話しを聞いても急がず、もう少し我慢させる。「もうちつとこてへろ」とは、もっと苦しめという意。

⑤〈十三丁ウ・十四丁オ〉(図三十九) 登山客が小便担桶に陥り、助けを求める場面である。

(仲間一)「ヤア〳〵吉のやらうめへ、小べんたごへおちやアがつたぜ」

(仲間二)「サア〳〵たいへんだ〳〵。はやくいつてひきあげねへと小べんによつて大かたくだをまくだらう」

仲間が小便担桶に陥っている吉を見て、早く引き

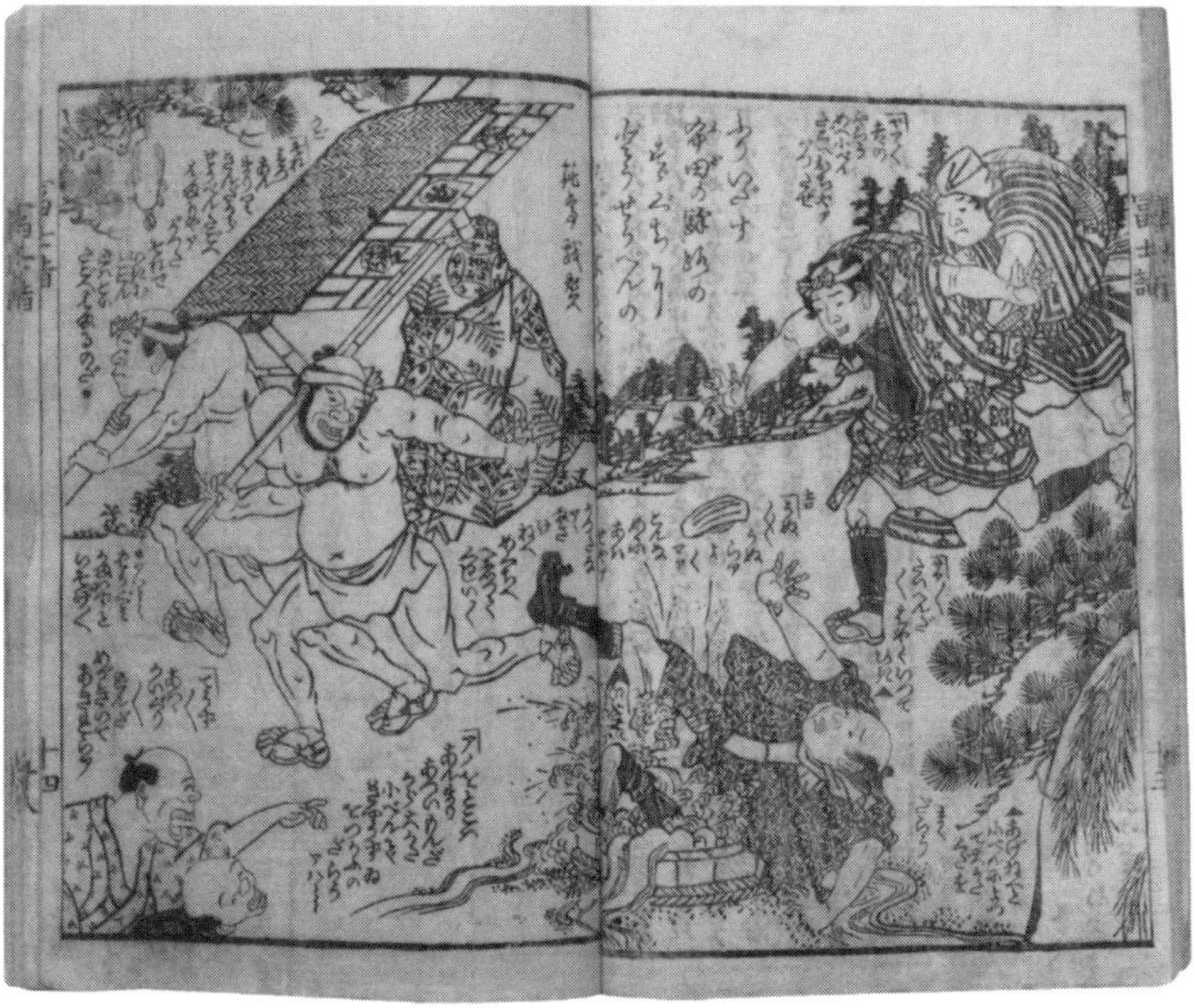

図三十九

上げないと、小便を飲み過ぎたら、酔っ払ってしつこくものを言うだろうとからかう。

　吉「うぬ〳〵うぬらアよ〳〵。マアこんなめにあハせやアがつたな。ア丶、なさけねへ、めくちへへゑつてくるしい〳〵」

吉が小便が目口に入って苦しいだと言う。

　（野次馬一）「アノをとこハあんまりあついもんだから、大かた小べんできやうずいをつかふのだらうアハ丶丶丶」

野次馬が吉をからかう。

　（野次馬二）「てふず〳〵あハ丶かいぐり〳〵、とんだめが、きいてあきれらア」

この台詞は、幼児の遊び「掻い繰り」に際して唱える「ちょうちちょうちあわわかいぐりかいぐりととのめ」を捩ったものである。「掻い繰り」は両手を胸の辺りで横にしてぐるぐる回しながら上記の言葉を唱えた。「ちょうちちょうち」を、「てふず〳〵」に置き換えて、「あわわ」を、「あハ丶」に、「かいぐりかいぐり」は、そのままで、「ととのめ」を、「とんだめ」にした。「てふず」は手水場で便所のこと。「手水」場から出る小便に浸り、「あハヽヽ」と笑う。「かいぐり」は桶の中でもがく様を指す。「とんだめ」は「とんだ事」と同意の「とんだ茶釜」を指すか。「とんだ茶釜」は美女の意。美女ではなく、びしょ濡れの野郎だという意に解しておく。『花暦八笑人』五編中巻に「承知〳〵あわヽかいぐり〳〵と、のめ」とある。

かご「それミろ、あんまりりきんだからせうべんたごへはまりやアがつた。それで、いきむとこんどハこいたごへはまるのだ。アハヽヽヽ、ばうぐみかまわずと、いそげ〳〵」

駕籠屋が、小便担桶に陥っている吉を見て助けようもせず、今度は肥担桶へ陥るだろうよと嘲笑する。相棒に急いで逃げようと誘っている。

⑥〈十五丁ウ・十六丁オ〉（図四十）　田舎の人達が宿を探す場面。

ばゞ「三太や、ここなアはたごやサア、めしイくうとき、きやうじがつくか、てもりでくハせるか、きいてくれせへ。てもりならハアア、う

図四十

つとまるへいハサ」

婆が息子らしい人に対して、飯を喰うとき、給仕がしてくれるか、若しくは我々自分でするかということを確認させる。

（息子）「ばアさん、ここなア、やどサア、はたごがやすいかハりめしにやアきやうじがつき申サアなア」

息子らしい人がこの宿は安い代わり、飯に給仕がつきませんと教える。

女「ミなさん、おとまんなさい、おさきへいらしつてもどこもこミあつてをりますから」

宿の使用人が客に声を掛ける。他の宿は満室ゆえ、ここに泊まれと強引に手を引く。

女「サア／＼おとまんなさい／＼」

初編　下巻

⑦〈十七丁ウ・十八丁オ〉（図四十一）　宿の亭主が客に声を掛ける場面。

（画好）「かう／＼なんぼそゝつかしいといつたつて、ながの日いちにちかたちんばのきやは

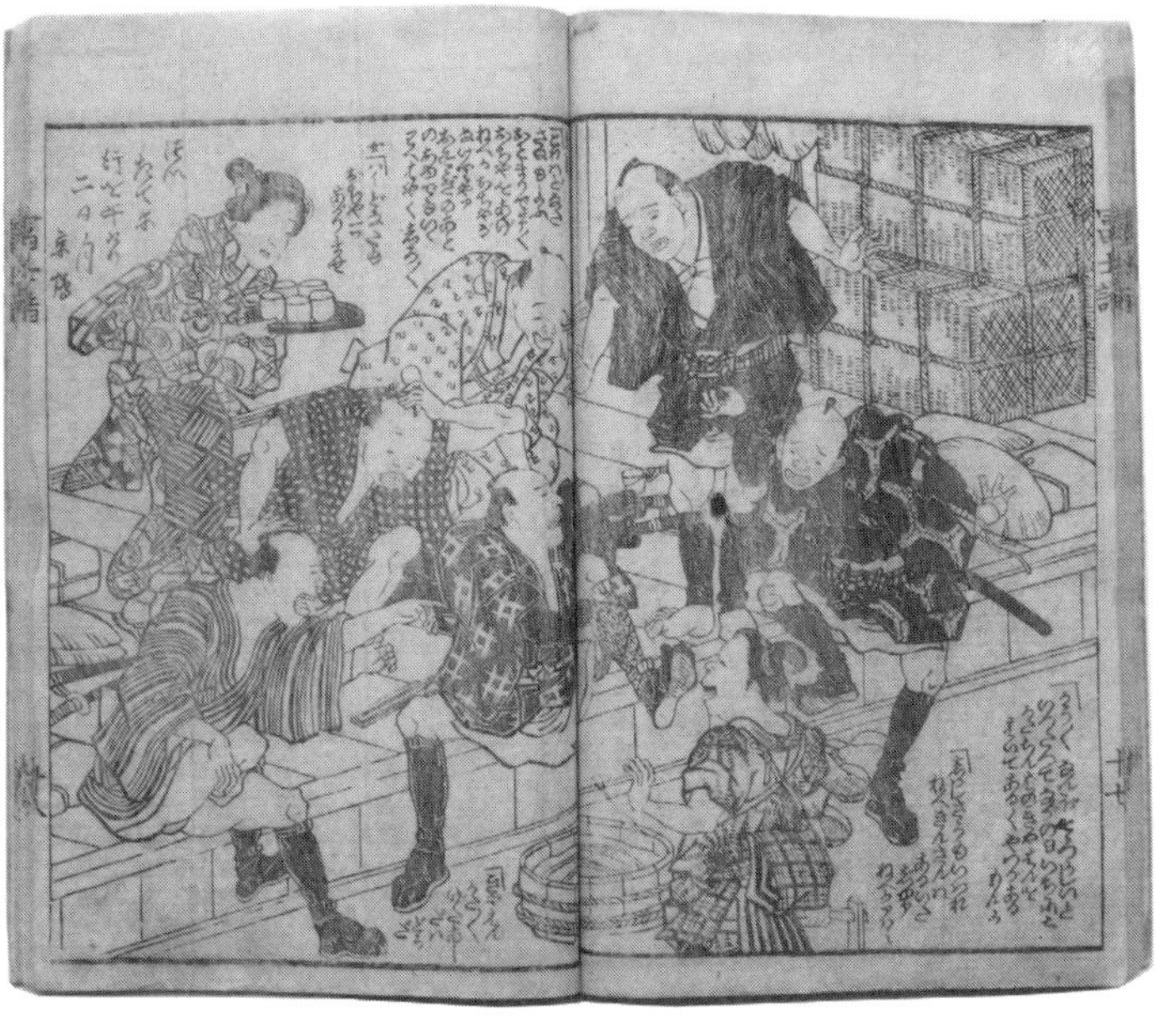

図四十一

んをはいてあるくやつがあるもんか」

画好が、左右異なる脚絆を履いてしまった金駄を嘲笑う。「ながの日」は、夏のこと。夏には日がながいということに由来する。

(仲間二)「しかしさうもいわれねへ、きんさんハあるいたじやアねへかアハヽヽ」

他の仲間も金駄をからかう。

亭主「これハどなたさまもよふおとまりで、サア〳〵おちやをあげねへか、おちやがなけりやア、おすゝぎのあとのおゆでもいゝわへ、はやくしろ〳〵」

亭主が客に親切に声を掛けながら、使用人にお茶を持って来いと指示する。お茶がなかったら、足を洗ったお湯でもいいから、早くしろと冗談を言う。

(下女)「ハイ、どなたもおちや一ッあがりませ」

亭主の指示を聞いてお茶を持ってくる。

(仲間二)「きやはんかた〳〵げたあしだハどうだ」

「脚絆片々」の「片々」を下駄や足駄の音に見立てた。

⑧〈一九丁ウ・廿丁オ〉(図四十二) 男が風呂場で都々逸を歌っている場面である。

(浴客一)ドヽ一「こうばりつよけりやいえさへたをすツ、やぼならかうしためはミまいトハアコラしよい、アヽいゝゆだぞ、がうてき〳〵」

この都々逸の出典は未詳。「勾張強うて家倒す」という諺の如く、夫婦喧嘩の仲裁をすると、逆に妻から好感を持たれ、夫婦仲は更に悪くなる。野暮な男が仲裁したら、こうはならなかっただろうという自惚れの内容であろうか。「豪的」とは、「豪勢のさま、優れたさま」の意。この場合は、「いゝゆ」を強調するために用いた。

(浴客二)「ハイ、ごめんなせへ、うまの子でごせへます」

「馬の子でごせへます」とは、人が風呂に入るときに、他人にぶつからないように掛ける「お邪魔します」という挨拶語に相当する。今野信雄氏は次の

図四十二

ように指摘する。

「…入り口からさしこむ光線も、湯気のため奥まで届かず、柘榴口をくぐって湯槽につかるときは、前をおさえ、「田舎者でござい。冷物でござい、御免なさいといい、あるいはお早い、お先へと演べ、あるいはお静かに、おゆるりなどいう類い、すなわち礼なり」。「人によっては威勢よく「馬じゃ馬じゃ」という者もいたという。これは人込みを行くときの江戸ッ子の常用語である。自ら「馬」とはよくいったものだ。中の人も「ここに入ってるよ」という意味で咳ばらいでもしないと、頭をまともに踏みつけられたり、裸のままおんぶしてしまうこともあったらしい。目が慣れてきたとしても、せいぜい頭数をおぼろげに数えられる程度だったのである」（『江戸の風呂』（平成3年、新潮社）に拠る）。

女「モシ、おまはん、ぬかぶくろをあげますからよくおあらいなはい、ねこぜなかからねづミのふんのやうなあかがでますよ。ヲホヽヽ」

宿の使用人である女が、客に糠袋を提供して、猫背仲から鼠の糞のような垢が出ますよと言う。体の

図四十三

汚れが落ちるように糠袋をサービスするのである。

⑨〈廿一丁ウ・廿二丁オ〉（図四十三）金駄が、左右異なる脚絆を履いてしまい、同行の画好にからかわれたため、入浴中の画好の姿を見て、彼の褌を隠し困らせようとする場面である。

（画好）「イヤサなにもかくべつでへじなものでもごせへせんが、又なくてもふじゆうなものサ、今にどこからかでませうようごぜへすハな」

画好が、褌を見つけられなかったため、周りの人に言い分をする。「でへじなもの」とは、「大事なもの」の意。

（浴客）「アンダとへ、きんをつゝむものがふんじつまうしたとへ。それじやアどうまきでござらうがや。それハハアたまげたこんでござる」

他の浴客が、「金をつゝむもの」と言ったら、褌ではなくて「胴巻」のことではないかとからかっている。「たまげた」は、「玉」の連想から出た言葉である。

女房「それハまことにおきのどくさまな、こ

図四十四

のまへも、あなた、あるおきやくさまがおきんたまをなくしたとおつしやつて、大さハぎをいたしましたが、それハアノ上へつりあがてをりましたの。だからせんぎじやアなくつて、せんきで御座りました」

画好は褌の「詮議」が必要であるが、この前の客は「詮議」ではなく、「疝気」のために「金」を無くしたと思っていたという言葉遊びである。

⑩〈廿三丁ウ・廿四丁オ〉（図四十四）宿客が酒を楽しむ場面である。

（仲間一）「むだ丸大人、そつかばかり、かけつけから三ばいめをぶちぬいて、これで六こんのむぜ。六こんせう〳〵のたきのミじやアこつちへさつぱりまハらねへ。サア〳〵さかづきをてうだいがろうのおゝぼしゆらの助、しろわたしとしたらよからうぜ」

「駆け付けから三ばいめをぶち抜いて…」とは、「駆けつけ三杯」の倍で「六献飲む」ということであり、更に「六献」から「六根清浄」へと転ずる。「六根清浄」とは「六根（眼根・耳根・鼻根・舌根・身根・意根）が汚れを払って、清らかになること。また、その境地」であり、「大酒で身体洗う」の意を込めたのであろう。続いて「清浄」から「猩々の滝飲ミ」に辿り着く。次に「盃を頂戴家老」とは「城代家老」の捩りであり、「大星由良之助城渡し」を連想しながら「城」ではなく、「さかづき」を渡せと求めている。「城代家老の大星由良之助城渡し」は「仮名手本忠臣蔵」四段目に登場する一場面である。塩谷判官が閉門の後に切腹、お家断絶のため、由良之助は仇討を誓いながら城を明け渡す場面を指す。ここでは、渡したくない気持ちを抑えて杯を渡せというのである。

（仲間二）「おらア、げこだからかういふときにやアわりがわるいが、とき〳〵ふじんにぜんをすへられるので、うめあわせるのだ」

「据え膳食わぬは男の恥」の「膳」であり、ここで、酒をたくさん飲めなくても、婦人に膳を据えられるので、それによって埋め合わせられる。即ち女性にもてるのだと自惚れている。

⑪〈廿五丁ウ・廿六丁オ〉（図四十五）書家を自称する人が田舎の人を信用させるために文字を書こうとし、田舎の人が書道に疎いにも拘わらず相槌を打ち馬脚を現す滑稽な場面である。

（仲間一）「ナンダ、あのてあいハひとりでミそをあげているが、かんばんかきがねつにうかされたやうだ」

書を書いている仲間を見て、何だよ、あいつは書いたものを一人で自慢しているが、看板書きがまるで熱があって、いい加減に書いたように見えるとからかう。

（仲間二）「イヤハヤ、こまつたものだ」

後ろにいる仲間が、書の名人を偽って田舎の人を騙そうとしているところを見て、困ったなと嘆く。

（仲間二）「杉のもりのおうしうが、このあひだひつぽうをでんじゆしてくれといつたが、なか〳〵めつたにやアゆるされねへ」

「杉のもり」は、現在の東京日本橋の辺りに当たる。実在の書家を指していると思われるが未詳。魯文に近い人物であろうか。

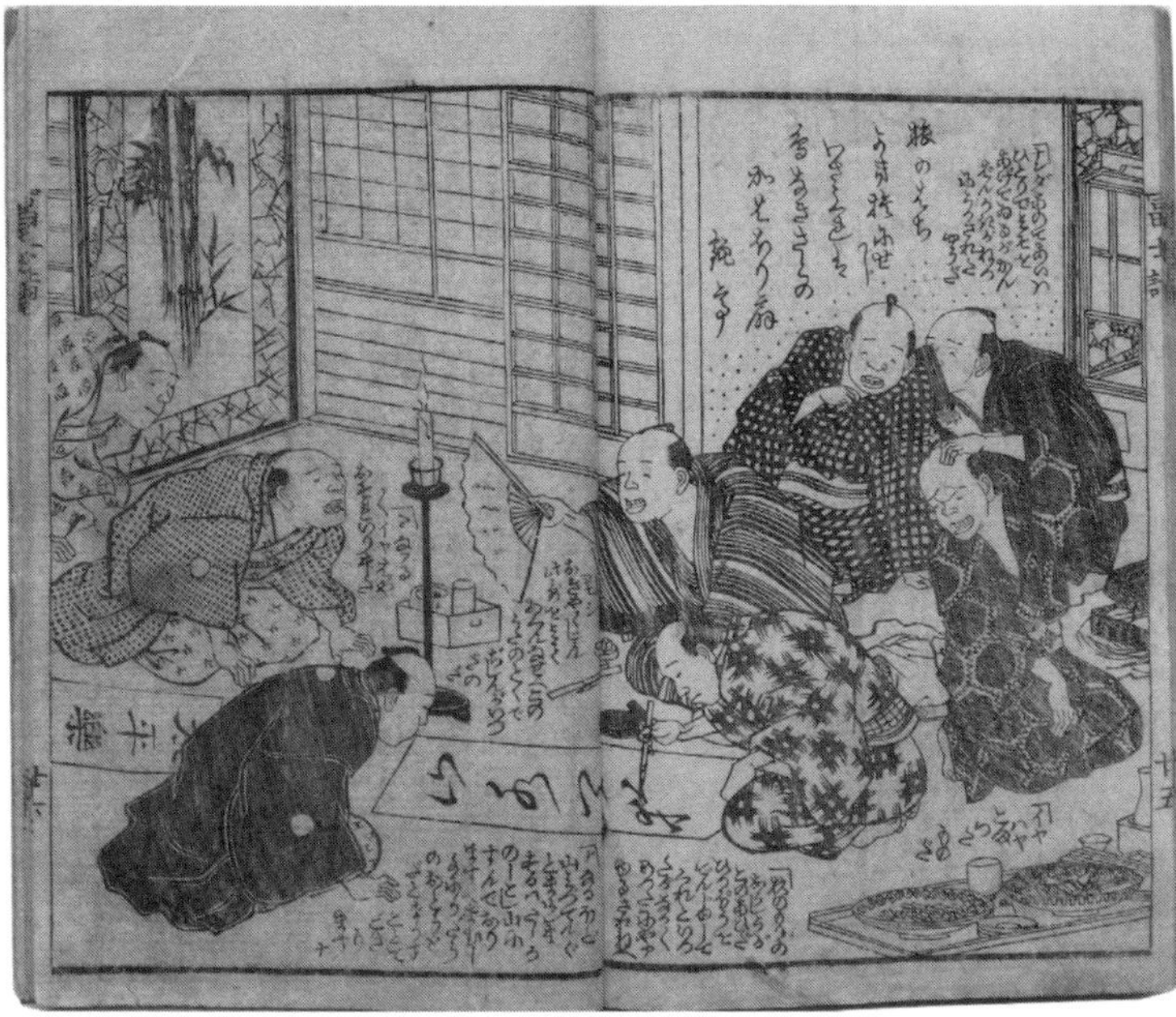

図四十五

（田舎人二）「ナ、なるほど。山ミづてんぐとまうしまするハ、たしかのしこし山にすんでおりますへまむしよにうどうのおとうとだとまうすことでござりますナ」

相手が高名な書家と思い込み、知ったかぶりをしようとして無知をさらけ出す可笑しさである。ここで「山ミづ天狗」、「のしこし山」と「へまむしよにうどう」とは、いずれも絵文字である。

（仲間三）「モシ、おきやくじん、此歌をミておくんなせへ、このうたのとくでぢしんがいつたのだ」

無知な田舎人に団扇に書いてある和歌を見せる。その歌の力で、地震が起きたそうだと述べる。「地震が起きる」を、「地震がいる」とも言う（『江戸語大辞典』）。歌には、天地を動かす力があるとされる。以下の如く古来より伝えられる。

「やまとうたは、人の心を種として、万の言の葉とぞなれりける…力をも入れずして天地を動かし、目に見えぬ鬼神をもあはれと思はせ…猛き武士の心をも慰むるは歌なり」（本文引用は新編日本古典文

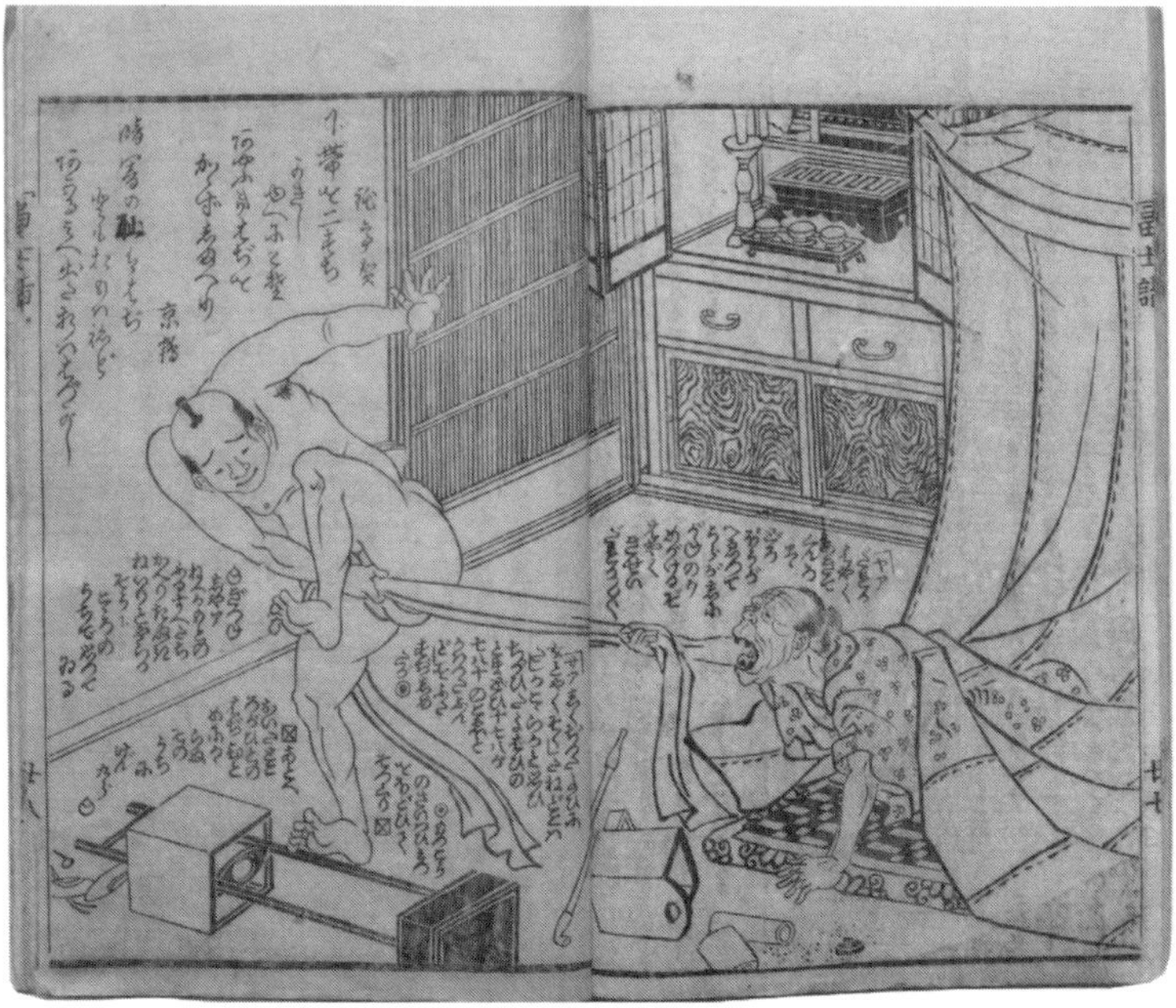

図四十六

学全集本（11）『古今和歌集』（平成12年、小学館）に拠る）。

（田舎人二）「とくなア事〳〵イヤはやおそれいりました」

田舎人は、歌が大きな力を持っていることを聴き、吃驚した。

⑫〈廿七丁ウ・廿八丁オ〉（図四十六）夜這いをしようとした金駄が、目当ての女でなく老婆の許へ行ってしまい、褌を残したまま、慌てて自分の寝ところへ逃げ、狸寝入りをしようとする場面である。

（老婆）「ヤア、だれかはやくおきてくんろ、ヱヽ、どろぼうがへゑつて、うらがしにがねのウめがけるぞ、はやくきせい、だれか〳〵〳〵」

婆が部屋に入ってきた男の褌を掴んで、泥棒が私の死に金を狙っているぞと大声で助けを求める。「うらがしにがねのウめがける」とは、「おらのしにがねをめがける」の方言である。

（金駄）「サア、しくぢつた。よひに女とやくそくしたねどこハたしかこゝらかと思ひちがひだ。よばひのとまどひ、十七八が七八十のこゑとかハつた。ふんどしをふたすじしめたがもつこうのさいハひ、ミつをほどひてそつくりあとへおいたところがひとのはぢ。ひとめにかゝらぬそのうちに、げん九郎ぎつねじやアねへが、もとのふるすへたちかえり、たぬきねいりとやらかそうトこゝろのうちで思つている」

ここで、「もつこうのさいわい」は、「もっけの幸い」という言葉を捩って、「もっこふんどし」のことを示している。幸い、このふんどしを使って、他人に濡れ衣を着せることができたと思っている。「げん九郎ぎつね」は、大和にいたよく人を騙し、悪ふざけをする狐のことである。狐の縁で自分の寝床を「元の古巣」と言い換え、更に「狸寝入り」へと及ぶ。将に狐と狸の化かし合いの如く、相手の追及を逃れようとしている。

⑬〈廿九丁ウ・三十丁オ〉（図四十七）　画好が周囲に問い詰められている場面である。

亭主「かやうにしようこふんミやうのうへか

図四十七

らハ、とうぞくとまうしてもよもやへんとうハできますまい。ナンだとへ、じつハまめどろぼうだとへ。へゝン、おゝきにしなせへ、八十二になるとしよりのまめをぬすんでどうなるものか。しらばツくれても、ふんどしのないのがしようこのどろだ〳〵」

亭主が画好に対して、このように証拠分明の上は、盗賊と申してもよもや返答はできないでしょう。何だと、実は豆泥棒だと。ふん、嘘はやめなさい。八十二歳の年寄りの豆を盗んでどうなるものか。認めなくても、褌のないのが証拠だと言っている。「置きにする」は止めるの意。「しようこのどろだ〳〵」にある「どろ」とは「泥棒」の意。

つれ「しようこにとられたふんどしのはぢのかきあげ、ともだちのかほまでよごしたあかつきのしらミわたつたよあけのそうどう。アゝ、ゆめになれ〳〵」

「あかつきのしらミわたつた夜明けの騒動」とは、「暁」の「白み渡った」時分であると同時に、「垢付きの虱まみれ」の褌を通して人に移ることによって、騒動になったという意味も込めているであろう。

（画好）「ふりでわいたるこのばのなんぎ、アゝ、ゆめになれ〳〵」

「降りで湧いたる」は、「ふって湧いたる」であり、まさに「この場の難儀」になる。また虱が「ふりで湧いたる」褌の意も込める。

女「ヲヤ〳〵どなたかと思つたらよひにふろばでなくなりものがあるとおつしやつたおきやくだヨ。マア、どうしたといふのだらう」

（仲間）「ふんどしたことからしようこをとられちやアよばいねをだすがよからう」

「ふんどしたこと」は「ふとしたこと」の捩りである。「夜這い寝を出す」は「弱音を出す」という意であり、また「夜這い寝」を白状することにもなる。

金「ぐわかうそうどなおすがたハ、ホンニえにもかゝれねへ。こつちハにやアがばゝだから、きめう〳〵」

「画好」が「騒動なお姿」であると同時に、褌を失うという筋から「雁高」（大きな亀頭）が「躁怒」

も暗示していよう。「にやアがばゝ」とは、「にゃあが糞」の意。猫が自分の糞に土をかけて隠すように、悪いことをしても知らん顔をしていること、また、そのさまをたとえていう。この場合は、金駄が画好の褌を隠して知らんぷりをしているのを表す。

二編　上巻

⑭〈七丁ウ・八丁オ〉（図四十八）　二人の町人が二人の田舎武士の格好を笑ったところ、それを聞いて、二人の武士が激怒し、町人を戒めようとする場面。

（町人）「コウ〳〵どん公、ちよつとミや、アノさむらひのまげツぷしハくそぶねのたわしどころじやアねへ。ぼんてんのしんをミたやうだぜ。アハゝゝゝゝ」

二人の町人が侍の恰好を悪く言う。「梵天」とは、江戸時代、風神、悪魔、虫などを追い払うための一種の幣束。ここでは、町人が太く結った武士の髷を梵天のようだと例え、恰好が悪いとからかう。

（どん公）「そうよ、いろのできねへたちだノ

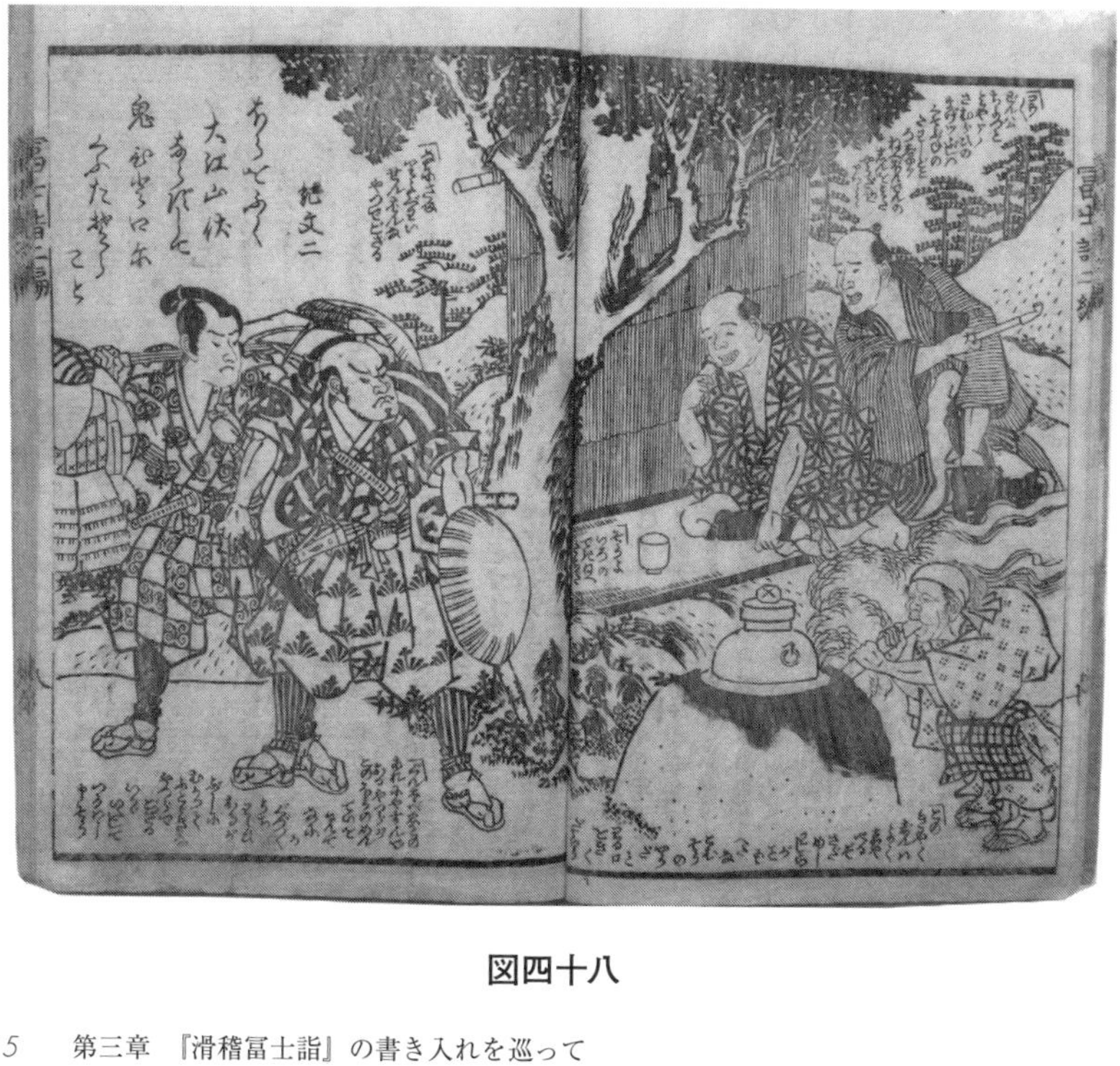

図四十八

ウ」

一人の町人がそんな恰好では女に持てないよと相槌を打つ。

（老婆）「このきやくじんハ、よくしやべるぞ、さだめしわしらがこともへたなこむそうのようだとわる口をきくだらう」

「虚無僧」とは、尺八を吹きながら諸国をまわって托鉢する僧のことである。ここで傍にいる婆が管で火を熾そうとしているから、その様子は虚無僧の振る舞いに似ており、人の悪口を言っている町人に対し、きっと私のことも下手な虚無僧のようだというだろうと思っている。

（弥二馬）「ぐん太べゑどの、あれにやすんでおるやつらがこのほうのめんていを見て、なにかぐづ〳〵うちわらひおるが、ぶしにむかつてふとどきなやつらでござる。いかゞいたしてつかハし申そう」

一人の侍が仲間に対して、あのやつらは我々の顔を見て、何かぐづぐづ言ってうち笑っているようだが、武士に対して不届きな奴等だ。あいつらをどうしてやろうと言っている。

（軍太）「なにさま、りよぐわいせんばんなやつでござる」

町人の言動に気付いた侍が、慮外千万なやつだと、怒りを表す。

⑮〈九丁ウ・十丁オ〉（図四十九）　田舎武士が町人を捕えて刀で威嚇する場面。

（どん公）「アヽまんざいらく〳〵くわばら〳〵たすけぶね〳〵」

怒っている侍の様子を町人が見て、助けを求める。

「万歳楽」とは、吃驚した時に発する語。

（町人）「アヽヽ申し、おさむらひさま、わたくしハ、かやう見えましても、正じきものと名をとりました、こゝんどつぽのりちぎものでござります、ごかんべんくださりまし」

町人が侍に迫られて、自分のことを古今独歩の律儀ものであると許しを乞う。

（弥二馬）「おのれらぶしにむかつてさま〳〵なるきよごんを申をる、このうへハさいはひな

図四十九

るうでだめし、かたなのきれあじこゝろミてつかハそう」

弥二馬が町人を捕まえて、お前達がありもしないことを申しているな。こうなったからには、ちょうど良いチャンスだから、腕試しとして刀の切れ味を試してみようと言っている。

（軍太）「弥二馬どの、とゞめハせつしやがひかへており申すから、すつぱりトおやりなさい」

軍太兵衛が弥二馬にとどめは私が担当するから、安心しておやりなさいと励ます。

⑯〈十一丁ウ・十二丁オ〉（図五十） 武士に威嚇された二人の町人が狼狽して逃げる場面。

（旅人一）「てんかんにしちやア、あハふかねへが、おほかたどぶろくのなまゑひだらう」

道中の旅人が町人の姿を見て、癲癇の発作かと思ったが、しかし泡を噴かないから、恐らく濁酒の生酔いだろうと言った。

（旅人二）「なんだかおほきなこゑをしてないているが、なまゑひならなき上戸といふのだら

図五十

うヨ」

別の連れが町人の様子を見て、大きな声を出して泣いているが、生酔いなら泣き上戸だろうと解説する。

（愚六）「アヽせつねへ、こしがぶら〳〵してあるかれねへ、アヽくるしい、アヽせつねへ、ワアイ〳〵」

仲間に背負われる町人が、腰がぶらぶらして歩かれないと苦しそうに訴える。

（どん公）「もちつとゆくとちや屋があるから、そこまでしんばうしやアな、いくぢのねへ、なぜなくのだ、ひとがミらア、見ツともねへハナ」

どん公が歩けなくなった仲間を励ます。茶屋に着くまで耐えろと言う。

⑰〈十三丁ウ・十四丁オ〉（図五十一）　男三人女二人の旅人の集団が、藤八拳をしたところ、御用の馬を驚かして、馬子に捕まえられて問屋場へ連れて行かれそうになる場面である。

この挿絵は、前掲佐々木氏論文で指摘されるよう

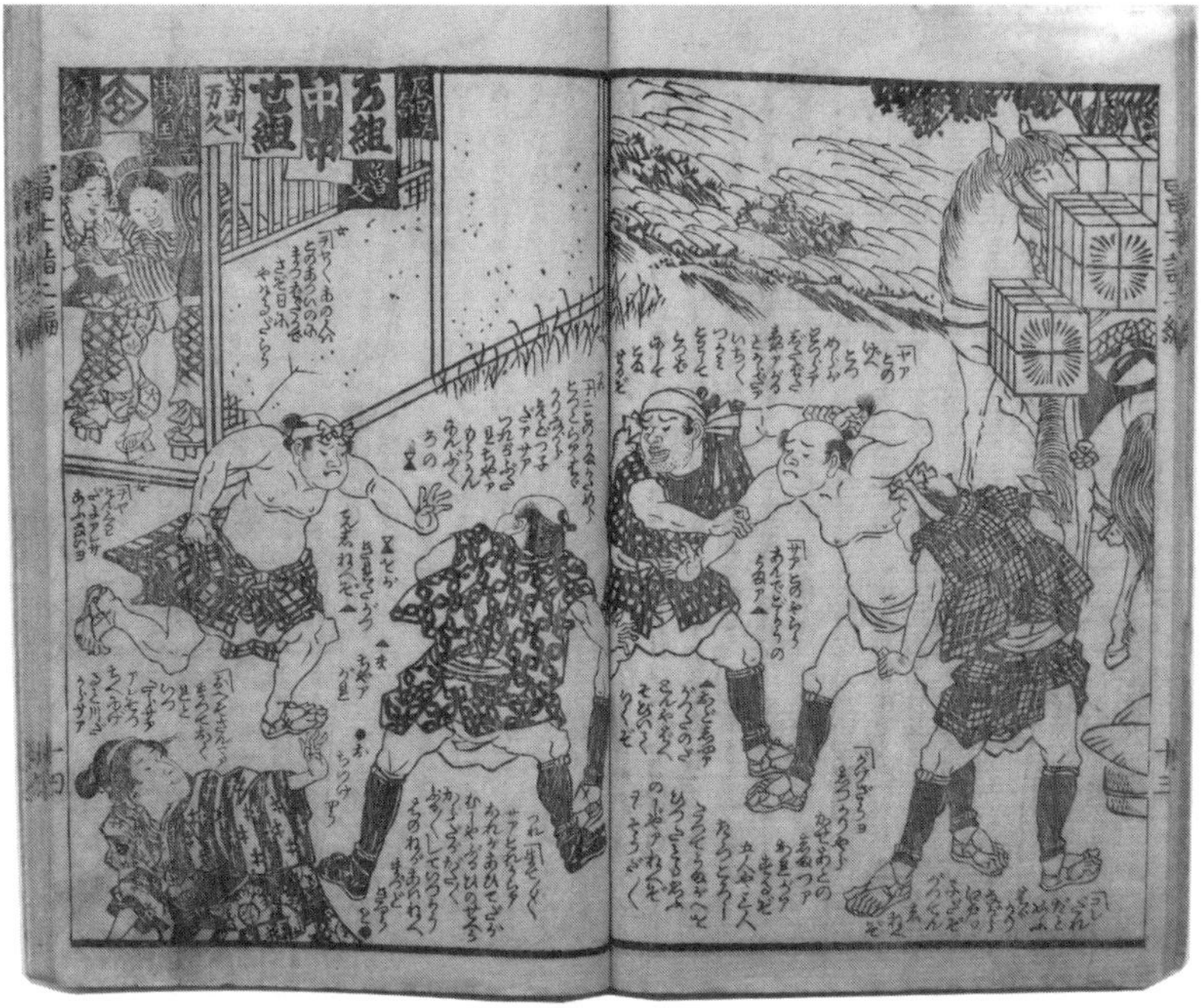

図五十一

に、暖簾に「津の国」、及び「てりふり丁ゑびすや」という文字がある。前者は魯文のパトロンである細木香以のことであり、後者はこの作品の版元である。また魯文の印である「◇文」も記されている。本作の版元について、同氏は、次のように指摘する。

「このような身内における遊技性濃厚な一作を、無名な作者に執筆させる書肆があるのだろうか。しかも十編二十冊で、挿絵も豊富に伴う贅沢な造本である。七編までの版元名は芙蓉堂。このような堂号を持つ書肆は当時は存在しない。恵比寿屋は錦昇堂なる堂号があり、芙蓉堂ではない。初編自序にもある如く富士山を「芙蓉峯」ともいう。これにこじつけたダミーの書肆名である。実質的な版元は恵比寿屋で間違いない。既に初編の挿絵（十五丁ウ・十六丁オ）で旅籠の店名を「ゑびすや」として、大きく記載した。二編見返しには、その名を編笠によって隠すように示されていた（「ゑびす」の「す」のみ明らかに見せ、それ以外は左端を部分的に示す）。同編十四丁オの挿絵にも「てりふり丁ゑびすや」なる名が暖簾に記載される。然らば何故に芙蓉堂なる版元名を掲げたのであろうか。前掲「てりふり丁ゑびすや」の記載と並んで、隣には◇文が、その隣に前述の「津の国」と染め抜かれた暖簾があった。おそらく当初は香以あたりが銀主になっていたと思われる。悪摺めいた、挿絵を多用した遊技の一書を執筆させたのであろう。これが好評を博し、裏の版元であった恵比寿屋が八編以降刊行を全面的に引き受けたものと考えておく。七編までが万延元年、八編以降の刊行が文久元年と時間差を設ける根拠もこの辺りに求められよう。加えて、今日の読者にとって難解な悪摺的な要素が八編以降姿を潜め、変わって滑稽を旨とする楽屋落ち的なドタバタ劇を柱にするのも、恵比寿屋なる版元名を明示するのと無関係ではない。また初編から九編まで本作以外の広告が見出せず、十編の刊記に漸く『三都遊客（さんとのいうかく）自国自慢（くにじまん）滑稽会《こっけいえ》都見物《どけんぶつ》魯文作芳虎画』なる広告が掲載されるのみである。銀主の存在を想定する傍証となり得ようか。

（馬方一）「ヤア、このげへこつめらが、わいらアじたばたしやがると、からだアいち〳〵つかミこわして、こつぱにしてこませるぞ」

馬方が旅人に、この軽忽めらが、お前達がじたばたしやがると、身体を一々掴み壊して、木っ端にしてやるぞと威嚇する。

（馬方二）「サア、このやらう、あんでごようのうまアおどしやアがつたのだ。とんやばへそびいていくぞ」

馬方が馬を驚かした旅人に問屋場へ連れて行くぞと脅かす。「そびいていく」とは、「誘いていく」のことで、江戸時代に犯人を逮捕するとき、無理矢理引っ張り出すことに由来する。

（馬方三）「がけざうヨ、しつかりやらかせ、あとのしまつアおれアするぞ。五人や三人たゝつころしたつてうまがへをひつたとも思ふのじやアねへぞ。ヲヽそうだ〳〵」

馬方の仲間が、しっかりやらかせ、後の始末は俺がするから、五人や三人を叩っ殺したって、馬が屁を放ったとも思わないぞと、連れを励ます。

（髪を掴まれる旅人）「コレ、だれだと思ふ、はゞかりながら江戸ッ子だぞ。がつてんしねへぞ」

旅人一が自慢げに江戸っ子だと自称し、馬方に負けまいとする。

つれ「ナニこのうまかためら、こつとらアはゞかりながらえどつ子だア。サア、つれがぶたれちやア、もうかんにんぶくろのをがきれた、がつてんしねへぞ、まちやアがれ」

旅人が馬方に対して、こちらも憚りながら江戸っ子だぞ、俺の仲間を打たれちゃ、もう堪忍袋の緒が切れた、合点しないぞ、待てとやり返そうとする。「こつとら」は、「こっちとら」の意、つまり「こちら、われわれ」。「火事と喧嘩は江戸の花」という言葉の如き、江戸っ子は喧嘩好き。

つれ「まて〳〵〳〵サアこれからアおれがあひてだが、むしやぶるひのせへか、からだがた〳〵ぶる〳〵していつかうはのねがあハねへ。まづどきようをおちつけやう」

背を向けている連れが、味方を助けようとしたが、恐怖で体がぶるぶるしながらも、それは武者震いだよと言い張っている。挿絵では、服を着たままの男として描かれ、これに対して、加勢に出て来た旅人の仲間は上半身裸である。

（旅人の女）「おへそさんマア、まつておくれといつたらサア、アレ、そつちへにげると川だからサア」

旅人の連れの女が喧嘩を見て逃げようとする。同行のおへそは川に向かって逃げ走る。行き止まりなので、そちらに進むなと言いつつ、一緒に逃げたいと思っている。

女「ヲヤ〳〵あの人ハ、このあついのに、まつぱだかで、さぞひにやけるだらう」

店にいる下女が裸になっている旅人を見て、日差しが強いから、日に焼けるだろうとからかって言っている。

女「ヲヤけんくわだよ、アレサあぶないヨ」

もう一人の女が喧嘩だよ、危ないよと怖そうに言う。

二編　下巻

⑱〈十七丁ウ・十八丁オ〉（図五十二）　旅人から金を強請る二人の番人に対し、江戸っ子が拒否して、

図五十二

双方が喧嘩をする場面である。その騒ぎで、江戸っ子が落とした財布を拾った乞食。やがてお宿役人の仲裁が入ることとなる。

　ばん「アノざまアミやアがれ、江戸ツ子もすさまじい。へどがでそうだからへどつ子だらう。わるくまごつきやアがると、ひつくゝつて小やへつれていつてはなしがめのかわりにするぞヨ」

江戸っ子が「反吐がでそうだから反吐っ子」だと揶揄される。「放亀」とは、「池などに、亀を放し飼いにすること。また、その亀」と「放生の意味で、川や池などに亀を放すこと」の意。この場合は、番人が旅人を小屋に閉じ込めようとする意。

　ばん「ヤイばかやらうのなまぎゝのつぽう、くやしかア、こゝへうせろ。又此ぼうをひつしよわせて、なきツつらをはちにさゝせてやるぞ」

番人が江戸っ子に対して、馬鹿野郎の生聞きのっぽう、悔しかったら、ここから失せろ、そうしないと、罰としてこの棒でお前らを打って、泣き面を蜂が刺すというような目に遭わせるぞと威嚇する。「生聞き」は、「言っても判らない奴」の意。「のっぽう」は、「馬鹿」の意。

（宿役人）「ヤイ〳〵ばんにんども、しんでんのもくざへむがきたからにやア、てだしのヲさせることハできねへぞ。モシ、おどうしや、マア〳〵またつしやりまし、わしがわけてしんぜるから、サア、ハテ」

「番人共よ、新田の木左衛門が来たからには、手出しをさせることは出来ないぞ。もし、お同者、まあまあ待たっしゃりまし、私が分けて進ぜるから、さあ、はて」と言っている。「またつしやりまし」とは、「お待ち下さいませ」の意。「ハテ」とは、困っているときに言う語。お宿役人が仲裁に入り番人と旅人を分ける。

（旅人）「モシおしゆくやくにんさん、うつちやツておいておくんなせへ、わつちも江戸ツ子でごぜへやす、ものもらひなんぞにこめられちやア、なんぼたびでもれうけんがならねへ。サア、こいつらアかたつぱしからここへでろ、ふミころしてしまふから」

旅人が宿役人に対し、「お宿役人さん、放っておいて下さい、私も江戸っ子でございます、物貰い何ぞに籠められちゃ、なんぼ旅でも了見がならない。さあ、此奴等片っ端からここへ出ろ、踏み殺してしまうから」と言っている。つまり、「私から金を強請るなんてとんでもない。私も江戸っ子だから、おまえら番人のような強請に虐められるなんで、いくら旅での出来事であると言っても我慢できない。一人一人前へ出ろ。踏み殺してやるから」と仲裁を断っている。

こじき「けんくわのさわぎで、おとしたものをこつちへしめこのうさぎときて、よつぽとミ、たぶがおほきなしごとだ」

「落としたものをこつちへ占め」ることにより、思ってもみなかった幸運に出合うことは将に「占め子の兎」である。兎の「耳たぶが大き」いように、「大きな仕事」ができたわけである。「占め子の兎」とは、「うまくいった」の意の「しめた」に、兎を「絞める」をかけていう語。物事がうまく運んだ時にいうしゃれ。「しめた」とは、感動詞的に物事が思い通りに

図五十三

なって喜ぶ時に発する語。

⑲〈十九丁ウ・二十丁オ〉（図五十三）　参詣客が御師の出迎を受ける場面である。

（講中一）「イヤこれハごていねへナおしさまのおむかひなら、おほかたつんぼうさまかとぞんじたら、よくきこへるおひとだね。おし〱かゝとをねらやアしめへか」

「おし」と聴いたから、「御師」ではなく「唖」の方のつんぼうと思ったが、しかし能く聞こえるので、「おし〱踵をねらやアしめへか」という思いを抱かせた。即ち、何かの押し売りを無理に迫ってくるように油断できないと心配するようになる。

（講中二）「こゝへきたら、やたらおし〱といふからいぬでもけしかけるのかと思つた」

「やたらおし〱といふから、犬でもけしかけるのかと思つた」は、「おし」が犬を追う言葉であることを利用した。このように御師→唖→押し→（犬を追う）おしへと、「おし」の同音異義語を並べ立てる。

（御師の使用人一）「これハおかうぢうさまおはやいおつきでござります、おしかたからのおでむかひで御座ります」

御師の使用人が講中に挨拶をする。

女「与太九郎さん、こんばんハさぞおいそがしうごいせうねへ。おてつだいにまいりませうかね。ヲヤむちうだヨ。ヲホヽヽヽ。さくざへもんさんといつしよだから」

「与太郎」とは、「智恵の足りない者、愚か者を擬人化していった語。うそ、でたらめ、また、でたらめをいう人」の意。「与太郎」に「九」を付けて「与太九郎」になる。「九郎」は「苦労」の意か。「作左衛門」は「夢中作左衛門」の略で、「夢中で物事をしていること、また、その人」という意。即ち「夢中」になるのは、「作左衛門さん」と一緒だからという洒落。この台詞の持つ意味としては、一つは「与太九郎さんが仕事に夢中になっている」、もう一つは「与太九郎さんが仕事に夢中になっている原因は作左衛門さんと一緒にいるから」ということである。

（御師の使用人二）「サア〳〵ごあんないいたすでごいせう」

御師の使用人がご案内致すでございましょうと述べる。

⑳〈廿一丁ウ・廿二丁オ〉（図五十四）　参詣客が御師の住まいで逗留する場面である。

師「これハ〳〵ごかうぢうさまがたよふこそ、とうねんもごさんけいでござる。ごどうちうおあつさのおさわりもなく、つゝがなく、ごちやくのだん、しごくたいけいでござる。まづ〳〵ごゆるりとごきうそくなさりまし。へゝン〳〵」

御師が講中に対面し、挨拶の辞を述べる。その辞は、「これはこれは、ご講中様方ようこそ、当年もご参詣でござる。ご道中お暑さのお障りもなく、恙なく、ご着の段、至極大慶でござる。まづまづご緩りとご休息してください。へゝン〳〵」という型通りのもの。

女「ミなさま、さぞおくたびれでござりませう、おちや一ツあがりまし」

女が旅人達をもてなす。

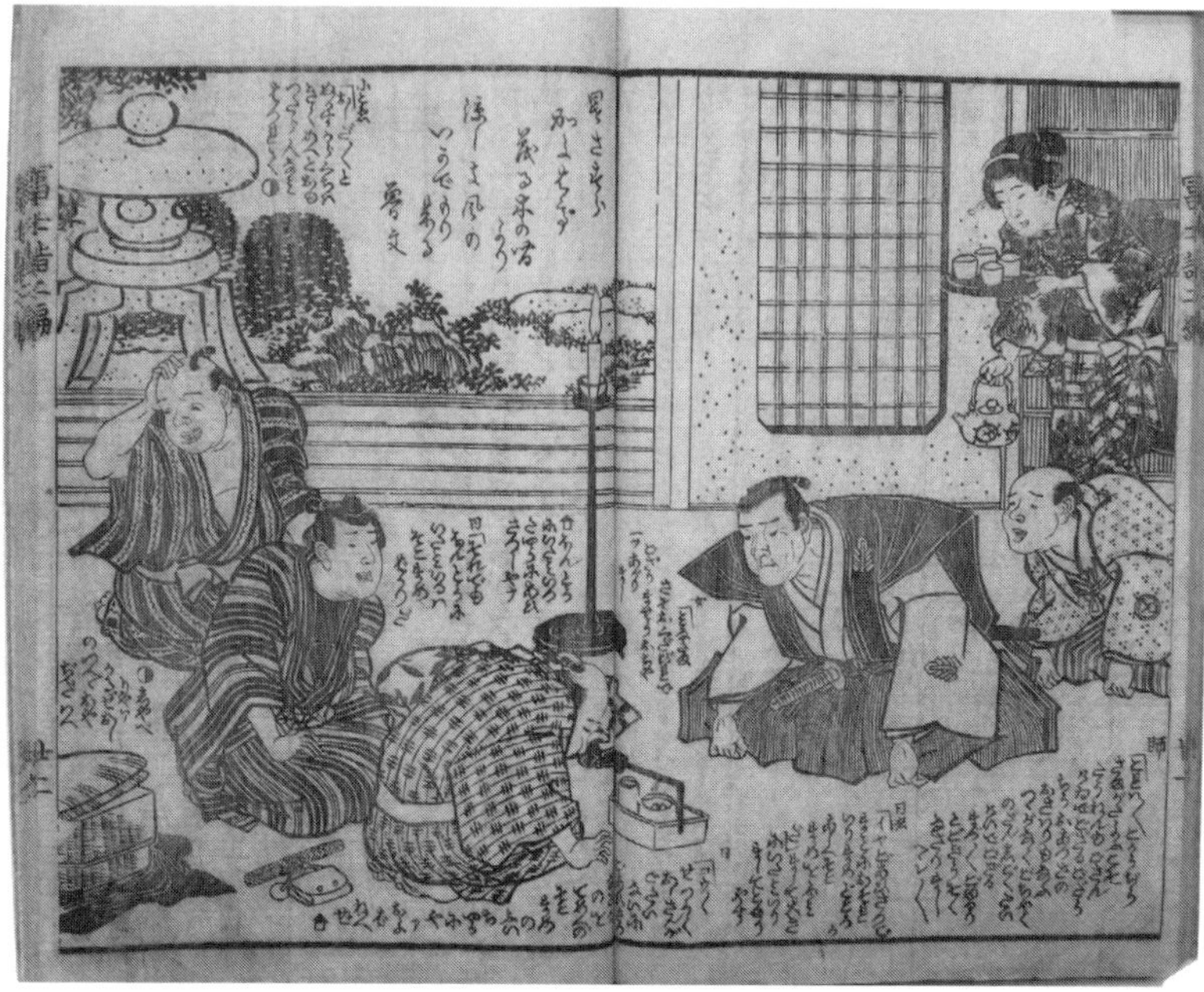

図五十四

同者「イヤごあいさつでまことにおそれいりまめどころか、あしへそこまめをふミだしまして、大きにいたミいりましてこまりやす」

「恐れいりま」すと「炒り豆」と掛けてあり、炒り豆ではなく足の豆が出来たと言う。次の「痛ミいりまして困りやす」とは、「恐縮ですが」と「痛くて困ります」という意味が掛けてある。

同「コウ〳〵せつかくおしさんがごたいないにごあいさつなさるのを、てめへのそこまめのふいちやうにやアおよばねへぜ、ほんとうにいたミいつたやうにあいさつしやナ」

連れが足の痛みを訴えている人を説教する。「たいない」は、丁寧の意。

同「それでもほんとうにいたミいるハ、そこまめばかりだ」

足を痛めている人が、「本当に痛み入るのは、底豆ばかりだ」と苦痛を訴える。底豆とは、足の裏にできた豆の意。

小ごゑ「おしだ〳〵とぬかすから、くちハきくめへとおもつたら、人なミはづれてしやべり

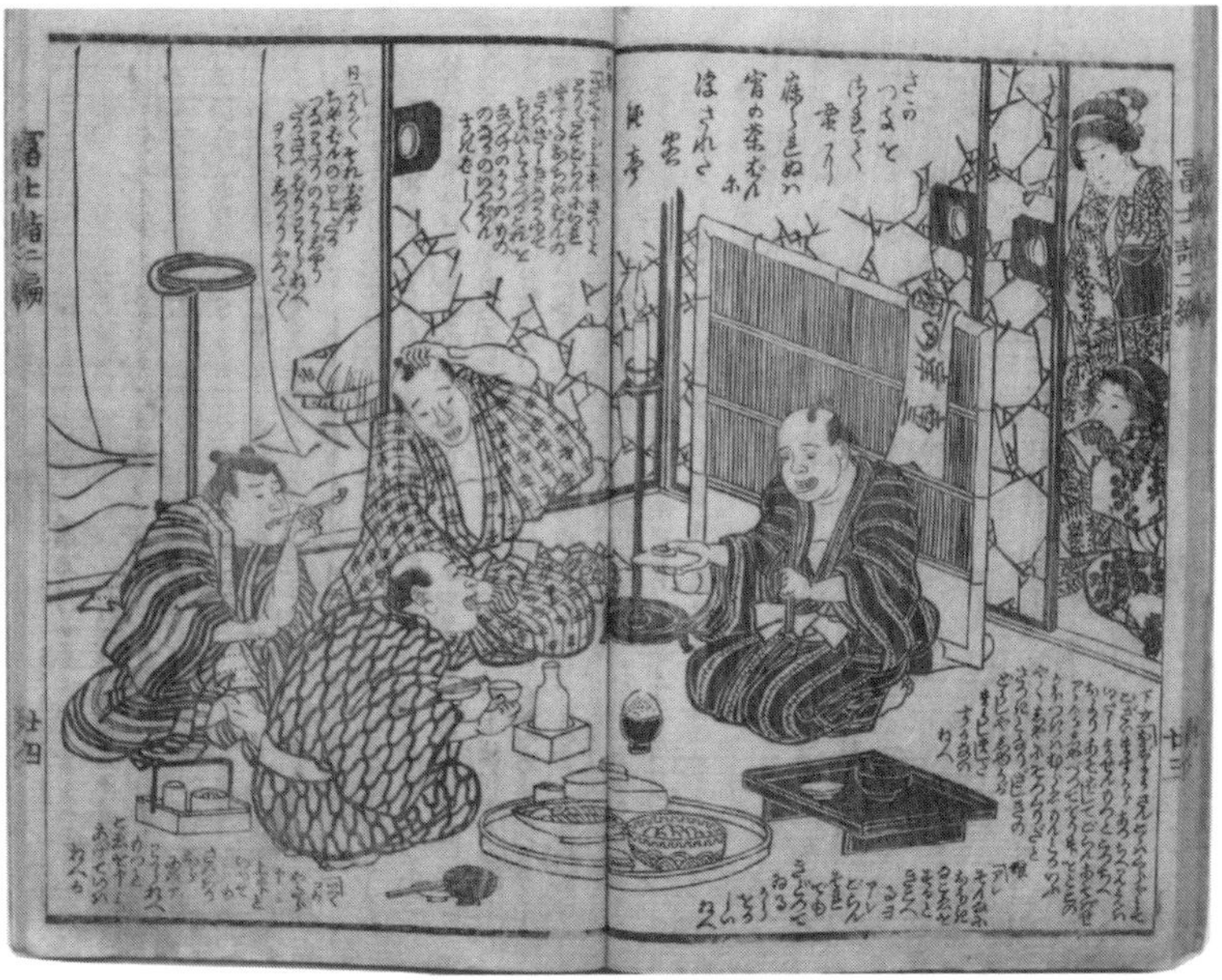

図五十五

やアがるぜ。おしのつへ、おやぢだハへ」
「おしのつへ、おやぢだハへ」とは、よく喋るので「唖」ではなく「押し」が強い親父だというのである。「おし」という同音異義語を更に続けて、読者の笑いを誘おうとする。

㉑〈廿三丁ウ・廿四丁オ〉（図五十五） 茶番をする場面である。この挿絵にも「津の国」という文字が手拭いに染め抜かれてあった。

下女「おじようさん、こゝハくらやミでございますから、あつちへ見えハいたしません。もつとこつちへおよりあそばしてごらんあそバせ。アノ今しやべつてをりますをとこのかほつきハ、むらゑもんとかいうやくしやにそつくりだと、さつきとなりざしきのどうしやしゆうが、まうしました。すかないねへ」

茶番をする旅宿客とこれを覗く女が描かれる。役者似顔により、「村衛門」は、初代坂東村右衛門のことである。滑稽な顔立ちゆえ、「好かないねへ」と言わせる。

娘「アレそんなにおほきなこゑをするときこへるヨ。アレごらん、それでもきどつているからをかしいねへ」

娘が隣の女に、村右衛門のような醜男が気取るの見て笑うのである。

同者「さて申シ上ます。さいしよとりたてごらんにいれまするおちやばんのぎハ、ざしきなかにてちよいとたべる。これをなづけのかうのもののなかのいつぽんすぎばし〳〵」

「おちやばん」は「お茶番」と「お茶碗」を、「なづけ」は「名付け」と「菜漬けの香のもの」を各々掛けてある。（「一本杉箸」は後述）

同「かう〳〵それじやアちやばんの口上だか、つなわたりのかうじやうだか、さつぱりわからねへ。ヲツトしつかりやつた〳〵」

旅宿客が茶番に興ずる仲間をからかう。茶番を行う者が「なづけのかうのもののなかの、いつぽんすぎばし〳〵」と言うと、「ちやばんの口上だか、つなわたりのかうじやうだか、さつぱりわからねへ」と仲間から指摘される。「一本杉箸」なら「菜漬けの香のもの」に使うのであるが、「一本杉橋」の如き一本綱を渡るのであれば「綱渡りの口上」となる。近世期の綱渡りの見世物は、二本綱から一本綱を渡るものに変わっていったと『見世物研究』（朝倉無声、平成3年、思文閣）等で指摘されている。

（旅宿客）「ヱヽコウやたら申シ上ますといつてもさつパりおらにやアわからねへ。もつとこゑを申シあげていハねへか」

旅宿客が茶番の内容に対して、全然判らないから、文句を言う。「こゑを申シあげて」とは、声をあげる（大声で）の意に、やたら言う「申シ上」を重ね合わせたもの。

㉒〈廿五丁ウ・廿六丁オ〉（図五十六）　この挿絵には、後述の「楽屋落ち」の要素もあれば、言葉遊びもある。

（少年俳優）「ヲイ〳〵モウすこしつめてくんな。おまへハ小づめト申アねへか」

少年俳優が芸者に、前へ詰めろと依頼する。「小詰」である少年俳優が「小婁」取りの芸者に「詰め」て

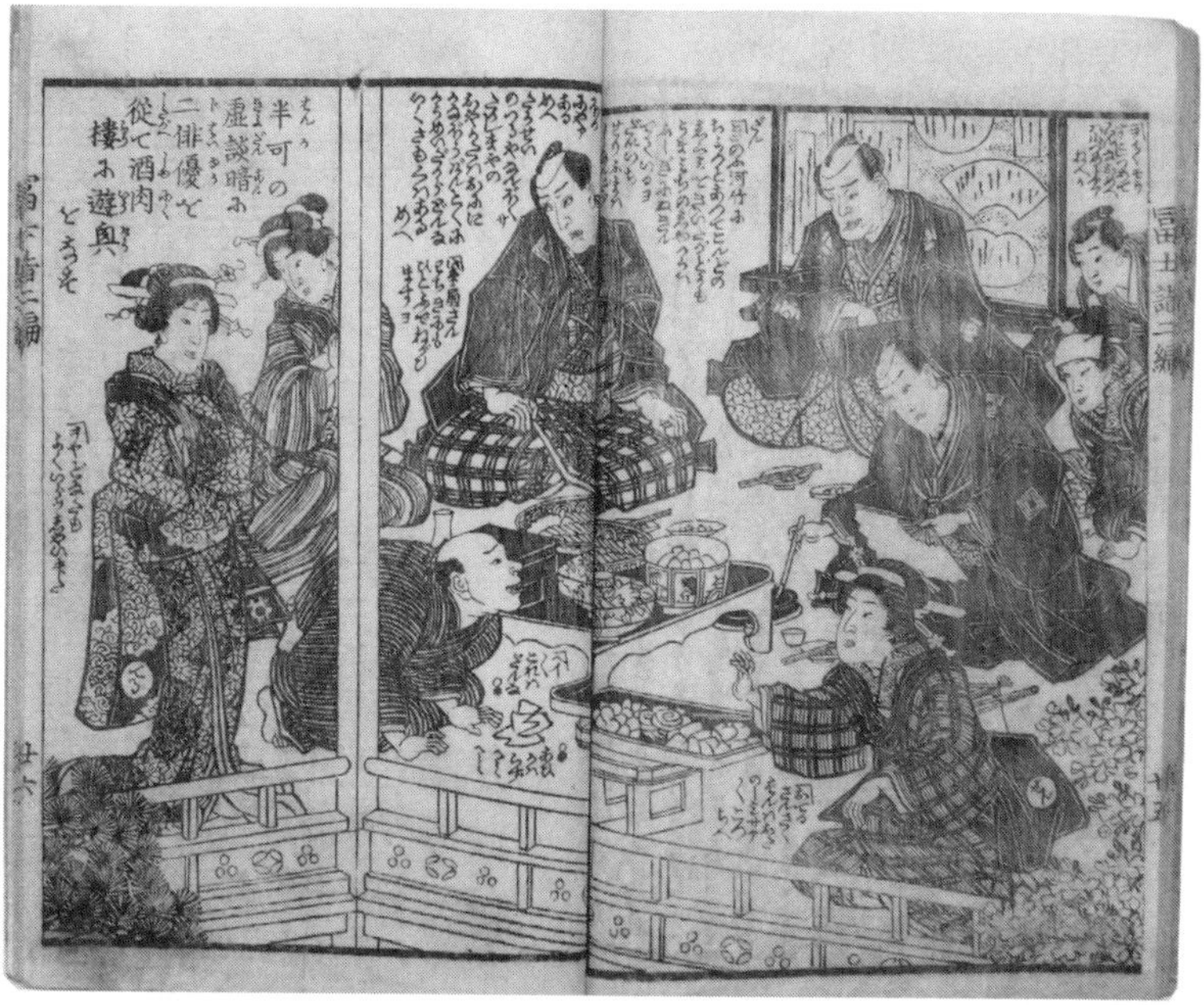

図五十六

くれと頼み、名は「小詰」かと聞いている。これもまた同音異義語を並べ立てる遊びである。

だん「きのふ河竹にちよつとあつて、こんどのしくミをきいたが、どうもうまミちのしゆかうハふしぎにぬきんでているヨ。だいいちせりふまハしなんざアほかにやアあるめへ。とうせいのつるやなんぼくサ。高島屋のおやかたハおにかなぼう、げんとくにかうめいだから、どんないくさもくハあるめへ」

この挿絵には、役者似顔で俳優が描かれている。これは前掲佐々木氏論文にもあるように、「高島屋」こと四代目市川小団次と「紫扇」こと初代河原崎権十郎である。

河竹とは無論河竹新七である。四代目市川小団次と組んで市村座復活に尽力したことも言うまでもない。挿絵の書き入れに「今度の仕組ミ」という文言があったが、この新作がいずれの狂言なのかを推定してみたい。『冨士詣』二編は、自序に「于時万延改元庚申閏弥生初旬五日」と書かれる。この年記により、『歌舞伎年表』第七巻（伊原敏郎、昭和48年、岩波書店）をひもとけば、市村座上演作の候補は二作あった。次の通りである。
（一）万延元年四月十八日より、市村座、「名高殿下茶屋聚」。伊織久七（権十郎）元右衛門、幸右衛門（小団次）東馬左九郎右衛門、和助（三十郎）染の井、おとき（粂三郎）大蔵、宗三郎（白猿）葉末（かめ之丞）おとく（市之丞）源十郎（羽左衛門）。
五幕目「戀闇忍常夏」。権十郎、粂三郎、羽左衛門、清元延寿太夫連中。
（二）万延元年七月十三日より、市村座、「八幡祭小望月賑」（舞台は江戸）。伊豆屋興三郎、穂積新三郎（権十郎）小天狗正作、かうもり安、観音久次、縮賣新助（小団次）赤門源左衛門、番須佐右衛門、六兵衛（三十郎）おとみ、みよ吉（粂三郎）みる杭松（白猿）興五郎、佐吉（羽左衛門）。
三幕目、祭禮の場、「三五月須磨寫繪」。清元延寿太夫連中。作者前の通り。

当狂言、永代橋の落し事を綴り、祭り場より永代橋迄、三階惣出、花やかなりとの評判。

（一）の「名高殿下茶屋聚」は古くからの名作である。従って、（二）の「八幡祭小望月賑」に注目する。該作の役者名の中で穂積新三郎（権十郎）と縮賣新助（小団次）の名前が入っている。従って、挿絵に描かれていた「高島屋」と「紫扇」、いずれも登場することになる。
「八幡祭」が該当するのかを更に確認する。「馬道の趣向ハ不思議に抜きん出ているヨ」という書き入れがあるので、この「馬道」がどこなのかを追究する。

先ず、『日本古典文学大辞典』第五巻によれば、「八幡祭小望月賑」は作者河竹新七で、万延元年（一八六〇）七月十五日江戸市村座初演、「新助に四世市川小団次」。その梗概は下記の通りである。
・・・復讐しようとする新助は・・・実は美代吉は五才の時にわかれた実の妹であることがわかる（化粧坂仲町の場・洲崎土手の場）。「趣向」は、両隣の中村・守田両座に立てられた四世中村芝翫襲名の幟を、八幡祭の祭禮のそれまで芝翫に押されていた市村座が息を吹き返し、八月二十七日類焼まで大

入りを続けた作品である・・・

従って、評判の一作であったことが判る。しかし、「馬道」そのものが登場するわけではない。

『江戸文学地名辞典』（浜田義一郎監修、昭和49年、東京堂出版）によれば、仲町（深川）は、永代寺門前仲町（江東区門前仲町一丁目）の略称で「町内に馬場通り」があったという。芝居に登場する「化粧坂仲町」とは、実は江戸門前仲町を指している。従って「馬道」を「馬場通り」のことと考えると場面として重なってくる。

『江戸名所図会』には、次の記述があった。「富岡八幡宮（江東区富岡町）にて・・・慶安四年の秋、天下泰平の御祷りの為、相州鎌倉鶴岡八幡宮の法式を模して、当社に流鏑馬をはじむ・・・」（本文引用は角川文庫本（鈴木棠三・朝倉治彦　校注、昭和43年）に拠る）

また、「一の鳥居より入船町に至る路上で、三騎で行った」という注もあった。ここで、流鏑馬を行ったため、のちに「馬場通」と呼ばれたのであろう。従って、「馬道」は一の鳥居から洲崎土手までの道を指している
と考えられる。すると、ここで小団次が演ずる新助が魔刀を手にすることによって殺人鬼と化し、殺生を重ねることになり、これが「抜きんで」た趣向であったと思われる。続いて、「当世の鶴屋南北」の河竹と「高島屋の親方」が手を組めば、将に「鬼に金棒、玄徳に孔明」の如くであり、高島屋はいくら難しい役でも演じることができる、つまり「どんな戦も苦ハあるめへ」ということになるであろう。「戦」は、この殺戮場面を指していると思われる。

七月上演の芝居が予告されている以上、この場面を描いた第二編は、これから大きく離れた時期に刊行されることは有り得ない。

（せん）「おてるさん、さくばんハおたのしミ。サア〳〵こつちへ」

（下男）「へイ〳〵これハだんな。あひかハらず、へゝゝゝへゝゝゝ」

（下女）「紫扇さん、わちきにもひとふでねがひますョ」

（てる）「ヲヤどなたもよくいらツしやいまし

図五十七

た」

「てる」と「せん」と呼ばれる女は、実在の人物か。

㉓〈廿七丁ウ・廿八丁オ〉（図五十七）旅宿で武士が隣り部屋から聞こえる大声の会話に我慢できず、隣り部屋の人を脅かす場面である。

（武士）「あにのかたきじんじやうにサア、たちあがつてしようぶ〳〵、ナニ〳〵うそとハいハせぬぞ、たとへほらでもいつはりでもおのれがくちからまきだしたあくじハてきめん。めぐりあふ月日もてうどこん月こよひ、とてものがれぬ、かくご〳〵」

武士が法螺を吹く旅人に対して、「兄の敵尋常に立ち上がって勝負勝負。何だと、嘘だと、それは言わせぬぞ、例え法螺でも偽りでも己が口から撒きだした悪事は覿面。巡り会う月日も丁度今月今宵、とても逃れぬ、覚悟覚悟」と脅しにかかる。この筋立は、落語「宿屋の仇討」によるものだと思われる。『増補落語事典』（東大落語会、昭和44年、青蛙房）によると、「宿屋の仇討」は、別名「甲子待ち」「庚申待ち」「宿屋敵」「万事世話九郎」である。原話は天保ごろ板「無塩諸美味」所載の「百物語」である。

（法螺を吹く人）「ア丶申シ、ま丶、丶、丶、丶おせきなさるハおだかりながら、うそのしだ［い］をひと丶ほりおき丶なされて下さりませ」

法螺を吹く人が、ちょっと待って下さい、お急きなさるは、お高りながら、嘘の次第を一通りお聞きなされて下さいませと乞う。つまり、ちょっと厚かましく思うけれども、嘘の次第を聞いて下さい。「おせきなさる」とは、「貴方が私の嘘を聞いて、お気持ちが苛立ちなさって」の意。「お高りながら」とは、「高い処から（事情を説明することで）ございますが」の意。相手を尊敬する気持ちを表す言葉である。

（男性客二）「イヤハヤとんだものがいつのまにあらハれたらう。あだうち、こまどり、むねをつく〱」

「あだうちこまどりむねをつく」とは、『今様張込風俗問答』序文「春之《ノ》遊有《サマ》数《コ》多《ザ》矣《ル》擲《アナイチ》畝子《コマドリ》買《ハ》羽子也《コヲツク》」（本文引用は『洒落本大成』七巻（水野稔、昭和55年、中央公論社）に拠る）にも見える一節を捩った言葉である。

（男性客二）「サア〱ことだ。大へん〱」

他の客が重大なことだ、大変大変と叫ぶ。「ことだ」は、「重大だ」の意。

（連れの女）「ヲヤまアどうしたトいふのだらう。はやくわちきをにがしておくれ」

女がこの危険な状況を見て、早く私を逃がしてくれと願う。

㉔〈廿九丁ウ・三十丁オ〉（図五十八）参詣客がいよいよ山を登り始める場面である（本文に少々先行する）。

同者「ナアハンホヲ丶イダ、ハ丶ホイ引チラン〱〱」

登山の安全を唱える声。

（参詣客一）「こう、二らうべゑ、さきゆくとしまハがうてきなしろものだぜ、ア丶いふとしまといつしよにむろへとまりて」

参詣客の一人が連れに、私たちの前にいる年増は豪的な代物だぜ、ああいう年増と一緒に室へ泊まり

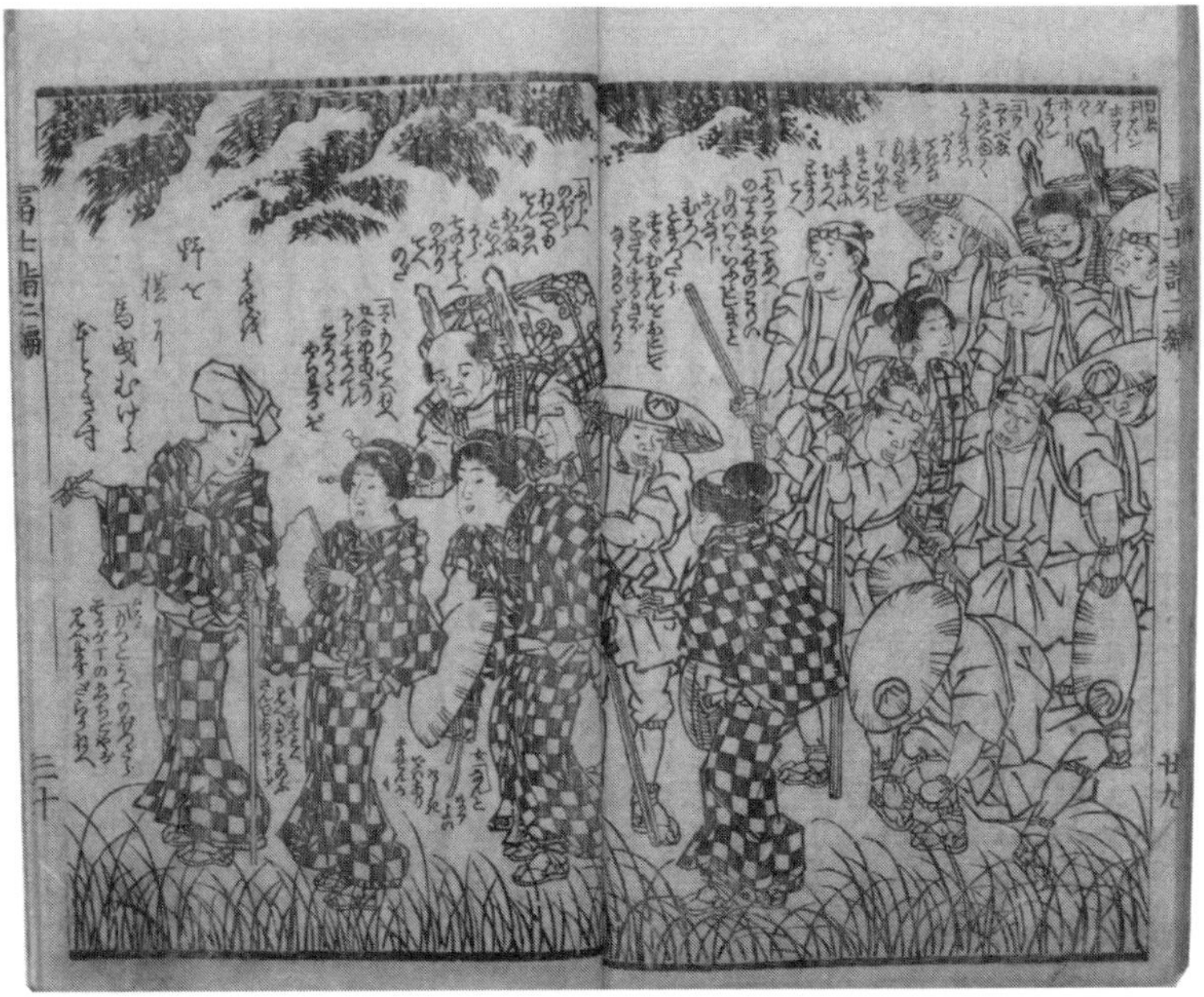

図五十八

たいなと言う。「豪的な代物」とは、「とても美しい女」の意。

（二郎兵衛）「ばかアいへ、てめへのやうなくせのわりいものハおんなじむろへとまつたら、すぐむほんをおこして、とざんするきがなくなるだらう」

連れが話しを聞いて、馬鹿言うな、おまえのような癖の悪いものは同じ室へ泊まったら、すぐ色気を起こして、登山する気がなくなるだろうと揶揄する。

（参詣客一）「ふじへのぼらねへでも、をんなハおやまといふから、そのはらへのぼりてへのだ」

「おやま」とは、「富士山を指すお山」と「一般に、美しい女を称していう語であるお山」を掛ける。

（剛力）「ヱヽもつてへねへ。五合めあたりからすつてんころりとやられるぞ」

男の登山客の台詞「ふじへのぼらねへでも、をんなハおやまといふから、そのはらへのぼりてへのだ」に対して、剛力が「ヱヽもつてへねへ。五合めあたりからすつてんころりとやられるぞ」と揶揄する。

図五十九

女の「腹へ登りてへ」と思っても「五合め辺り」で果ててしまうと笑っているのであろう。

　女「なんとまアよいけしきでハありませんか。あすこへ見へるが、ミのぶさんでありますトサ」

　ムスメ「もつとうへ丶のぼつたら、するが丁のゑちごやが見へますだらうねへ」

「越後屋」とは、「呉服商越後屋」のことである。『川柳江戸名物』に次の句がある。

「越後屋が見へそなものと冨士でい丶（八五・36）」。

三編　上巻

㉕〈五丁ウ・六丁オ〉（図五十九）　登山客が浅間大社で御朱印を求める場面。

　（同者）「ねへさん今おしてくださるから、そつちへゆかずとこ丶でおまちよ」

　会話主の特定が難しい。挿絵の人物配置より、次の同者が言ったものとしておく。女参拝客に対して、間もなく御朱印を押してくれるから、そっちへ行かずに、待ちなさいと指示する。

　僧「おまへがた、ごはんハなるだけおほくいたゞいておくがよろしいぞへ。一ツおせバふくをさづかり、二ツおせバわざハひをのがれ、三ツおせバミらいゑい〳〵しゆらのくげんをたすかるぞよ」

浅間大社の僧侶が巧みに口説き、客に判を沢山押させようとしている。その台詞は、「お前方、ご判はなるだけ多く頂くのが宜しいぞへ。一つ押せば福を授かり、二つ押せば災いを逃れ、三つ押せば未来永永修羅の苦患を助かるぞよ」である。

同者「わつちらアしゆらのくげんハどうでもい丶から、まいとしのものめへのくげんをたすかりてへものでごぜへやす」

同者が本音を明かす。「私にとっては修羅の苦患はどうでもいいから、毎年の物前の苦患を助かりたいものでございます」。修羅の苦患とは、地獄に落ちて受ける苦しみを指す。物前は、借金を返済する時期の意。すなわち、私が地獄の苦しみはどうでもいいから、借金の苦しみから逃れたいと思っているということ。

同「わつちやア、ぜにかねハつかふだけありやア、かくべつよけへにほしくハねへが、女うんがねへから、どふかそれがさづかりとうござりやす」

他の客が祈願する。私は銭金は使うだけあればよい。格別余計に欲しくはないが、女運がないから、どうかそれが授かりたいのでございます。

せわ人「ごいつぱんについて、一人まへ百文づ丶、めい〳〵におだしなさる。しんじん心のあるお人ハもちつとたんとでもえんりよハいりませぬぞ」

世話人が料金を請求し始める。「ご一判について、一人前百文づつ、各々お出しなさい。信仰心のあるお人はもっと沢山出しても構わぬ」。「たんと」とは、「数量の多い場合に言う、沢山、どっさり、うんと」の意。複数の朱印の印影を集めることを集印という。

㉖〈七丁ウ・八丁オ〉（図六十）　この挿絵は、音曲の師匠が、自惚れの強い艶二郎を心中で冷笑する場面である。女師匠の家中には暖簾や机や三味線の袋に松皮菱の紋を重ねて描き込む。従って特定の人

図六十

物を指している可能性が高い。また「旦那」の紋も描き込んでいるので、これもまた特定の人物を指しているものと思われる。

しせうさミせんをひきながら心のうちにて「ヲヤ〳〵いつもかハらずてうしツぱづれのくせに大きなこゑをだすのウ。こつちハしやうばいのことだから、しんばうしてひいてもいやうが、となりきんじよでハさぞこのこゑをきいたらミうちがぞつとしてかぜをひくやうな心もちだらうヨ。そして、むかふのびやうにんなんぞハいちばいわるくなるだらうと思ふと、きのどくでならないよ。そのくせこゑじまんだから、わらかすノウ」

師匠が三味線を弾きながら心の内にて、艶二郎がいつも変わらず調子っ外れのくせに大きな声を出すのう。こっちは商売のことだから、辛抱して弾いてもいようが、隣近所ではさぞこの声を聞いたら身体がぞっとして風邪を引くような心持ちだろうよ。そして、向かうの病人なんぞは一倍悪くなるだろうと思うと、気の毒でならないよ。その癖声自慢だから、笑わすのうと思っている。

ゐん「さがやおむろの花ざかり、うハきなてふもいろかせぐ。ウヽヽヽヱヘン〳〵」

「さがやおむろの花ざかり、うハきなてふもいろかせぐ」とは、「忍夜恋曲者」（作者宝田寿助。天保七年（一八三六）七月十五日から市村座興行の「世善知鳥相馬の舊殿」第一番目六立目大詰に出したもの）の一節である。試みに『歌謡音曲集』によって引用すれば、「嵯峨や御室の花盛り。浮気な蝶も色かせぐ」とある。「嵯峨やの御室」は京都の「仁和寺」を指す。歌の場面としては、大宅太郎光国が源頼信の命を受けて将門の餘類詮議のために相馬の古御所へ忍び入ると、将門の女瀧夜叉姫が京島原の傾城如月となって色仕掛けで味方に引き入れようとするところである。これを歌う弟子の艶二郎は女師匠に気があるということを示していよう。

だん「ゐんさん、しつかりならひ込ミねへ、となりうらのしんぞうがどふぞゐんさんといふお人の上るりをそバでしミ〳〵きいてミてへと、此ぢうおれにいつたぜ」

旦那が艶二郎に、「しっかり習い込みなさい、隣裏の部屋に住んでいる若い女が、艶さんの浄瑠璃を傍でしみじみ聞いてみたいと、この間おれにいったぜ」と述べる。「隣裏」とは、長屋の裏側へ面する方、家賃は表側（大通りに面する側）より安い。

いさミ「そうだらう、あのしんぞうのおやぢがこのごろおこりをふるつているから、ゐんさんのこゑをきかしておこりをおこすきだらう」

「おこりを起こす」とは、「瘧を起こす」、酷い歌声に「怒り」を起こし、その結果「瘧を起こす」とは、即ち発作が出てしまうということ。師匠が言う「むかふのびやうにん」を指すのであろう。

（仲間）「ゐんさんのこゑハこの二三日ハべつだんたつやうだが、モウすつぱりふつきつたのだらうヨ。アノふしなんざアかんしん〳〵」

艶二郎は、新造と師匠に気があった。しかしその新造のお父さんが艶二郎のことを反対するため、艶二郎は諦めた。その思いを師匠だけに向けるようになった。これはただの片思い。「迷いを吹っ切った」ことは、恐らく新造に対する思いを断念したことだ

図六十一

ろう。

㉗〈九丁ウ・十丁オ〉（図六十二）　この挿絵は、艶二郎が音曲の師匠を誘惑したことを団平が暴露して喧嘩となる場面である。挿絵の書き入れにはないが、本文には和田平へ女師匠を誘ったことを暴露されている記述があった。和田平は魯文の馴染みの鰻屋であり、前掲佐々木氏論文では「これも仲間内の誰かを貶めたものであろう」と指摘している。

　同者「これさ〳〵どふしたこんだ。お山へのぼりミちでともだちげんくわハおとなげねへぜ、マア〳〵はなさつせへ〳〵」

同者が喧嘩する仲間を宥める。

　だん「ヲイ〳〵ゑんさん、おめへこんなところでしせうにうらミをいつて、つえをふりあげたつて、川むかふのけんくわよりもつととほいぜ。ばか〳〵しい」

「川向かふの喧嘩」とは、「対岸の火事」を捩ったものであり、つまり、師匠の悪口を言っている艶二郎に対し、遠くで恨みを言っても無駄だと教えている。

ゑん「うぬくそつたれ、あたまのかつてへしやうれうばつため、よくおれのはぢをともだちにはなしやアがつたナ、うぬ〳〵」

艶二郎が連れに秘密を暴露されて激怒し、相手のことを「お前糞垂れ、頭の硬い精霊飛蝗め、よくおれの恥を友達に話しやがったな、汝、汝」と罵る。「精霊飛蝗め」とは、人を罵っていう語。

同者「マア〳〵まつた、おつとめた。すでにとうざんのごえいかにも、ふじの山のぼりてミればなにもなし、ならぬかんにんするがかんにんトいふでハねへか。しづかにさつせへ、あとでわかる。イヽサ〳〵〳〵」

同者が喧嘩をする人達を「待ちなさい、お止めなさい、既に当山（この山、富士山を指す）のご詠歌にも、「富士の山登りて見れば何もなしならぬ堪忍するが堪忍」とあるのではないか。静かにしなさい、後に判る」と説得しようとする。「イヽサ〳〵〳〵」は、「いざ、いざ、いざ」の意と解しておく。

がうりき「アノどうしやハひとりでりきんでいるがかくべいじしのおやかたかしらん」

「角兵衛獅子の親方」は、弟子を育てるときに、厳しく棒で躾けをするから、その様子が、棒を上げている艶二郎に似ているとからかうのである。

㉘〈十一丁ウ・十二丁オ〉（図六十二） 日本坊（剃髪した魯文のこと）が小用したところ、蛇が出てくる場面である。

（譜陀楽）「おいらがなりハ、とりさしと、ひやうばんのたまやを一ツによせたようだと、連外のてあいがいうだらう。なんといハれもすきがやまひだ。これがせんしやまんべつといふのだらうかへ。ヲヤ〳〵こゝのやねうらにやア、源加一やかうじ五吉のふだがあるハへ。はなしのたねにはがしていかう。イヤどつこいしよ」

譜陀楽が千社札を剥がそうとする場面である。「鳥刺し」とは鷹餌を捕獲する者である。「鳥刺しは駒込千駄木辺に多く住んでいる。将軍家には御鷹匠役がある。将軍家の鷹は、将軍家自身で鷹を拳に据え給うて、畏くも京都禁裡奉る大鳥をとり給う鷹であ

図六十二

る。そのほか、幾種と鷹のお預かりがあるので、その餌に雀を刺して取るのを鳥刺しという」（『江戸商売図絵』（三谷一馬、平成7年、中央公論社）に拠る）。挿絵中の千社札を剥がそうとする譜陀楽が、雀を刺す棒を持つ姿に似ているというのである。

玉屋は、シャボン玉を売る人のことである。「清元節之部」における「おどけ俄煮珠取」の中に「さあ〳〵寄ったり見たり吹いたり評判の玉屋々々商ふ品は…」（『歌謡音曲集』に拠る）とあるように、「評判の玉屋」の姿にも、千社札を剥がそうとする人物の形が似ているのである。「せんしやまんべつ」とは「千差万別」と「千社札」を掛ける。

「麹五吉や源加一の札」は、当時入手困難な札であった。滝口正哉氏は「友の会・セミナー」第80回「千社札にみる江戸の社会」（平成21年4月21日開催）で次のように指摘している。「…千社札といえば、神社仏閣に貼られ、江戸文化の代表的なものとして…そこに記載された文字情報から活動家の住所・職業を読み取ることができます…千社参りに興じた活動家について…一番古いといわれる「てんかう」「麹五吉」は、ともに文化・安政期の書物に先人として紹介されています…一方、「源加一」も交換会の世話人を務めるなど、初期の活動家の中でも中心メンバーの一人でした…」（「友の会」ホームページより引用）。

従ってこの場面は、千社札を集めるのが好きな魯文の仲間が、珍しい札を見付けて舞い上がり、剥ぎ取ろうとする姿を描いたものである。挿絵の右側中央に「よしとらろぶん同行二人」とあり、日本坊の魯文は剃髪姿で描かれていることより、札を剥ぎ取ろうとしているのは芳虎であろう。

（ほら吉）「すぎのうらからへびがでた。おに、なつたよ、じやになつた。かういふとおめへがあんちんのやうだが、あんしんしなせへ、じやにハならねへ」

「おに、なつたよ、じやになつた」とは、「道成寺現在蛇鱗」における「清姫日高川之段」の「ヤレ恐しや冷じや、鬼になった蛇になった」（本文引用は『浄瑠璃名作集（中）』（塚本哲三、有朋堂書店、大正七年）に拠る）を用いたものである。書き入れは続いて「かういふと、おまへがあんちんのやうだが、あんしんしなせへ。じやにハならねへ」とは、蛇に追われる法体の魯文を見立てたのである。しかし安珍ではないから、安心しなさいと洒落ている。

また、『日本説話伝説大辞典』（志村有弘・諏訪春雄、平成12年、勉誠出版）の「安珍清姫」に書かれる内容は、次の通りである。

主人公男女の名や身分などはそれぞれ多少の異なりがあるが、共通するのは女が　妄執のために蛇となり男を殺すという点である。絵巻や浄瑠璃「道成寺現在鱗」などにおいても、話の流れのうちでクライマックスといえるが、女が蛇となり男を追い、鐘に巻きついて殺す場面である。絵巻の詞書には、女が男を追ってひた走る様子が「道つきづりの人々も、身の気弥立ちてぞ覚えける」様子であることが書かれ、女は履き物が脱けるのもかまわず走るうちに半身蛇と化してゆくのである。何者かがどこまでも追いかけてくるという恐ろしさは、古今を問わず共通のものである。仏教説話であり道成寺の「縁

図六十三

起」であるこの絵巻きには「女は地獄の使ひなり、能く仏になる事を留め、上には菩薩の如くして、内の心は鬼の様なるべし」とあり、女であることが執着を生み、その執着が蛇への変身という魔障へと繋がる。

魯文が頭を丸めた理由は五編に語られる。女性を巡るトラブルであったらしい。ここで清姫説話を出してくるのも、それを暗示しているのであろう。

（日本坊）「アヽくわばら〳〵せつかくひよぐりかけた小べんがとちうででなくなつてしまつた。シイ〳〵〳〵」

「ひよぐり」は、小便などを勢いよく出すということを表す。

㉙〈十三丁ウ・十四丁オ〉（図六十三）　連れが糞を蛇だと思って掴んでしまう場面である。

（譜陀楽）「おすな〳〵、まへにやア大きなぼらあながあるぜ」

引き続き魯文一行が登場する。富士の人穴を「ぼらあな」などと洒落ている。「ぼらあな」にある「ぼ」

は、誤刻か。「洞穴」に落ちると言う「ほら」と「法螺貝」を吹く、つまり「法螺を吹く」という意の「ほら」を掛けて、「ほら」という言葉を使ったのだろう。この台詞は、譜陀楽が糞を穴と思い込んだという意味と、実はそれが穴でもなければ蛇でもなく、糞であり、嘘であったという意味を掛けている。

（日本坊）「ナアヽンホヲホい、たアヽンボヲい、チリン〳〵」

「ナアヽンホヲホい、たアヽンボヲい、チリン〳〵」とは、法螺の音と鈴の音を写していよう。「法螺」は山伏の異称でもあり、「チリン〳〵」の音は錫杖の音であろう。剃髪姿の魯文を山伏の姿に見立てたものであろうか。『宇治拾遺物語』の巻一の五に「法螺貝腰につけ、錫杖つきなどしたる山臥の、ことごとしげなる」（本文引用は新編日本古典文学全集本に拠る）とある。『江戸商売図絵』によれば以下の如し山伏は、一般には出家在家を問わず、山岳や社寺に詣でる修行者を山伏と言う。山野に起臥して修行するので山臥とも書き、俗に法印とも呼ばれている。有髪に独特の兜巾、袈裟、鈴懸という服装で、錫杖、杖、笈など十二道具の他、山野の起臥に必要な縄、斧、太刀などを持っている。法螺貝を吹き歩くのも特徴的である。また、同書の祭文語りの項には次のようにある、祭文はもともと神に祝詞、弔辞を述べる文で、地方遍歴の山伏が祈祷の時、短い錫杖と法螺貝の伴奏で節面白く唱え、これが追々民衆に迎えられて娯楽化し、遊里などで法螺貝の代わりに三味線に合わせて語られるようになり、義太夫節、豊後節の諸浄瑠璃から、江戸長唄などに取り入れられて残った歌祭文と、極度に卑俗化された「ちょぼくれ節」とに分かれた。前掲「ナアヽンホヲホい、たアヽンボヲい、チリン〳〵」も、山伏の唱えた声を写しているのかもしれない。

（ほら吉）「アヽたいへんだ。とくろをまいたへびだと思ったら、ひだりねぢりのぐそだ〳〵。へびハくそとも思ハねへが、くそじやア大きにくそとも思ふぜ。ヱヽくせへ〳〵。くさいわれらハお江戸のうまれダ」

「蜷局を巻いた蛇」かと思ったら「左捻りの野糞」の間違いで、従って、「蛇ハ糞とも思ハねへ」が、実際糞だったから、「糞（「糞」と「最低」の意を掛ける）とも思ふぜ」ということになるであろう。
「くさいわれらハお江戸のうまれダ」とは、「はばかりながら江戸っ子だ」という自慢気な言葉に由来する。「はばかり」は「便所」という意味を持つから、「臭い」へと想起させ、「くさいわれらハお江戸の生まれダ」に辿り着く。「くさい」は「臭い」と「愚才」を掛けるか。

（譜陀楽）「そ丶つかしい。ひる日なか、へびとくそとまちげへるものもねへもんだ。おまへのようなもののハいんでんのきんちやくだと思つて、ひきがへるをつかむのだ。

「巾着は、脪とも書き、きんちゃくと訓ず。今俗は巾着の字を反用す。元来、燧嚢より出たる物なり。革を専らとし、革も印伝を好しとすれども、印伝革は世に稀なる物故に、余りの舶来革をもって日本にてこれを模造するなり」（『近世風俗志』（喜田川守貞、平成14年、岩波書店）に拠る）。以上の如く、印伝は高級品であった。姿の連想から、「印伝の巾着」と「蟾蜍」とは形が似てても価値が雲泥の差ほどあると例えとして思い至る。

（日本坊）「なんのつよいふりをして、へびをつかむこともねへ。くその役にもた丶ねへじまんをする男ダ」

「糞の役にもた丶ねへ」とは、言うまでもなく、何の役にも立たないという意味である。

㉚〈十五丁ウ・十六丁オ〉（図六十四）　参詣客の男が同じ店に泊まっている娘を口説こうとする場面である。

（親父）「うらがむすめをあのどうしやたちがきでもあるかして、もちなんぞをくれて手なづけているが、もちぐれへでウントいうやつでねへぞ、だめのかハナ」

娘の父が、私の娘にあの同者達が気でもあるかして、餅なんぞをくれて手懐けているが、餅ぐらいで私の娘を騙すことができるわけはない、馬鹿なやつなと呟く。「だめのかハ」とは、無益であるということを嘲っていう語。

（仁太）「コレサあねへ、おまへそんなにもち

図六十四

がすきなら、おいらハ江戸でもちやがしやうばいだから、いつしよにきな。あさからばんまで、かしわもちのふとんで、ふたりねもちとして、あぢのい丶きねをおまへのきうすへ、ぺんたらこ〱としてやるからヨ」

世間に疎そうな餅好きな娘に対して、仁太が文字通り甘い言葉で誘う。しかも餅の縁に拠りながらのネタである。「柏餅のふとん」とは、「一枚の布団にくるまって寝ること」を意味する。「ふたりねもち」は、「二人寝」と「寝餅」を掛ける。「柏餅のふとん」とは、「一枚の布団にくるまって寝ること」を意味する。更に「寝餅」は「遊女」を意味する。杵は男根のことで、臼は女陰を意味する。

（娘）「アニハア、わしもちにやアかぎりましねへ、くうものでせへありやア、ねづミのあげたのや、ねこのさしミまでくうのだアムシ。そんでにやア、をとこたちとすまふをとつても、なか〱したになるこつちやアござりやしねへ」

娘の応えも「をとこたちとすまふをとつても、なかくしたになるこつちやアござりやしねへ」とダメを押す。「下になる」とは、相撲に「負ける」と「男に組み敷かれる」を掛ける。

（加二）「ねヅミやねこがすきなら、江戸の両ごくへでてむしやりくをやれバいゝ。すまふをとるなら、ひつじにしな。ミせものしがよろこぶぜ」

加二は女に言い返す。当時の両国は、見世物で賑わっていた。『見世物研究』には「八十二翁某氏の直話」として、蛇遣いの「尤も巧みな女太夫は、蛇を口の中に入れて見せ」とあるが、鼠や猫を食べる芸は伝えていない。同書はまた『正寶録』元禄十四年十月廿四日の條を紹介する。

「一頃日町中にて薬売蛇を遣ひ候者有之・・・蛇に不限たとへ犬猫鼠等に至るまで、生類に芸を仕付け、見世物に致候儀無用たるべし・・・」。

従って蛇のみならず、鼠や猫を口に入れる見世物もあり、これが当時「むしやりく」と呼ばれていたのであろう。

また、同書「珍相撲」に下記の記載が見える。

「・・・寛政度に両国や芝神明社地で、羊と女の角力が興行された・・・並木五瓶作脚本『富岡戀山開』芝神明境内の段に・・・「此方は何ぢや、羊と女が角力をとる見世物ぢや」・・・」

従って「すまふをとるならひつじにしな」という台詞は、実際の見世物を承けていることが判る。

三編　下巻

㉛〈一九丁ウ・二十丁オ〉（図六十五）登山客が人穴を潜る場面。

（金太）「アイタゝゝゝヤイくどうするのだ、じやうだんもまゝにしろ、こんなきうくつなとこで、しやちほこだちをやらかすのか、ばかもほうづがあるもんだ。ソレあかりがきへてしまつた。はやくあしをひかねへか、せつねへハヘ、このべらぼうめ。はなせく」

この台詞は、登山客が人穴に潜っている時に、明かりが消えて、混乱する様子を現す。三番目にいる金太が、真中にいる久太に蹴られて、相手を罵っている。「鯱立ち」とは、「逆立ち」の意。「方図」とは、

図六十五

「物事の限り。きり。際限」の意。

(久太)「なに、いてへもねへもんだ、うぬがしよてにおれのけつをたゝいたもんだから、あかりがきへてしまつたのだ。ヲイ〳〵、さきの十あにイさぞあつかつたらう、わざとじやアねへ。アレ又あとからおしやアがる。おすなといつたら、こぢれツてへ」

真中にいる久太が後ろにいる金太に対し、「何、痛いもないもんだ、お前が先に俺の尻を叩いたもんだから、明かりが消えてしまったのだ」と弁解する。また、前にいる十吉に対し、「おいおい、先の十兄さぞ熱かっただろう、わざとじゃない」と弁解する。その時、金太が又押してくるから、「押すなと言ったら、焦れたい」と不満を言う。

(十吉)「アッゝゝあつ〳〵〳〵、此やろう、おれがはんもゝひきをとつてふりでいるのをしつていやアがつて、なぜきんたまへあかりをおつゝけやアがつた。アゝひり〳〵してたまらねへ。うぬ、せがれの毛もやいてしまつてよくぼうずにしやアがつたナ」

図六十六

一番前にいる十吉が熱熱と言いながら、真中にいる久太に対し、「この野郎、俺が半股引を取って振りでいるのを知っているのに、何故金玉へ明かりを押し付けたのか。ああひりひりして堪らない。お前、陰毛も焼いてしまってよく坊主にしたな」と相手を責める。

㉜〈廿一丁ウ〉（図六十六）　人足が道普請の名義で旅人に金を強請ろうとする場面。

（狭太）「このくそばいめら、そツくびをひんねぢツてあわもちのきよくづきにしてくれるぞ、うつちやツておきねへ、こつぴどいめにあわしてやらア」

糞蠅とは、金蠅のことを指す。この場合は、狭太が人足のことを罵って糞蠅と呼んだ。曲春とは、いろいろ可笑しい所作をし、うたいはやしながら栗餅などをついたりすること、人を呼び集める目的で行った。ここで、旅人が金を強要され激怒し、相手を懲らしめ、曲春のように見世物にしてやるぞと脅す。

（同者）「イヽサ〳〵あんなものにかまツちやア、江戸ツ子のつらよごしだ。じよせへもなくつて、どうしたものだ」

同者が怒っている狭太に対し、「いいさ、あの連中に係わっていたら、江戸っ子の面汚しだぜ。あいつらは、狡賢いだから、（相手にしても）どうしようもない」と言葉を述べて宥める。「じよせへもなく」とは、「如才が無く」の意。

道「アレあのつらのウ見さつせへ、目とくちのウ、いつしよにしやアがつて、そられたざまかへ、きちげへヨウ、はうせへヨウ」

道普請の人足が金を巻き上げられず、狭太の悪口を言う。「そられた」の「そる」の意は、「正常な位置からずらされたありざま」を意味する。挿絵における狭太の顔は、目、鼻、口がくっついているような感じで、普通の顔に見えない。　泡斎とは、「狂人のこと。気違い」の意。

道「きちげへよう、はうせへよう、あはうよ〳〵アハヽヽヽヽヽヽ」

人足の仲間も同調して旅人の悪口を言う。「あはう」は、「阿呆」のこと。

㉝〈廿三丁ウ・廿四丁オ〉（図六十七）　男女登山客の一行が途中で疲れてしまい、弱音を吐く場面。

（わん）「おなべさん、わちきやアモウこヽからおりたくなりましたハ。アヽくたびれた」

（同者の男二）「イヤはやいくじのねへ、おめへいまツからそんなことをいつちやアいけねへぜ」

本文では、お鍋が弱音を吐き、これを諭す人物名は記載されない。

（かま）「アレ〳〵あつちをちよいとごらんヨ、ゆきがつもつているンだハ」

（同者の男二）「ヱヽコウ、おいらたちハ、からミであるいてせへらくじやアねへのに、おめへがたアなれたとハいひながらたつしやなもんだぜ。がうりきたアよくいつたもんだ」

旅人が剛力に、「私たちは、空身で歩いてさえ楽じゃないのに、お前方が慣れたとは言いながら達者なもんだぜ。あなたのことを「剛力」と言っている

図六十七

が、よく言ったもんだね」と感心して言う。

（剛力）「なにおめへさん、これしきに、モシこれからが小ミたけ道でごぜへますにヨ」

剛力が、「いやいや、お前さん、この程度ではたいしたことではありません、さあ、これから小御嶽道でございますのに（今の所では、標高千米至らず、もっと大変な道が待っているよ）」と説明する。

㉞〈廿五丁ウ・廿六丁オ〉（図六十八）　男女登山客一行が虻に襲われ、剛力がこれを追い払おうとしても叶わない場面である。

がう力「このちくせうどもめが又さしにうせやアがつたナ、たゝきころしていりつけにしてくつてしまうぞ。シイ〳〵〳〵」

剛力が、飛んできた虻を見て、「この畜生共めまた刺しに来たな、叩き殺して煎り付けにして喰ってしまうぞ」と言いながら、虻の群れを追っ払っている。「うせる」とは、「来る」を卑しめていう語。「煎り付け」とは、佃煮に似ているもの。

女「アレどふしたらよからう、はやくおつて

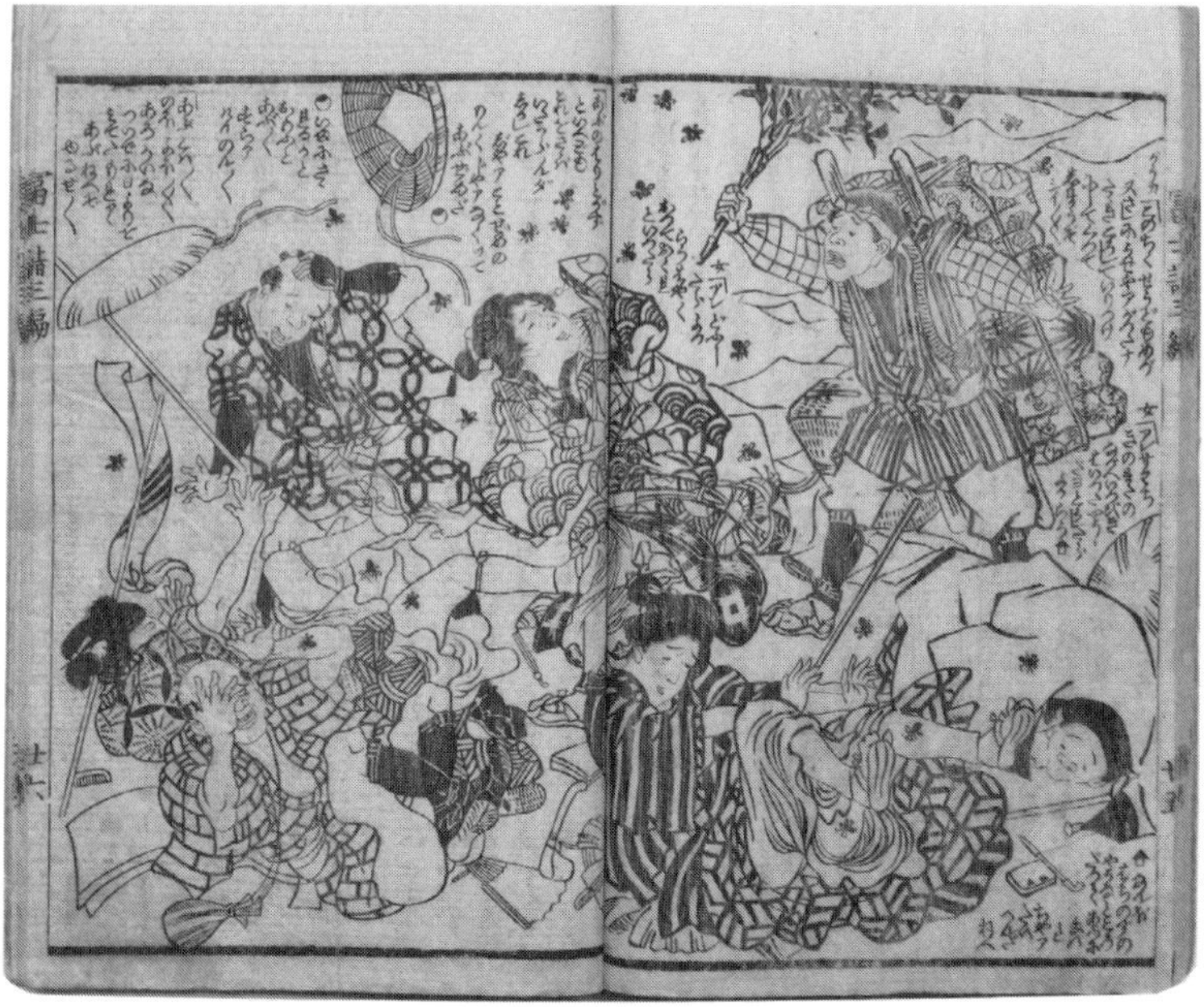

図六十八

おくれといつたら」

女が、「どうしたらよかろう、早く虻を追っ払ってください」と言っているのに、虻は襲ってくるので困り果てる。

女「アレサ、わちきのまたのなかへ、いつぴきはいつたやうだヨ。どうしたらよからう。なんぼはちのすのやうなところだつて、あぶにすまハれちやアたいへんだねへ」

「蜂の巣」とは、『(続)雑俳語辞典』(鈴木勝忠、昭和57年、明治書院)によれば、「奇形女陰の一つ」と書かれる。蜂と虻との連想を卑俗な言葉遊びの中で見せている。

(同者の男二)「あぶのはりとがずといへども、これをさゝバいたからんだ。しかし、これじやアことぜめのもんくじやアなくツて、あぶぜめだ。今にさゝれるかとおもふと、あぶ〳〵すらア、けんのん〳〵」

「琴責め」は、「壇浦兜軍記」の三段目によるものである。その梗概は、平景清の行方を探すため、鎌倉方の畠山重忠が平景清の愛人である遊女の阿古屋に琴・三味線・胡弓を弾かせ、その音色が乱れていないことから、嘘をついていないことを知るというもの。しかし「虻の針研がずといへども、これを刺ゝバいたからん」なる文句は、現行の「壇浦兜軍記」（『浄瑠璃名作集（上）』（日本名著全集、昭和二年）に拠る）の本文には見出せない。当時の上演では存在した一節か。「あぶ〳〵」とは、「ひやひや」の意。この場合は、同音異義の「虻」と「あぶ〳〵」を用いて洒落る。「けんのん〳〵」とは、「危ない」の意。険難の音変化。危険な感じがするさま、また、不安を覚えるさま。

（同者の男二）「あぶとは〳〵のほよほ〳〵〳〵あろかいな、ついでに日よりをミてたもれ。ア丶あぶねへぞ、ゆるせ〳〵」

前掲の台詞と同様に演劇を利用している。「あぶとは〳〵のほよほ〳〵〳〵あろかいな。ついでに日よりをミてたもれ」とは、「近頃河原達引」（正本に二種ある。一つは天明五年五月五日から江戸肥前座に於て興行された時のもので、作者として為川宗輔・筒川半二・奈川七五三助の名を連ねている。他の一つは同年九月九日の刊行で、中村重助再撰とあり、巻末に豊竹八重太夫が天明二年道頓中の芝居に於て語つた時正本を出し得なかつたのを今出版するという旨が記してある。内容は同一である。又一説には作者として近松半二を挙げて居るといふやうな次第で、成立についても確説がない）の中之巻「堀川の段」に見える一節「コレさりとは〳〵ナウあるかいな・・・序でに日和を見てたもれ」（作品の解説及び本文引用は『浄瑠璃名作集（下）』（日本名著全集、昭和四年）に拠る）を捩ったものである。ここにも「あぶ」と「あぶねへ」を洒落るか。

㉟〈廿七丁ウ・廿八丁オ〉（図六十九）　参詣客が小御嶽神社で鈴を翫ぶ場面である。

（同者二）「これ、喜十、このれいのウミろさ、日だか川のあんちんどのが、なかにかくれていやうもしれねへ。うらがだんなでらのつりがねほどあらざア、おどろしや〳〵」

「このれいのウミろさ。日だか川のあんちんどのが、なかにかくれていやうもしれねへ」とは、これも安

図六十九

珍清姫伝説に拠る。鐘の如くに大きい鈴を安珍が隠れる程と表現している。説話に依拠した書き入れながら、前掲㉘の延長上にある記述であろう。「鈴」は、すずのこと。普通は手に持つ小さなものを指すが、この場合では、供養のため、大きく造られたものを意味する。「のウミろさ」とは、「を見なさい」の意。「おどろし」は、「驚き」の意。

（喜十）「これハアでへかいしやくじやうだア。てんぐさまのヲもつしやるちうこんだが、うらがもつちやアしまつにおへねへ」

喜十が「これは大きな錫杖だ。天狗様が持たっしゃる（持っていらっしゃる）棍だが、私が持っちゃ始末に負えないよ」と言う。「でへかい」とは、「でかい」の訛り。「錫杖」とは、僧侶・修験者が持ち歩くつえのこと。頭部は塔婆形で数個の環がかけてあり、振ったり地面を強く突いたりすると音がする。「ちう」とは、「という」の意。「棍」は、「棒」の意。

（六郎兵衛）「ヤア〳〵ミんながあにヨウ、のらアかハいていめさるだア、そんなものヲなぶつたらはなだかさまにつまゝれるぞ。このばツ

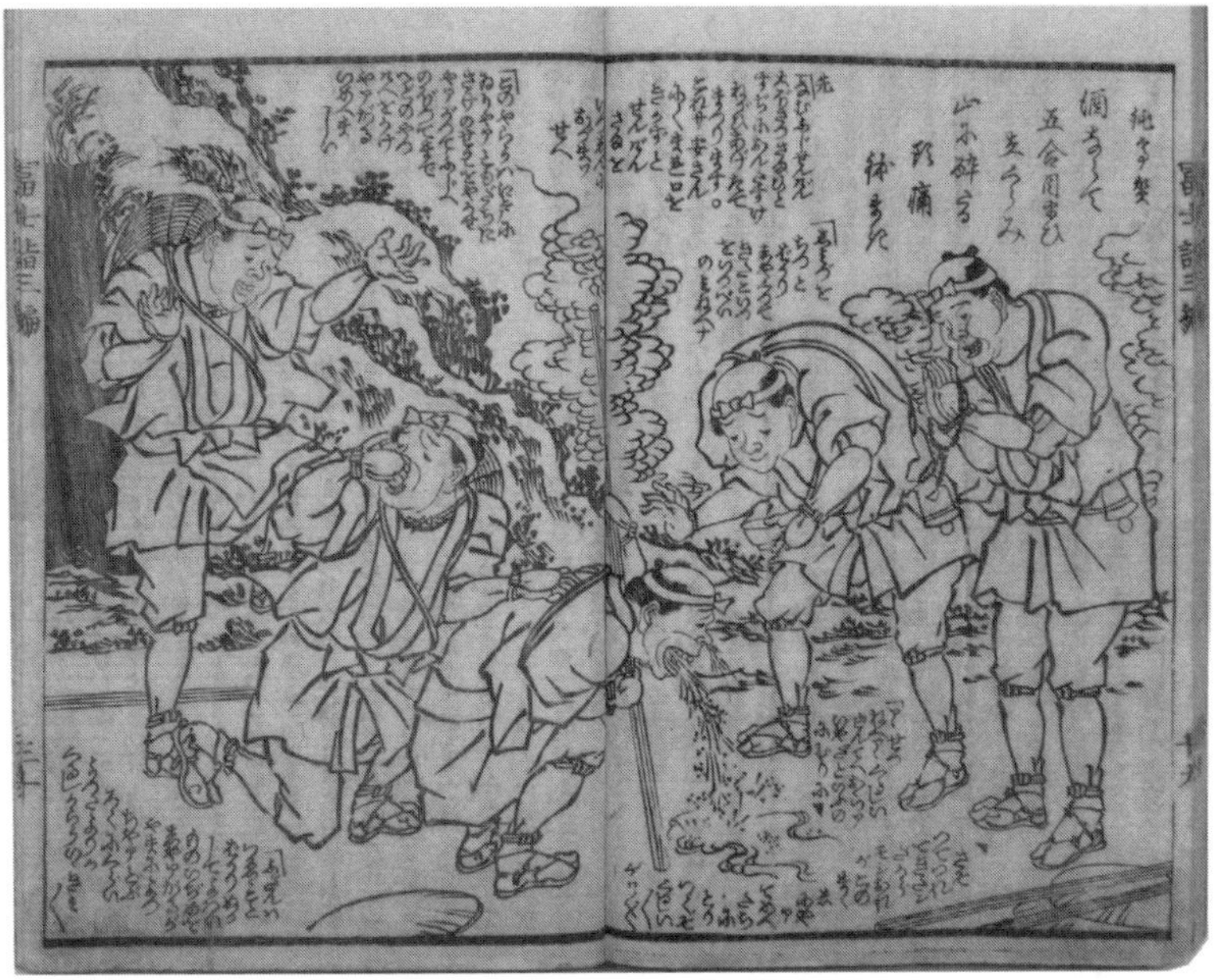

図七十

かやらうめ」

一行のリーダーが仲間の行動を見て、「これ、これ皆の衆何を怠けていなさるのか、そんなものを嬲ったら、鼻高さまに抓まれるぞ、この馬鹿野郎め」と叱る。「あにヨウ」とは、「何を」の訛り。「のらアかハいて」とは、「のらをこいて」の訛り。「のらをこく」とは、「怠ける」の意。「めさる」は、「なさる」の意。「なぶる」とは、この場合では「鈴を手で翫ぶ」ということを意味する。「鼻高」は、「天狗」のこと。

㊱〈廿九丁ウ・三十丁オ〉（図七十）　登山客が山に酔った場面。

（安）「ア、せつねへ、ア、くるしい。ぜんてへおらアいやだといふのにむりにさそつてきたンだから、モシおれがこのま、しにやア、てめへたちにとりつくぞ。くるしい〳〵ゲロ〳〵〳〵」

山に酔った安が恨みごとを言う。「ああ苦しい、そもそも俺がいやだと言うのに無理に誘って来たんだから、もし俺がこのまま死んだら、お前達に取り憑くぞ」。

先「なんむふじせんげんだいぼさつさま、ひとすじおんたすけねがひあげたてまつります。これサ安さん、にくまれ口をきかずとせんげんさまをいつしんにおがまツせへ」

南無富士浅間大菩薩とは、静岡県富士宮市大宮町にある浅間神社のことである。先達らしく信仰心が厚い。

（仲間一）「しミづをちつとばかりしやくつてきた。こいつをいつぺいのミねへナ」

仲間が山に酔っている人に水を汲んでくる。「しやくる」とは、水などを掬い取ること。

（仲間二）「このやらうハ江戸にいりやアともだちにさけのせわをやかせやアがつて、ふじへのぼつてまでへどのやつけへをかけやがる。いめへましい」

仲間が文句を言う。「この野郎は江戸にいた時には友達に酒の世話を焼かせたよ、（今度は）富士へ登ってまで反吐の厄介を掛けてしまう、忌々しい」。安は酒癖が悪いか、下戸であろう。

（仲間三）「ふだんハつゑゝことばかりぬかしてよハいものいぢめをしやアがるが、やまによつちやアどぶろくにくらいよつたよりかくるしからう。いいきミ〱」

安に対する非難が続く。「普段は強いことばかり抜かして、弱い者虐めをするが、山に酔ったなら、濁酒に食らい酔ったよりも苦しかろう、いい気味だ」。「食らい酔う」とは、「大酒を飲んで酔っ払う」の意。

㊲〈三十一丁ウ・三十二丁オ〉（図七十二）　登山客が、山風に遭い、身体が飛ばされそうになる場面。

同者「アゝまんざいらく〱〱くわばら〱たすけぶね〱」

一人が怖くて助けを求める。

同「次郎ヤイ、おれがこしをしつかりおせ。おらアやせているからそらへふきあげられそうだ」

同者が次郎に、「俺の腰をしっかり押せ、俺は痩せているから空へ吹き上げられそうだ」と依頼する。

図七十一

　同「人ごころのせんぎか。おらなんざアくそぶくろがこれほどおもくツてせへとばされそうだハ。こんがうづえにしつかりととつつかまつて、しのげ〳〵」

同者が、「人心の詮議か、俺なんざ糞袋（お腹）がこれほど重くってさえ飛ばされそうだ。金剛杖にしっかりと取っ捕まって、凌げ、凌げ」と呼び掛ける。「人ごころのせんぎ」とは、過去に悪いことをしたかどうかを甄別し、非行のある人には罰を与えるということ。挿絵に描かれるのは、安が天狗に捕まえられている場面である。廿七丁ウ・廿八丁オに、「てんぐさまのヲもつしやるちうこんだ」と「そんなものヲなぶつたらはなだかさまにつまゝれるぞ」という台詞があった。従って、三十一丁ウ・三十二丁オは、連続するストーリー性を持つ挿絵であると言えよう。

第二節　初編から三編までの検討

以上の如く『冨士詣』における挿絵中の書き入れは多岐に及んでいた。これまでの滑稽本には見られなかった要素である。

さて各編に配された挿絵を番号順に並べる。

初編

①五丁ウ・六丁オ　②七丁ウ・八丁オ　③九丁ウ・十丁オ　④十一丁ウ・十二丁オ　⑤十三丁ウ・十四丁オ　⑥十五丁ウ・十六丁オ　⑦十七丁ウ・十八丁オ　⑧十九丁ウ・廿丁オ　⑨廿一丁ウ・廿二丁オ　⑩廿三丁ウ・廿四丁オ　⑪廿五丁ウ・廿六丁オ

二編

⑫廿七丁ウ・廿八丁オ　⑬廿九丁ウ・三十丁オ

⑭七丁ウ・八丁オ　⑮九丁ウ・十丁オ　⑯十一丁ウ・十二丁オ　⑰十三丁ウ・十四丁オ⑱十七丁ウ・十八丁オ　⑲十九丁ウ・廿丁オ　⑳廿一丁ウ・廿二丁オ　㉑廿三丁ウ・廿四丁オ　㉒廿五丁ウ・廿六丁オ　㉓廿七丁ウ・廿八丁オ　㉔廿九丁ウ・三十丁オ

三編

㉕五丁ウ・六丁オ　㉖七丁ウ・八丁オ　㉗九丁ウ・十丁オ　㉘十一丁ウ・十二丁オ　㉙十三丁ウ・十四丁オ　㉚十五丁ウ・十六丁オ　㉛十九丁ウ・廿丁オ　㉜廿一丁ウ　㉝廿三丁ウ・廿四丁オ　㉞廿五丁ウ・廿六丁オ　㉟廿七丁ウ・廿八丁オ　㊱廿九丁ウ・三十丁オ　㊲三十一丁ウ・三十二丁オ

次に書き入れの内容を以下の五種に項目立てする。

（一）　a言葉遊びに由来するもの

　　　　bこれに含まれるが、特に卑俗な内容を一括りとして提示する。

（二）　音曲に由来するもの

（三）　芝居に由来するもの

（四）　楽屋落ちに由来するもの

（五）　風俗に関係するもの

続いて①～㊲が、（一）～（五）のいずれに分類され得るかを示してみる。書き入れは一丁の中に複数あるので、例えば、⑪のように（四）と（五）のいずれにも分類される場合もある。また単に場面の筋に即した単純な書き入れのみのものは除外した。

（一）　a言葉遊びに由来するもの　②⑦⑨⑩⑫⑬

⑭⑱⑲⑳㉑㉒㉓㉖

　bこれに含まれるが、特に卑俗な内容を一括りとして提示する。⑬㉔㉙㉚㉛㉞

（二）音曲に由来するもの　③④⑧

（三）芝居に由来するもの　㉑㉖㉘㉞㉟

（四）楽屋落ちに由来するもの　⑪⑰㉑㉒㉖㉗㉘㉙

（五）風俗に関係するもの　⑤⑪㉑㉔㉚

　さて、各編に納められた挿絵番号を、念のため確認しておく。

　初編＝①〜⑬　二編＝⑭〜㉔　三編＝㉕〜㊲

（一）のa項目に分類した書き入れは、全部で十四点あり、その中で初編に属するものが六点、二編に属するものは七点、三編に属するものは一点ある。従って初・二編に登場するものが、圧倒的に多い。しかしb項目においては、初・二編に登場する点数（二）を合わせても、三編に見られる点数（四）の方が多いことが判る。言葉遊びを用いる書き入れは、本文の内容を承けつつ、これを別な角度で提示しようとするものであり、本文との補完関係が濃厚であると言えよう。二編までは無難な手法に依拠していたのである。同時に編が進むと本文に加えて、書き入れの台詞にも卑俗な内容を、より多く盛り込んでいることが判る。

（二）の音曲は、初編に三点しか見られないが、代わって芝居の文句取りが、二編に一点、三編になると多用（四点）される。

（四）の楽屋落ちは各編書き入れに登場し、初編が一点、二編が三点であるのに対して、前述の如く、三編では作者魯文自身が登場するだけあって四点と数を増やす。

（五）の風俗関係は、各編に見られる要素ながら、三編では見世物を登場させて記述する世界の幅を広げていた。

　以上の如く、三編になると特に、卑俗さ、歌舞伎の文句取り、楽屋落ちの増加が認められる。編を書き継いでゆくには、単一の趣向で繰り返すのみならず、新たなる工夫がその都度求められよう。魯文にとって初めての滑稽本である本作は、当初は無難な書き入れ記述から出発したことであろう。二編までの売れ行きに自信を持った魯文は、三編から次なる趣向を目指すことになった。それが楽屋落ちの多用であろう。名を高めつつあったところへ、自分自身のそして仲間の更なる露出を企てた。そしてこの方針は、本作の銀主である細木香以（前掲佐々木氏論文に拠る）を、更に悦ばすことにもなったのである。

第三節　四編から六編までの翻字と略解、及び分析

四編　上巻

㊳〈五丁ウ・六丁オ〉（図七十二）　女の登山客等が山で用を足す場面である。

のろ「サア〳〵みんながはやくたれてしまハねへか。たいまつがとぼつてしまハア。小べんのおとをいち〳〵きいているのもつらいもんだぜ」

のろが同行する女の用足しを待ちかねて、愚痴を

図七十二

零す。

ばん「アノをんなたちやア、へいきで小べんのおとをさせるが、しやア〳〵としたもんだのウ」

「しやア〳〵としたもんだのウ」とは、女達が小用をする時の擬音語であるとともに、羞恥心なく平気で小用をする女の厚かましい様子をも示す。

きり「おのミさん、あながあいたらわちきにおかし。どうももうもりそうだから」

きりという女が仲間に用を足す場所を求める。「おのミ」という名前は、酒や、お茶などを沢山飲む人を示すか。

のミ「マアちつとまつておくれ。さつきツからこらへていたのをいちどにするのだから、ちよつくりとハいかないヨ。ついでに大ようもたしてしまおふと思ふからサ。シヤア〳〵〳〵」

のミが話を聞いて、ちょっと待って下さい、さっきっから堪えていたのを一度にするのだから、すぐには済まないよ、序でに大用も足してしまおうと思うと返事する。「シヤア〳〵〳〵」とは、のみと呼ばれる女が仲間のことを考えずに、図々しく音を出しながらゆっくり用を足す場面を現す。

㊴〈八丁オ〉（図七十三）　室の中で、ある男が蚤を振り掛けて、密かに隅の方へ引っ込んだ。後に起こった騒ぎを素知らぬふりで傍観している。この半丁に続き、次の八丁ウ・九丁オと一丁半連続する挿絵である。

（蚤の犯人）「おれがふつたのミを、となりのやつとまちげへて何かどさくさはじめたハへ。かゝりあひにならねへうち、すミのはうへひつこんで、きやツらのせりふをきくべし〳〵ト、こゝろのうちで思つている」

ある男が、蚤を振り散らしていた。別な男がその隣の人物こそ犯人と思い争いが始まる。真犯人は他人のふりを決め込もうと、心の内で思っている。犯人の心中表現は肉声では聞こえないので、挿絵中では白抜きにして書き入れされる。

（仲間）「ナンダやかましい。こけか、火の子

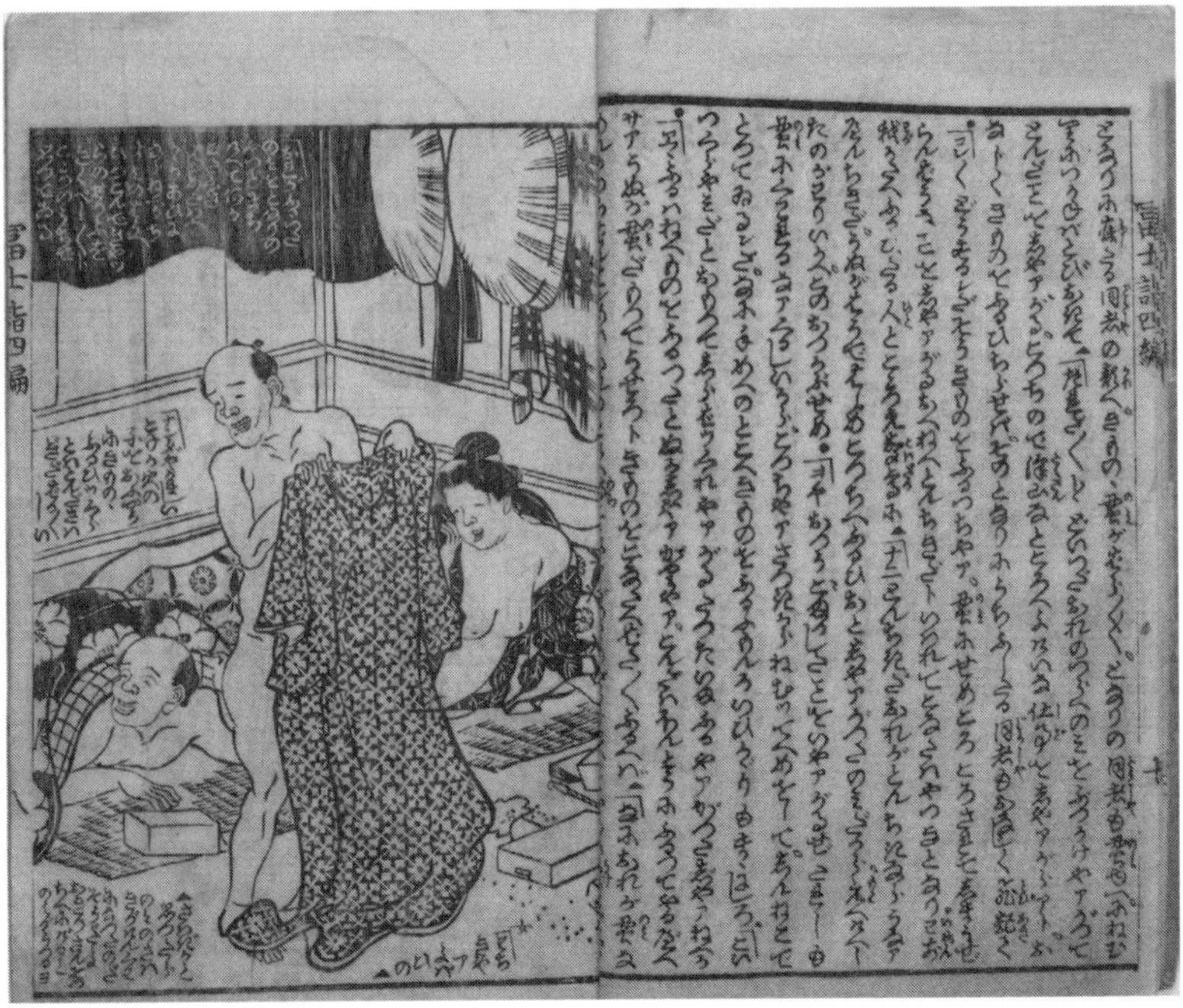

図七十三

をおふやうにきもの、ふるひツくらとハ、とんださハぎだ。ばか〳〵しい」

仲間が蚤を振り掛けられた人の姿を見て、虚仮か、火の粉を追うように着物を振い合うのは、馬鹿馬鹿しいと叱っている。「虚仮」とは、愚かなこと。「ふるひツくら」とは、「振るい合う」の意。

女「わちきやアよバひのさハぎかと思つたら、のミのさハぎがけんくわになつたのだそうだよ。おきりさん、そつちへにげるとのミがうつるヨ」

同じ室に泊まっている女が夜這いの騒ぎかと思っていた。出入り口の近くへ逃げようとする連れに、そっちへ逃げると蚤が移るよと注意する。

㊵〈八丁ウ・九丁オ〉（図七十四）　八丁オに連続する。室の中から出口にかけての様子である。

（あバ吉）「べらぼうめ、うなアしよてにおれのはうへのミをぶつかけやアがつたから、こんどハ礼にのミをそへてかへしてやるのだ。サア、うけとりやアがれ。とんちきめ」

あバ吉が傍に立っている人を見て、蚤を振り掛け

図七十四

ていると思い、同じ事をやり返そうと言っている。初手とは、「相手が先に蚤を振り掛けたこと」を指す。

（仲間）「イヤ、こいつが〳〵なんぼのミだつて、とんだいひがゝりをぬかしやアるナ。おらア今までくわれどうしにくわれてさつぱりねられねへから、よこに立てのミをとつていたところだ。なにしにきさまにぶつかけるものか。ゆすりをいやアがりやア、こつちもいぢだ、こののミをのこらずそつちへあびせてやるハ。サア、もつてうしやアがれ、このげだうめが」

自分の方こそ被害者であると怒り、仕返しをしてやると言い返す。

ばん人「これさ〳〵、そんなにきものをふるひあつちやア、明かりがきえてまつくらやミだ。あとでわかるから、ふたりながらしづかにさつせへ。これサ〳〵お山のうちだヨ、さわいじやアならねへヨ」

ばん人が二人の喧嘩を宥める。着物を振るい合って、明かりが消えてしまい、真っ暗になった。「あとでわかるから」とは、「真の犯人がだれかという

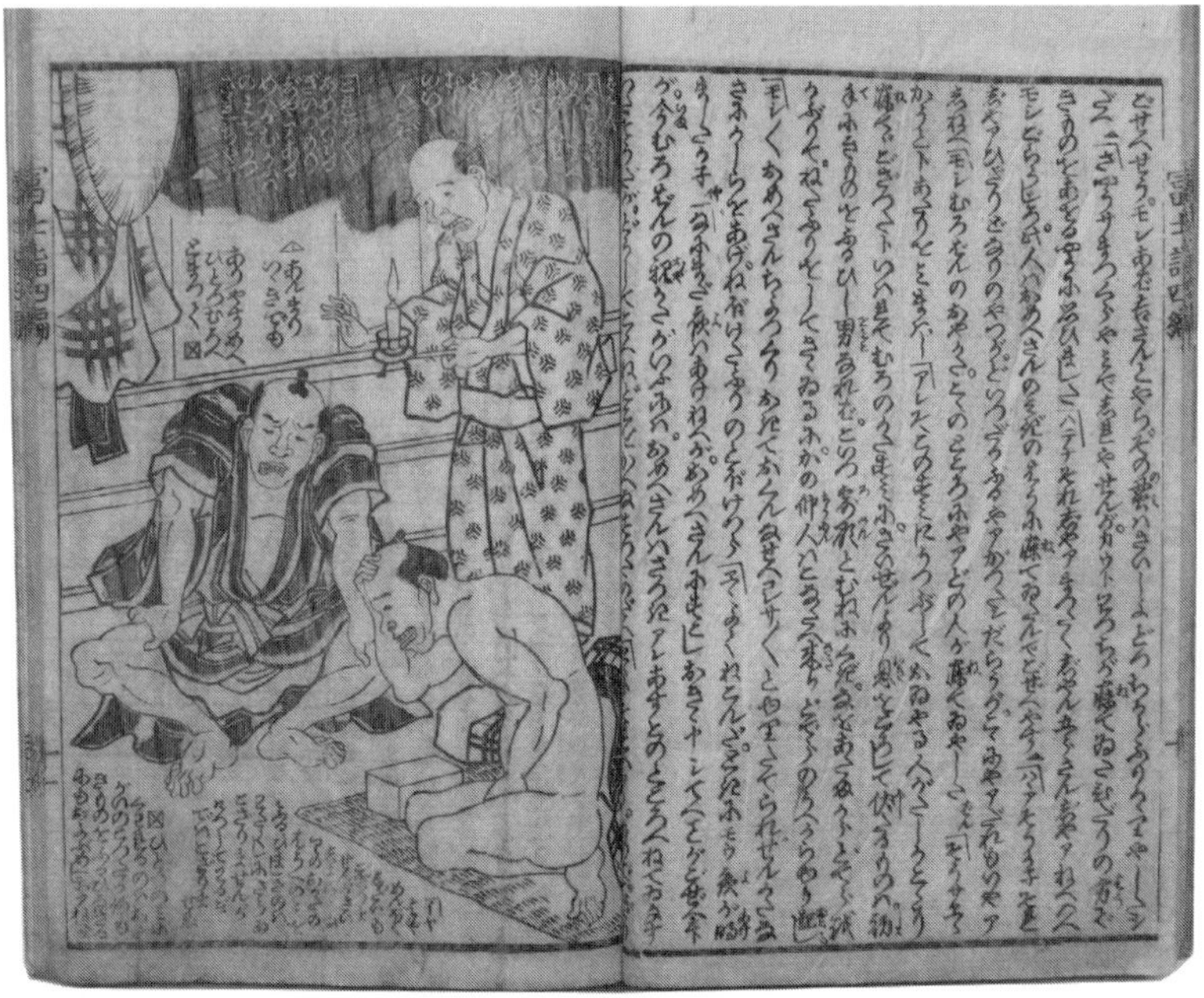

図七十五

ことは、後に判明できる」の意。「お山のうちだヨ、さわいじゃアならねへヨ」とは、「山は神聖なところなので、ここで騒いだら、神様が怒るぞ」の意。

がう力「ねぶたくつて〳〵こてへられねへのウ。ざハ〳〵とだれだへ。やツかましい。くれへぞ〳〵」

剛力が文句を言っている。明かりが消えて真っ暗になったので、剛力の台詞も白抜きで書かれている。「こてへられねへ」は、「こたえられない」の訛り。「我慢できない」の意。

㊶〈十一丁オ〉（図七十五）最初蚤を振り掛けた張本人を見付けだし、そして白状をさせる。

ばん人「人にのミをうつしたうへに、けんくわまでよそえなすりつけるとハむしのい、人だぞ」

「むし」は、「虫」である「蚤」と「むしのい、人」を掛ける。自分の都合だけを考えて、他人のことなどは全く考えない「蚤を散らした犯人」を責める意を持つ。

（仲間）「これサ〳〵、おめへハわるぎのつもりじやアあるめへが、むかふハのミをうつされちやアあんまりい丶きでもありやすめへ。ひとつむろへとまつて、ひとつのミにくわれるのハおたがいのこつたが、何もきものをふるひなさるにもおよぶめへじやアねへか」

「ひとつむろへとまつて、ひとつのミにくわれる」とは、「ひとつかまの飯を食う」を捩ったものである。自然に蚤が移るのはやむを得ないが、着物を振ってわざと他人に移そうとするのは罪であると諭す。

（蚤の犯人）「イヤはやめんぼくしだいもござりませんが、さいしよ、おとなりのおかたのはうへのミをふるひましたのハ、わたくしにそういござりませんが、けつしてわるぎでハござりませぬ」

蚤の犯人が白状をする。「いやもう面目次第もございませんが、最初、お隣のお方の方へ蚤を振りかけましたのは、私に相違ございませんが、決して悪気ではござりません」。しかし、この男は騒ぎになると直ぐに奥へ逃げている。悪質ではないかもしれないが、罰当たりな行為である。誤魔化そうとする人間の一面を描いている。

㊷〈十二丁ウ・十三丁オ〉（図七十六）富士詣でのクライマックスである。登山客が御来光を拝む場面に当たる。

（登山客一）「ア丶ありがてへもつてへねへ。おてんたうさま、まい日〳〵ごくらうさまでござりやす。わづか三十里か四十里のミちをあるいてさへくたびれるものを、せかいぢうまハつてもあるきなさるのハおたいていなことじやアあるめへ。これを思へば人げんハらくなもんだ。ア丶、ありがたや〳〵」

登山客が感動の言葉を述べる。「ああ有り難い、勿体ない、お天道様毎日毎日ご苦労様でございます。僅か三十里か四十里の道を歩いてさえ草臥れるものを、世界中回ってお歩きなさるのはお大抵なことじゃあるまい。これを思えば人間は楽なもんだ。ああ、有り難い」。「三十里か四十里のミち」とは、江戸から富士山までが三十〜四十里に当たることから、

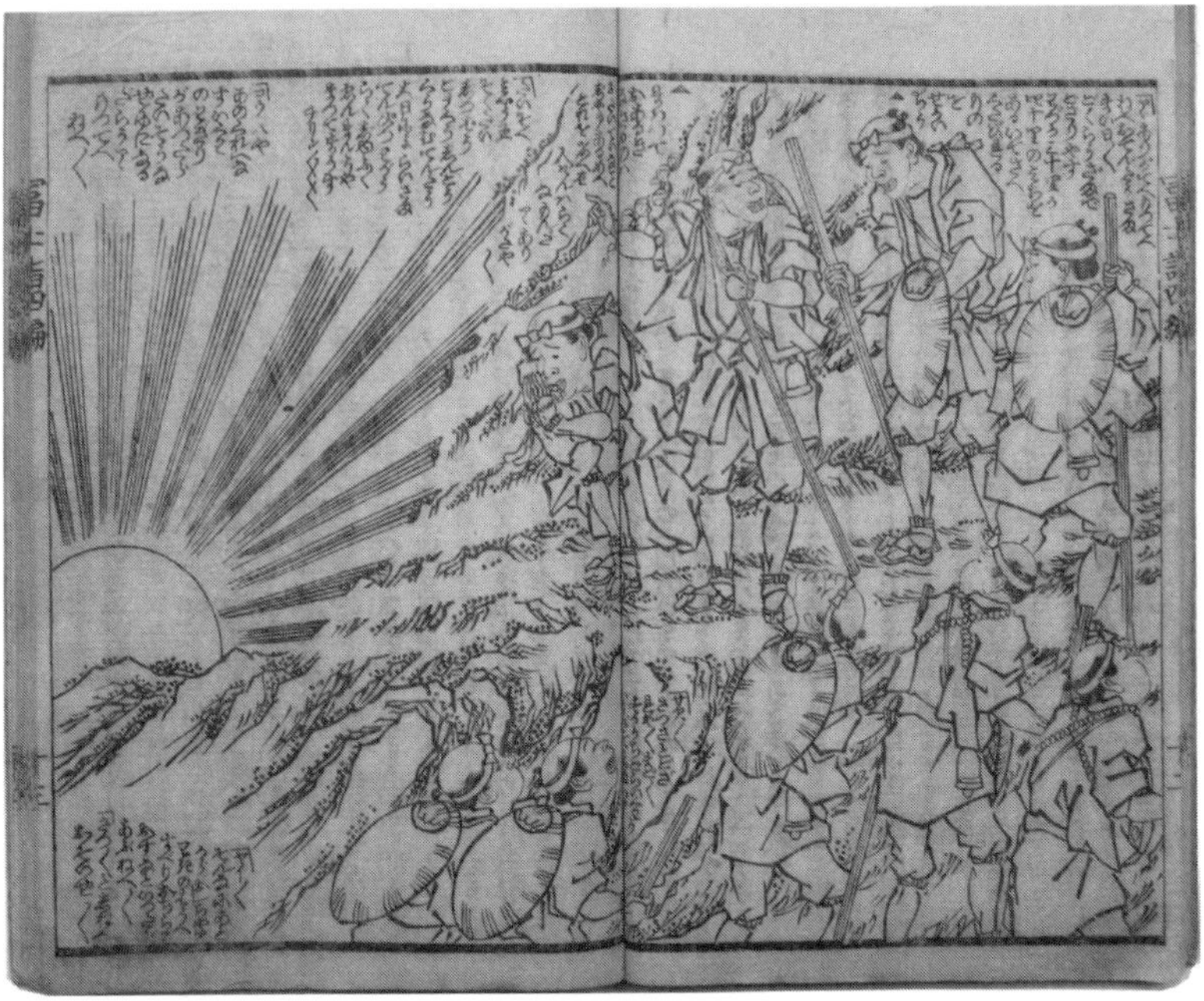

図七十六

この台詞は登山客が江戸からやって来たということを意味する。一里は、約四キロメートル。

（登山客二）「たいそくミやう王そくたいじつぽうこヲくうしんこうくうなむてんたう大日によらいさま。てんぴつわがうらく、じゅふくえんまん、うやまつてまうす。チリン〳〵〳〵」「たいそく明王そくたい十方こヲくうしんこうくうなむてんたう大日如来さま。てんぴつ和合らく、じゅふくえんまん、うやまつてまうす。チリン〳〵〳〵」（四編下巻二十丁オモテの本文により引用）。富士登山に際して唱える御神語、神人合一の境地に至るという。

（登山客三）「コウ八や、あのくれへなすいくわのわぎりあつたら、たいそうなぜにになるだらう。アヽもつてへねへ〳〵」

「もつてへねへ」とは、「西瓜がこのお日様のように大きかったら、沢山儲かるのに、実際は西瓜ではないので、残念だ」という意味と「私のようなものに対して、お日様の姿が現れて有り難く思っている」ことを掛ける。

図七十七

（登山客四）「サア〳〵さつさとござれや〳〵。まご〳〵するうち、ごらいくわうハすぎてしまハア」

前を行く仲間に掛けた言葉。来迎は限られた時間しか見られない故、「さつさとござれや」と促す。

（登山客五）「ヤイ〳〵そんなにあとからおしちやア、わきのはうへすべりおちらア。おすなといつたら、あぶねへ〳〵」

一人が「後ろから押したら、脇の方へ滑り落ちる。危ないから押すな」と言っている。御来迎を見逃すまいとして先を争うように進みたいが、道が狭い故、押してしまうのである。

（登山客六）「さつ〳〵としねへ。おそいぜ〳〵」

前の人は押すなと文句を言うが、後方の人は早く来迎を見たいので、早く行けと気が急く。

四編　下巻

㊸〈十七丁ウ・十八丁オ〉（図七十七）　登山客が賽銭を投げる場面である。

（ほら十）「ヲヤ〳〵〳〵ふかいハ〳〵。しか

しおらがかヽアのほらよりハ子のでねへだけあ
さいかしらん」

「ほら」とは、「洞」と女陰である「法螺」とを掛ける。賽銭を投げるところの「ほら」が大きいが、しかしそこからは子供が出ないという意味では、浅いかもしれない。即ち、「かヽアのほら」が大きいということを意味する。同時に、法螺を吹いているという意味をも持つ。

（楚独）「ヤア〳〵これはたいへんなさんざいをいたしてござる。一せんでもほとんどついえなぎとぞんずるに、あやまつてさしのついたを穴中けつちうへ投とうじてござるハ、ハテサテざんねんびんしけん」

そもそも一銭でも損なことだと思うような人が誤って緡の付いたのを賽銭として穴の中に投じてしまった。「緡の付いた」ものとは、百文相当の九六銭のことを指す。「ざんねんびんしけん」は、残念の洒落。閔子騫は、中国春秋時代の魯の人、名は損、子騫は字。

（無我九郎）「コウ、せんせいさん、をとこと
うまれちやア、あなのなかへぜにをさらいこむのハあたりめへでござりやさア。きよミづのぶてへからおちたとおもつてあきらめてしめへなせへ」

「きよミづのぶてへからおちた」とは、「清水の舞台から飛び降りる」に由来する。（切り立ったがけの上に設けられた京都清水寺の観音堂の舞台から、思い切って飛び降りる意から）死んだつもりで思い切ったことをする。非常に重大な決意を固めるということ。ここでは、「男ならば穴の中へ入って銭を浚い込むのは当然だ。清水の舞台から飛び降りるつもりで、死ぬ覚悟を決めなさい」というほどの意味。

（登山客二）「モシせんせい、なんぼこくどのたからでも青砥あをともどきにやアとれやすめへ。アヽ、おしいもんだ」

楚独に対し、「国土の宝」である「お金」を、青砥の真似をして、それを取り出そうとしても無駄であると諭す。前の台詞を承けてやめておけと断念させる。「青砥」とは、青砥藤綱のことである。『日本伝奇伝説大事典』（乾克也等、昭和61年、角川書店。

以下同様）によれば、青砥藤綱は、鎌倉中期の御家人。生没年未詳。彼について以下の記載がある。

『太平記』『北条九代記』を初めとする諸書に数多くのエピソードが伝えられている。なかでも有名なのは滑川に落とした十文の銭をさがし出した話であろう。夜に出仕した際燧袋に入れて持っていた銭十文を滑川に落としてしまった藤綱は近くで五十文を出して続松（たいまつ）を買ってこさせその十文を探しだした。たかが十文のことで、と笑う人々に対して彼は「十文の銭をそのままにしておけば世の損になる。私の使った五十文は私にとって損であっても商人には利益になっており、結局六十文すべてを有効に使ったことになるのだ」と反論し、あざわらった人々を感心させたという話である。

（登山客二）「おらアこねへださんごくしのかうしやくをきいたが、アノじやうざんのちやううんといふ人をたのんだら、ぜにをとつてあなからとびだすだらうよ」

「常山の趙雲といふ人をを頼んだら、銭を取つて穴から飛び出すだらうよ」とは、『三国志演義』の「長阪坡に趙雲幼主を救う」に拠ったものである。その一節は次の通り。

・・・趙雲馬を飛ばして、たちまち土穴に陥入りければ、張部得たりと上より鎗を取りのべ、下げ突きにせんとするに、忽然として坑の中より紅に光たなびき、紫の霧起こって、趙雲がのったる馬一飛びに駆け出でければ、張部おおいに驚き、重ねて追わざりけり。これ懐に抱ける小児、後に天子となるべき洪福あるによってなり…（『絵本通俗三国志』第五巻、巻之十七（湖南文山・文　葛飾戴斗・挿画、昭和58年、第三文明社）による）。

趙雲は劉禅を土穴より救い出しており、無駄銭を取り出したのではない。楚独に対して趙雲に頼めとからかっている。

㊹〈二十丁ウ・廿一丁オ〉（図七十八）　登山客が山から降りる場面である。

（登山客二）「おやまハせいてん〳〵。そりやモウしゆくがミへるぞ〳〵」

「おやまハせいてん〳〵」とは、登山者が唱える

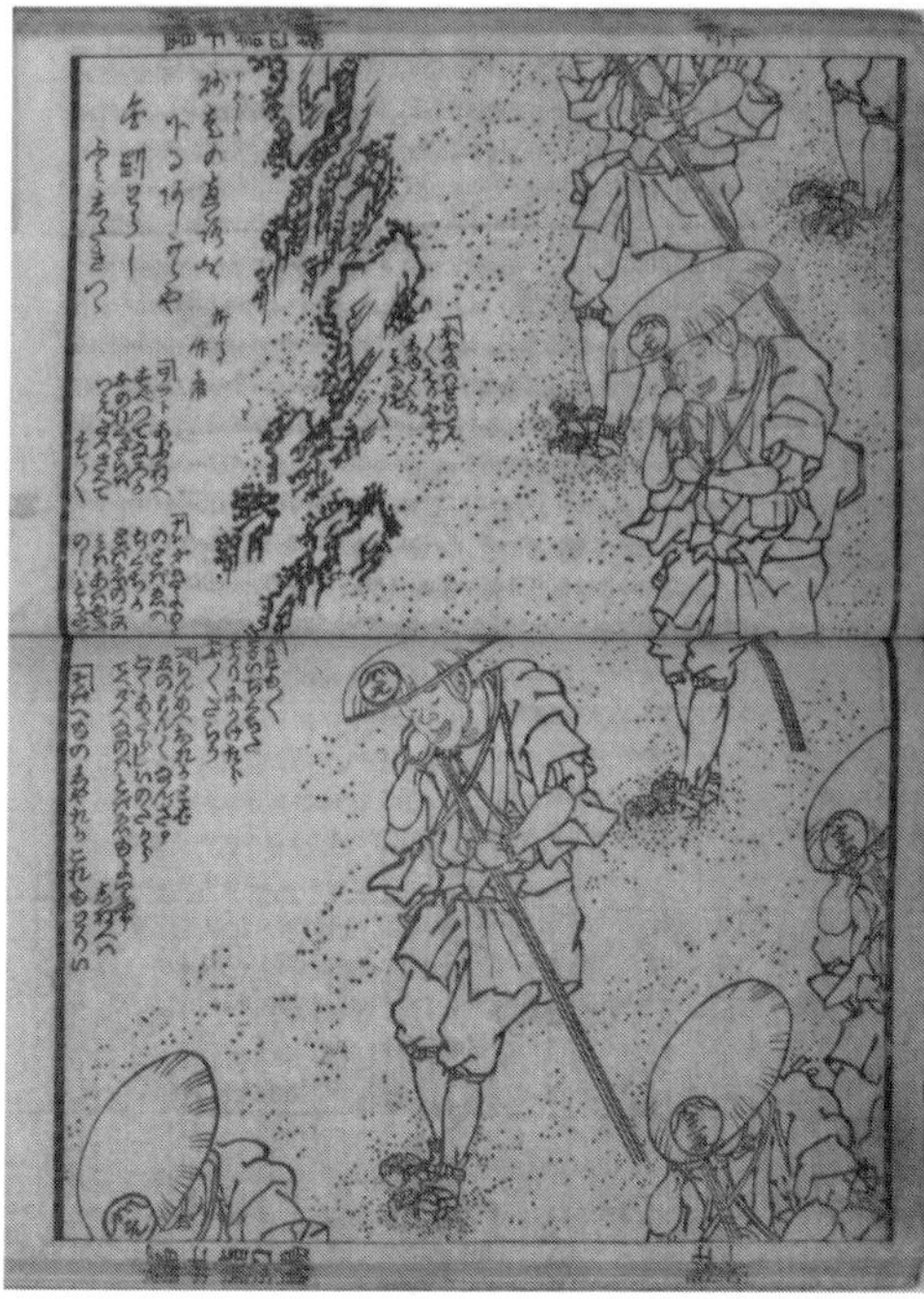

図七十八

言葉である。「しゆく」とは、宿のことで、山に設置した休憩の場所。

（登山客二）「ヲット、あぶねへ、すべつてなろか。おのれくだらば、つえたづさへて、チン〳〵」

「ヲット、あぶねへ、すべつてなろか。おのれくだらば」とは清元節「御名残押絵交張」（通称「鳥羽繪」。文政二年九月九日から三世中村歌右衛門が帰阪の名残の所作事として中村座で演じた九変化の所作事）にある一節「しめたぞしめた、オツトどつこい逃してなろか、おのれかぢらば三味はかぢらいで」（『歌謡音曲集』に拠る）を捩ったものである。挿絵に「砂走」という書き入れが書かれている。地面は砂ばかりなので、柔らかくて歩きにくい。登山客の台詞の言うように「危ない」。滑りやすいから杖を携えて進む。

（登山客三）「ナンダ、きよもとのとバゐのぢぐちか。とバゐのこのミハあハゆきのトハどうだ〳〵」

「とバゐのこのミハあハゆきのト」とは、清元節「明烏花濡衣」（通称「明烏」）。嘉永四年二月廿一日から市村座で裏表廿二幕の忠臣藏を演じた時に、その第八段目の裏に出した浄瑠璃）にある一節「たとへ此身は淡雪と」（『歌謡音曲集』に拠る）を捩ったものか。「たとへ」の「へ」に「鳥羽絵」の「絵」を引っ掛けたものとしておく。

（登山客四）「どれも〳〵わるいぢぐちだ。はかりにかけたら、五ぶ〳〵だらう」

（登山客三）「べらんめへ、おれがとバゑのもんくなんざアごくあたらしいのだから、てへげへなのハとバゑもよりやアしねへハ」

「鳥羽繪」は文政二年上演、「明烏」は嘉永四年上演、本作第四編は万延元年に刊行されたものなので、後者の「明烏」の方が時間的にこれに近い。よって「おれがとバゑのもんくなんざアごくあたらしいのだから」と言っている。「てへげへ」とは、「大概」の訛り。「大体、殆ど」の意。「とバゑもよりやアしねへ」とは、「鳥羽絵」と「得もよりやアしねへ」（到底…出来ない）を掛ける。意味は「その辺りにある鳥羽絵の洒落などは及びもしないだろう」である。

（登山客四）「そバへものしやれか、これもわりい」

「そバへものしやれか」とは、「鳥羽絵もの洒落か」と「そなへものしやれ」を掛ける。面白くない洒落に対し、供え物をしなさい（それくらいつまらない）とからかう。

㊺〈廿二丁ウ〉（図七十九）登山客が腰の蝶番に怪我をして助けを求める場面である。

（怪我をした人）「アイタヽヽヽヽいてへ〳〵、こしのほねのてふつがひがひんとはづれてしまつから、ぢようまへなをしをよんでくれ。アヽ、いてへ〳〵」

蝶番は、身体の関節と戸などに付ける道具の一種という二つの意味を持つ。この場面では、腰に痛みがあるのに、錠前直しを呼んでくれと言っているから、的はずれの可笑しさであり、言葉遊びでもある。

（仲間）「あんまりしやべつておりるから、それミろ、ばちがあたつたハ」

仲間が下山中砂走で怪我をした人をからかう。

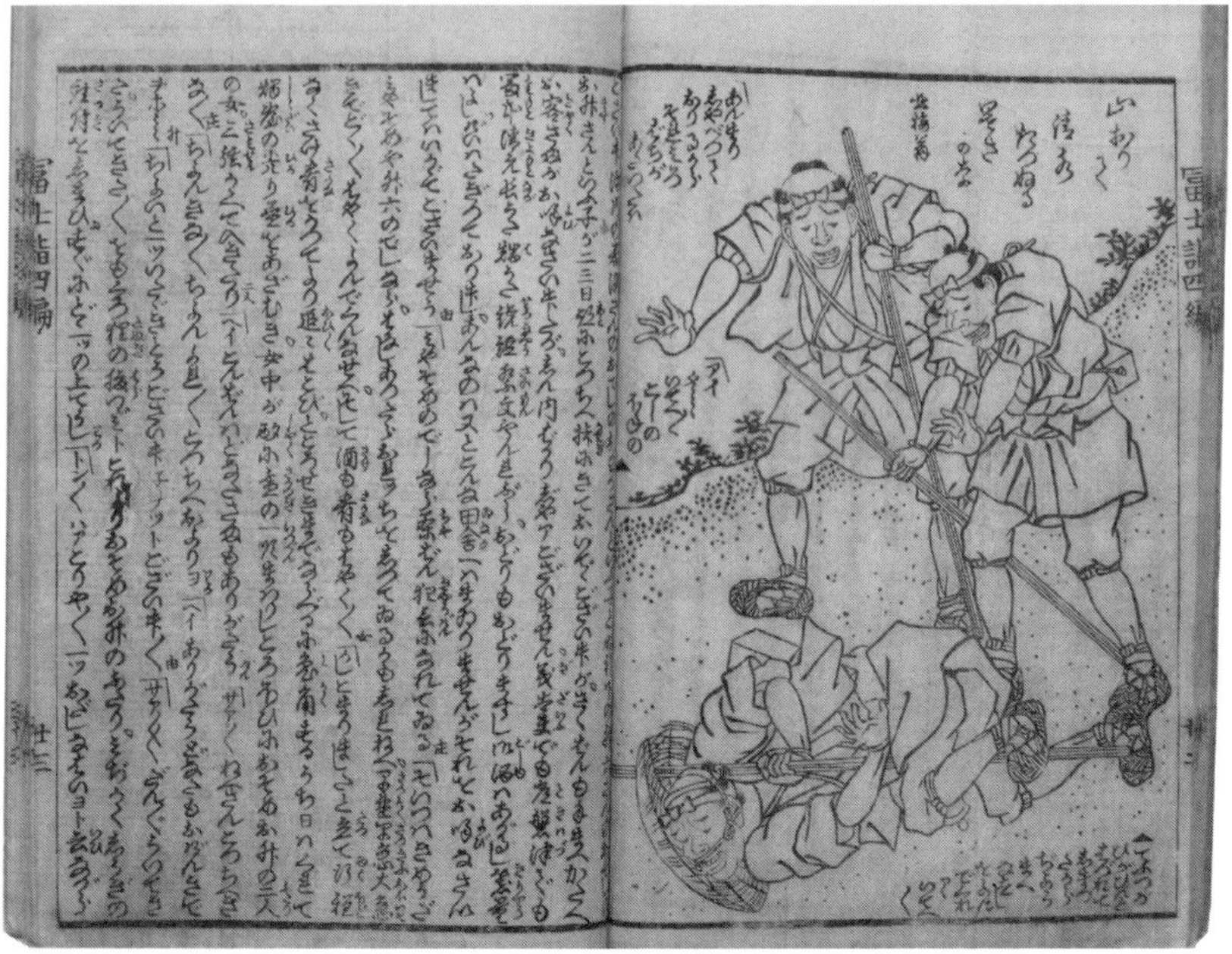

図七十九

㊻〈廿三丁ウ・廿四丁オ〉（図八十）　登山客が宿で食事をする場面である。

下女「ハイおてうしのおかハり。ヲヤ〱、げいにんぞろひでたいそうおもしろそうだヨ」

下女が客に、「はい、お銚子のお変わり、芸人揃いで大変面白そうだよ」と言う。

（おわか）「ぢれッてへヨウ、なぜこの三ハこんなによわいのだらうのウ。いとハえどにかぎる、ねへ、おますさん、うちからもつてくればよかツたつけ」

おわかが、「いらいらするよ、何故この三味線がこんなに弱いのだろうのう、糸は江戸（産）に限る、ねへ、おますさん、うちから持ってくれば良かったっけ」と話す。

どもり「ヲ丶丶丶おらアさわぐよりかシ丶丶丶しづかにしていてうめへものをやたらク丶丶くうはうがス丶丶丶丶すきだぞ。ア丶丶ウ丶丶丶うめへ〱」

どもりが、「俺が騒ぐよりも静かにしていて美味

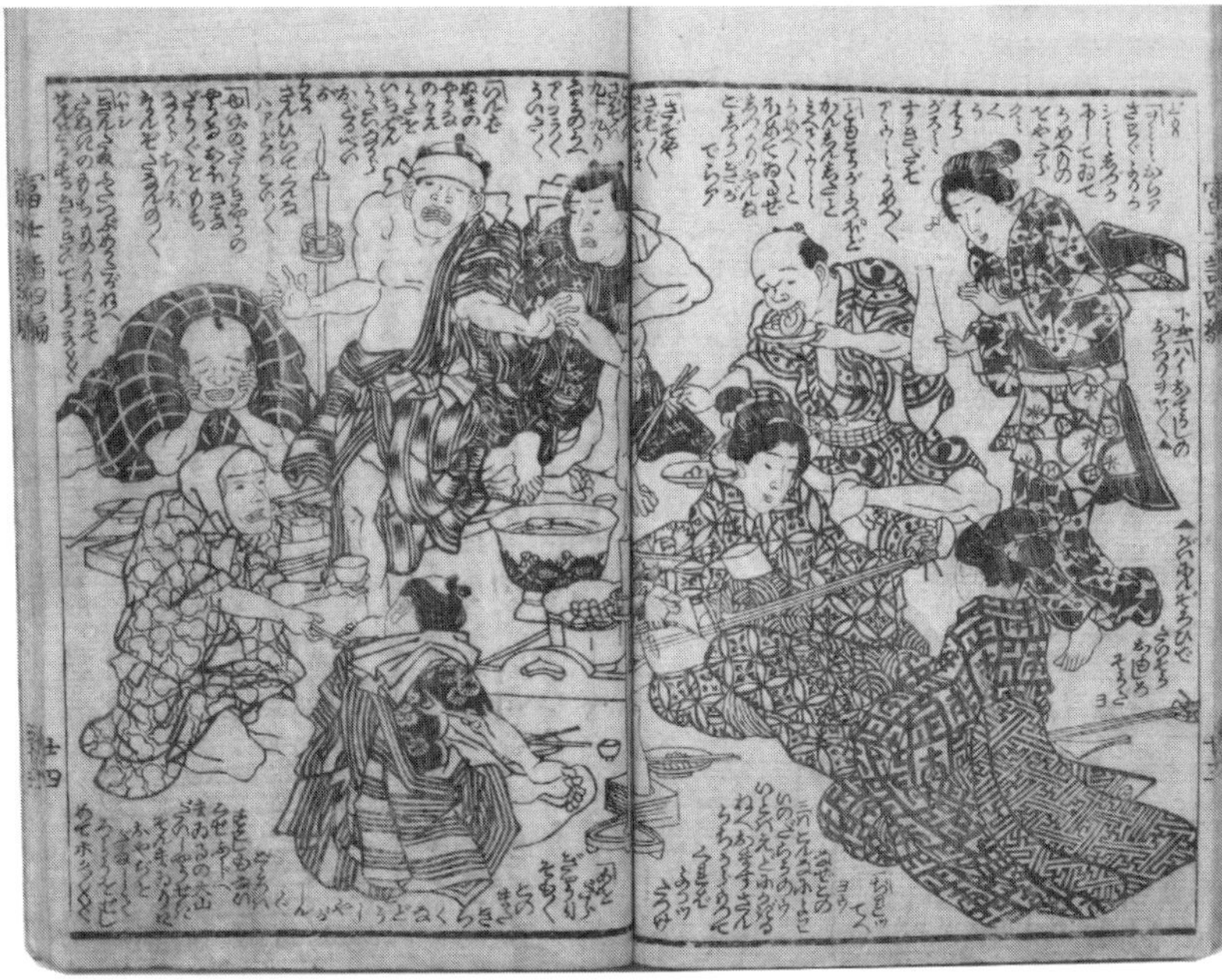

図八十

しいものを沢山食う方が好きだ」と言っている。

（仲間一）「どもこうがよつぽどかんしんしたとミへてウ、、、、うめへ〳〵とほめているぜ。しつかりやんな、ごしうぎがでらア」

「うめへ〳〵」とは、三味線を弾くおわかに対しても褒めていることを掛けている。本当は、ども公が食べ物のことを言っている。

（なま平）「さぞやさぞ〳〵さぞいまごろハ、さぞハ九十九りなミのうへ、ア、、コラ〳〵ういた〳〵」

「さぞやさぞ〳〵さぞいまごろハ」とは、俗謡「追分馬子唄」の一節を捩ったものである。原唄は「さぞやさぞさぞ　さぞ今頃はヨー　さぞや焦がれているであろ」である。

「さぞハ九十九りなミのうへ」とは、民謡「佐渡おけさ」の一節である「佐渡は四十九里波の上」を捩ったものである。

（仲間二）「いんばぬまのやうなかえうたをいちばんうたいながらおどるべい。おわかさんひいてくんな、ハア、どつこい〳〵」

「印旛沼」とは、『江戸語事典』（三好一光、昭和46年、青蛙房）によれば、「埋まらぬの洒落」と書かれる。その由来は、下記の通りである。天明五年より老中田沼意次の施策として、下総印旛沼の開拓事業が行われたが、翌年七月、関東一帯豪雨出水のため工事壊滅、同八月田沼は老中を罷免された。また、「うまらぬ」とは、「つまらない」という意を持つ。つまり、「いんばぬまのやうなかえうたをいちばんうたいながらおどるべい」とは、「つまらない替え歌を一番歌いながら踊ろう」というで意ある。

（仲間三）「ゆげのどうきやうのやうなおほきなどうぐをもちながら、ちんぼなんぞたなんの〳〵」

これも何かの替え歌によって作ったものであろう。「弓削の道鏡」に関しては、『日本伝奇伝説大事典』によれば、次の記載がある。奈良時代後期の僧（?〜宝亀三年（七七三）没）。『日本霊異記』下巻第三十八は道鏡が称徳天皇と同じ枕に寝たことを表す童謡を載せる。道鏡については、この女帝との関係を語る猟奇的な説話が伝承されており、この童謡にもその巨根を暗示することばが含まれている。「大きな道具を持ちながら、ちんぼなんぞ」の「ちんぼ」は「陳方」か。とすれば、「大きな道具を持ちながら、上手にいかず弁解する」という文脈に当たる。

ハヤシ「きんたまふたつぶめかたがねへ、たぬきのもちものかりてきて、せんきかするきかきいてミろ。コラ〳〵〳〵」

これも何らかの替え歌によったものだろうか。「八五八五」の調で語る。ここで「きんたまふたつぶめかたがねへ、たぬきのもちものかりてきてせんきかするきかきいてミろ」とは、二つの意味を持つ。一つは、金玉の目方は軽い、狸のを借りて重くするつもりか。もう一つは、諺の「狸の金玉八畳敷」が意味する通り、狸の金玉の如くに、人間が大きな金玉を持つのは疝気のためである。「せんきか」は、「しない気か」と「疝気か」を掛ける。続けて「せんき」と「する気」を並べ立てた言葉遊び。

（仲間四）「あをだらぎやう引、そも〳〵このまたきらくなどうしやがしん〳〵ごころハすこしもないくせ、ふじへまいるの大山だいしやうせきそんまいりにおやぢをだましてろようをせしめてポク〳〵〳〵」

「あをだらぎやう」は、「阿呆陀羅経」を振ったものである。阿呆陀羅経は、乞食坊主が小さな二個の木魚をたたき、または扇子で拍子を取りながら、世上の事件などに取材して作った八八調の文句を、「仏説あほだら経」という唄い出しで唄った俗謡である。「大山大聖石尊」は、『江戸学事典』（西山松之助（代表）、昭和59年、弘文堂）「大山詣」の項目に「大山は別名阿夫利山とも言い、相撲国伊勢原（神奈川県）にある霊山である…また大山石尊の名があるように、本来の神体は巨石であるとされている」と書かれる。ここで「富士へ参るの」と「大山大聖石尊参り」を一緒に並べているのは、次の意を踏まえる。「元来、大山は男根にたとえられている。対する女陰が噴火口のくぼんでいる富士山なのだ」（『江戸の旅』（今野信雄、昭和61年、岩波新書）による、以下同様）。路用は、旅行の費用。「せしめる」は、「うまく立ち回って自分のものとする」の意。仲間が阿呆陀羅経を真似しながら、「本来この気楽な同者が信仰心は少しもないくせに、富士詣と大山大聖石尊参りを理由にして、親父から旅費を騙し取る」と言う。

㊼〈廿五丁ウ・廿六丁オ〉（図八十二）　この場面は「假名手本忠臣藏」五段目の、「山崎街道で斧定九郎が百姓與市兵衛殺害の場面」に基づく茶番をしようとしているところである。

（おわか）「ミなはんがおまちかねでございますヨ。おはや〳〵」

なま平「与一兵へをころしたあとで、ぎつくりのおもいれハかうらいやのぢいさんでいかねへじやア、おしがきかねへ、つけがかんじんだ、しつかりたのむぜ」

「ぎっくり」とは、歌舞伎などで、はったとにらむさまを表す語、見得の一種である。「思入」は、演劇で俳優がある場面での心理状態を、無言のうちに動作や姿態、特に表情で表すこと。また、その姿態や表情。「付け」は、（歌舞伎用語）板を拍子木様の二つの柝で叩くこと。「高麗屋」とは、「ぢいさん」とあることより、松本幸四郎（六代目）のことを指

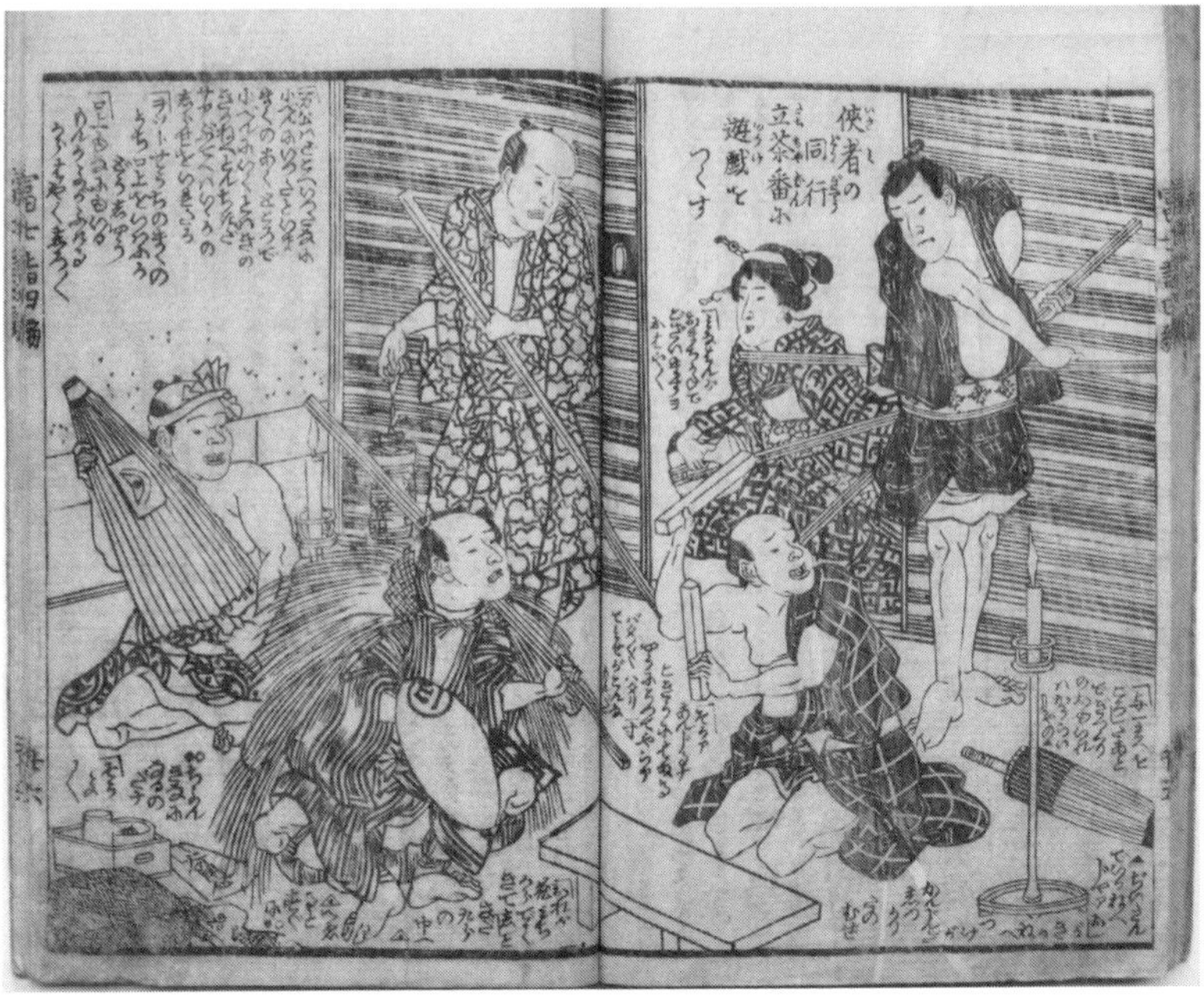

図八十一

す。なま平が「与一平衛を殺した後で、ぎっくりの思入は高麗屋の爺さんのようにしないと、迫力がない、付けが肝心だ、しっかりやってくれ」と頼む。

（でこ庄）「そうアあんじるナ、こきうにはまるやうにうつてやらア。バタ〱、ハタリ、一寸てミせがこんなもんだ」

「手見せ」は、手なみの程を試みに示すこと。でこ庄が「そんなに心配するな、その場の雰囲気に合うように打ってやるよ。バタ〱、ハタリ、腕前はこんなもんだ」と自慢する。

（くろ源）「万公ハどこへいつた。なに、小べんにいつたと。いままくのあくところで小べんにいくとハきのきかねへ、とんちきだ。サア、ぶてへハい、かのしらせをいれたか」

「ぶてへ」は、「舞台」の訛り。「ぶてへハい、か」とは、「舞台の準備はできたか」の意。くろ源が、「万公はどこへ行った。何、小便に行ったと。今幕の開くところで小便に行くとは気の利かない、間抜けだ。さて、舞台の準備はできたかの知らせを入れたか」と開始に向けて気合を入れる。

（仲間一）「ヲットせうちのまくのうち。口上をいハふかどうしやう」

「せうちのまくのうち」とは、「幕」の縁で、「承知の幕」を言おうとして、「幕内」へ転ずる。言うまでもなく、承知の幕は承知していること、幕内は芝居が行われていることを指す。

（仲間二）「口上もなにもいるもんか、よがふけるからはやくしろ〳〵」

（ども又）「そうよ〳〵」

（ぐず由）「おれが花ミちからでてきて、ししとさだ九郎の中へへゐると、すぐにちよんきなになるのだナ」

「へゐる」は、「入る」の訛り。「ちょんきな」は狐拳の一つである。狐拳に設定されている三つの役は、狐、庄屋、狩人である。ここで、ぐず由は「仮名手本忠臣蔵」の五段目に登場する人物の狩人を演じるため、「ちょんきな」を持ち出したのだろう。

㊽〈廿八丁ウ・廿九丁オ・廿九丁ウ〉　客が茶番をやっているところ、猪が中に突っ込んで大混乱になっている場面である（図八十二）。一丁半に及ぶ広い画面を持つ。半丁のほうには、二人の芸者も逃げようとする姿が描かれている（図八十三）。

（ぐず由）「それ〳〵そつちへおつぱしツた。はなづらにかれられちやア、てんじやうをつきぬくぞ。仁田の四郎ハいねへか〳〵」

「おつぱしツた」は、「おっ走った」のことで、勢いよく走ったことを表す。「はなづら」は、「猪の鼻面」を指す。「かれられちやア」とは、「猪の鼻面に追い立てられたら」の意。「仁田の四郎」は、『曾我物語』巻第八「新田四郎忠経、大猪に飛び乗り仕留める」に「かかるところに、上の峰より大猪一つ駆け下り、いづくにて何人にや射られけん、矢二つ負ひながら怒りに怒つて鎌倉殿の御前指して駆け来たる。ここに、伊豆国の住人新田四郎忠経、御前近く候ひけるが、矢取りてうち矧げ、駆け出でんとせしが、隙もなかりければ、弓矢投げ捨て、馬を上がり頭に向ふ。猪は下がり頭に通る。避くべき隙もなければ、忠経力及ばず、猪に逆にぞ乗つたりける。手縄もなければ、猪の尾を手縄として三町ばかりぞあ

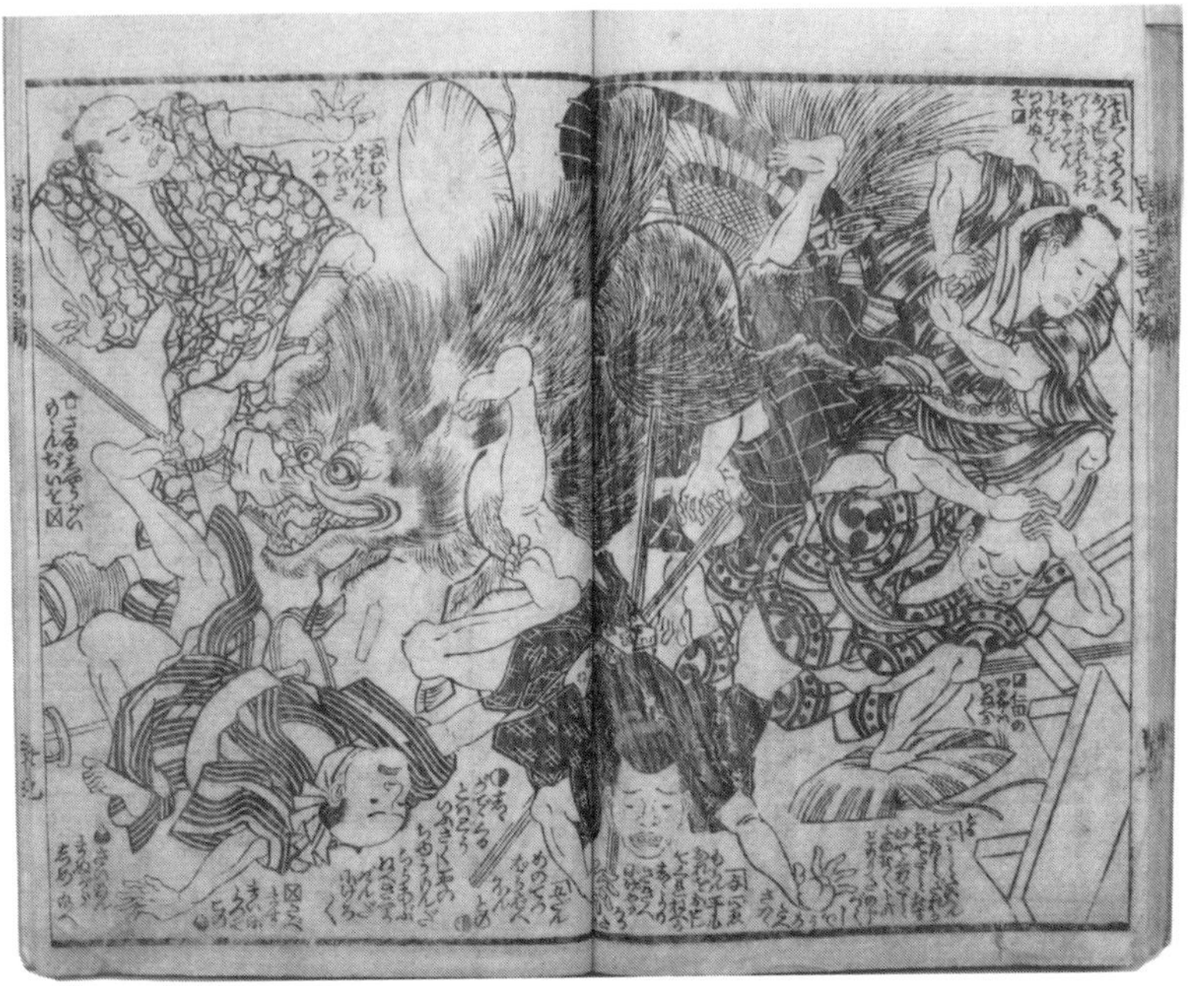

図八十二

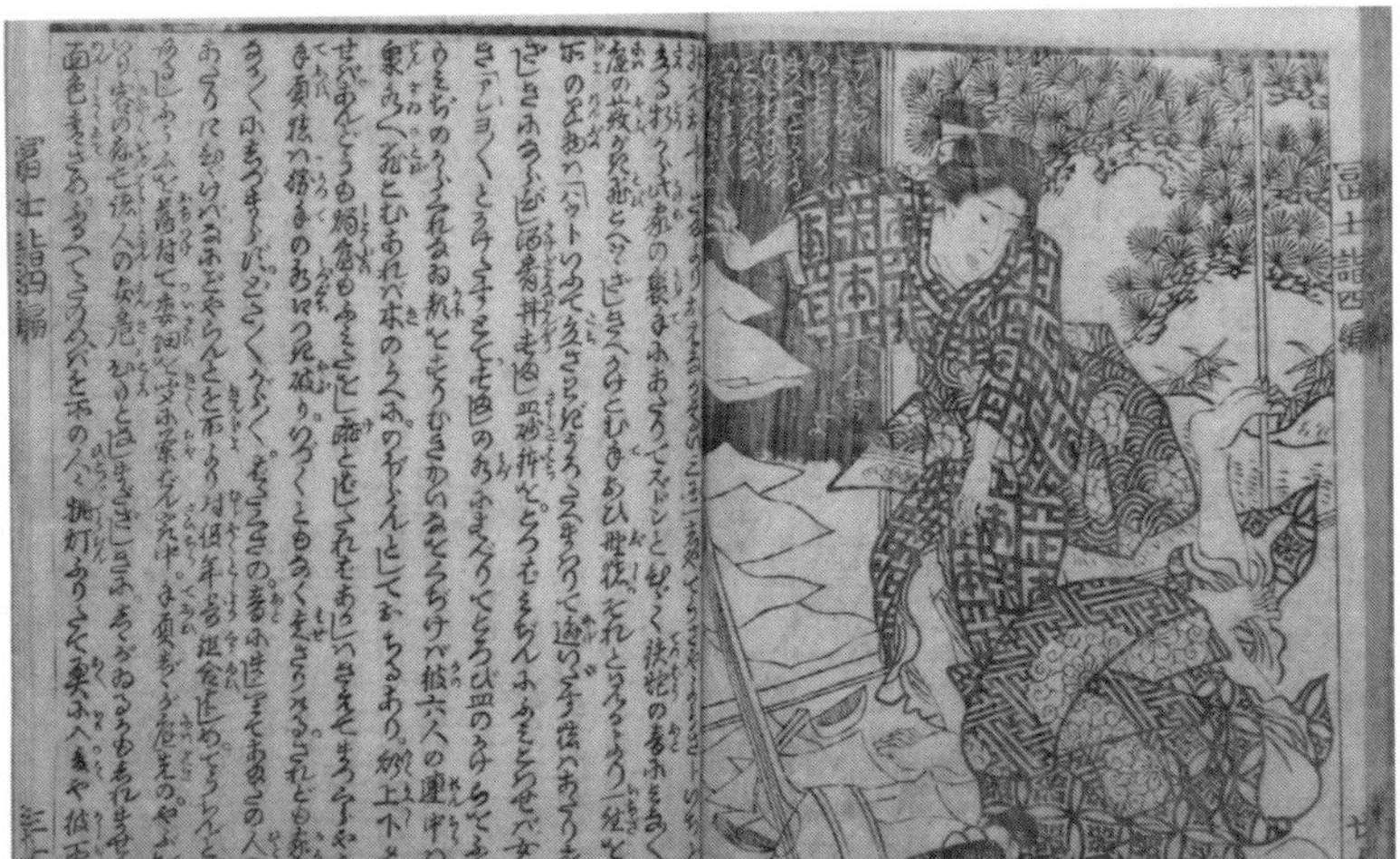

図八十三

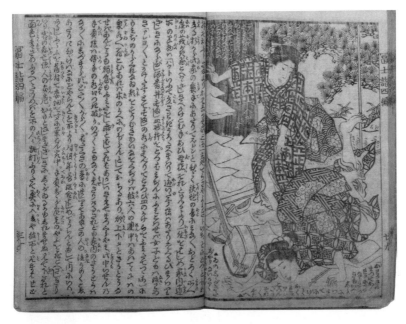

がかせける。すでに御前近くなりければ、腰の刀を抜き、胴中を五刀、六刀、刺しければ、俯しざまにどうど伏す。忠経は伏木の上に飛び上がる。鎌倉殿を始め奉り上下の諸人、同音にぞどよめきける。これをその日の見物として、鎌倉殿、御屋形へ入らせ給へば、人々も同じく館へ帰りける」（本文引用は新編日本古典文学全集本（平成14年、小学館）に拠る。以下同様）と書かれる。ぐず由が、芝居中に突っ込んできた猪を止めて欲しいと思って、「仁田の四郎」を出してきた。「気をつけろ。そちらへ猛スピードで走っていった。猪の鼻面に追い払われたら、天井に突き抜くぞ。仁田の四郎よ出て来てください」。

　ども「た丶丶丶たいへんだ、た丶丶丶丶だれかきてた丶丶丶たすけてくれ、た丶丶丶丶たのむ〳〵ト、このどもりたのじづくしでうろたへさわぐ」

どもりが、「た」の字尽くしで、助けを求む。

　（なま平）「与一べゑもかん平もおれをおこしてくれねへか。し丶よりさきへにげやアがつたか」

「おれをおこしてくれねへか」とは、倒れている俺を助けずに逃げていく仲間に注文をつけ、逃げるなら、俺を連れて行ってくださいというような気持ちを表す。「し丶よりさきへにげやアがつたか」とは、「猪が入ってくる前に、与一兵衛も寛平も先に逃げたか」、つまり「猪よりもっと早く逃げたか」の意。猪が芝居中に突っ込んできて、大混乱の中で皆逃げ惑う。なま平が倒れてしまい、慌てて仲間に助けて貰うため、大きな声で呼んだが、来る人がいなかった。従って、猪よりもっと早く逃げたかと思っていた。

　（こぶ万）「五だんめのてつぱうばへ、ほんとのし丶がでてくるとハ、だういふさくしやのちやうもんだらう。あぶねへきやうげんだ、にげろ〳〵」

「「仮名手本忠臣蔵」の五段目に狩人が猪に発砲する場面あるが、ここで本当の猪が出てくるとは、作者（仮名垣魯文）が何のためにこのような酷い役を演じさせるのだろう。危ない芝居だ」ということ。

図八十四

（くろ源）「なむふじせんげん大ぼさつさま、しやうがいもゝんぢいをたべますまいによつてこのさいなんまぬがらしめ玉へ」

「なむふじせんげん大ぼさつさま」は、困った時に唱える言葉。富士浅間は、富士山にある神社の名前。「もゝんぢい」は、「猪鍋」の意。台詞に「富士浅間」を出す理由は、前文に書かれる「仁田の四郎」が、富士山の松林で猪を退治したことがあるという縁故によるもの。「富士」の縁で、今度は富士浅間大菩薩様に願い、この災難を避けて欲しいという気持ちを表す。「南無富士浅間大菩薩様、私は一生猪鍋を食べないから、この災難から逃れさせてください」。

（おわか）「アレ、だれだかわちきのすそをつかまへてどうするのだねへ。にげることができないハね。それ〳〵しゝがきたやうだよ」

おわかが逃げようとしたところ、おますに裾を捕まえられて慌てている。猪が突っ込んできて、燭台も倒れており、部屋の中では明かりがないため、おわかの台詞は、挿絵中では白抜きにして書き入れされる。

（おます）「おわかさんまつておくれヨ、にげるならわちきもいつしよにつれてにげておくれヨ。アレ、ころんだヨ、それ〳〵そこへいのしゝがきたじやアないか。アヽ、どうせう〳〵」

おますがおわかに助けを求める。「どうせう」は「どうしよう」の意。

㊾〈三十一丁ウ・三十二丁オ〉（図八十四） 皆が各々逃げ隠した場所から出てくる場面である。

ていしゆ「よいちべゑさまや定九郎さまのありかハまだしれませんから、これからたづねるところでござります」

「ありか」は、「所在、居所」の意。やっと落ち着いて、亭主が人を探し始めた。

（なま平）「ヤイ〳〵、だれかきてくれねへか、をの定九郎ハしゝのさわぎでこゝにいるヨ。ヱゝぢれつてへ。こゝだといつたら木のうへだよ、ぐら〳〵して、めがまハる〳〵」

斧定九郎を演じるなま平は木の上に逃げた。誰にも見付けてくれないから苛々する。その木の太さがやっと耐えられるぐらいゆえ、揺れると目が回る。

（ぐず由）「水の中もなつハいゝもんだぜ。どんなにすゞしくなつたらう」

慌てて水中に逃げたぐず由が、その失態を隠すため、夏には水の中も良いものだと言う。

ども「モヽヽヽもうシヽヽヽしゝハどこへかイヽヽいつたかのウ。エヽヽヽゑんの下でひゝゝゝひとねいりやらかした」

慌てて逃げたので、顔に蜘蛛の巣が付いたまま出て来ているのが挿絵に描かれる。何事もなかったようにちょっと寝入りをしたと強がりを言う。

（くろ源）「かうしたところハくめ三のおぢやう吉三のやうだらう。ヲツトあぶねへ、まんざいらく〳〵」

梁の上に逃げ隠れたくろ源が、自分の姿を「三人吉三廓初買」の一場面に登場するお嬢吉三のようであると呑気に喋る。『日本古典文学大辞典』「三人吉三廓初買」の項に「二世河竹新七（河竹黙阿弥）作…通称「三人吉三」…安政七年（一八六〇）正月十

図八十五

四日より江戸市村座初演。配役は…お嬢吉三を三世岩井粂三郎…」と書かれる。『冨士詣』四編の序文年紀は万延はじめの年卯月なので、「三人吉三廓初買」初演から三ヶ月立つか立たぬかのうちに、作者仮名垣魯文がこのタイムリーな芝居を作品に取り入れた。この挿絵に描かれているポーズは実際に舞台で演じられたものであろう。というのは、三代豊国画、安政六年十二月改印の錦絵で、岩井粂三郎演ずる「おせう吉三」（早稲田大学演劇博物館のデジタル・アーカイブ・コレクションに収録）も同様な姿勢をしているからである（図八十五）。改印は序文年記の四ヶ月前である。魯文が友人である黙阿弥の作品を宣伝しており、楽屋落ち的な性格が認められる挿絵である。

五編　上巻

㊿〈六丁ウ・七丁オ〉（図八十六）　三島明神の境内にて旅人が道端で商人から薄荷圓を買う場面である。

女「このあひだ江戸の両ごくではくかゑんを

図八十六

かつたら、おまけにのミよけをそへてよこしたが、そのばんそれをしいてねたらなほよけいにのミにくハれたヨ」

「蚤除け」の「除け」と、「余計に蚤に食ハれた」の「余計」と、「よけ」の縁で言葉遊びをする。

（男客二）「はくかゑんなら、まちげへあるめへが、はいとりぐすりだといつでもはいでけつかるやつヨ」

客の一人が、「薄荷園なら間違いない（効果がある）が、蝿取り薬だと（インチキなものであるから）いつでも人から金を騙し取るやつだよ」と言っている。「蝿取薬」の「蝿」と、「剥いでけつかるやつ」の「剥い」と、「はい」の縁による言葉遊び。『江戸語大辞典』によると、「剥ぐ」とは、「金品をまき上げる」とある。

（男客二）「ヲイ〳〵ひとかいくんな、てんぽうせんだ、つりをくだツし」

「天保銭」は天保通宝の俗称で、百文に通用するから、「一貝」しか買わないので、釣りを求める。昔では、貝を使って化粧品などを中に入れて商品として売っていた。「一貝」は「商品一つ」という意。

（男客三）「コウ〳〵あきんど、このはくかハ長めいぐわんのかハりにもちいちやアどうだらう。ずいぶんひり〳〵してよからうと思うが、四ツめのかハりになるなら百ばかりくんな」

客の一人が商人に「おいおい、商人、この薄荷は長命丸の代わりに使ったらどうだろう」と尋ね、その効果が「ずいぶんひりひりしてよかろうと思うが、四ツ目の代わりになるならば、百文ほどの薄荷をください」と求める。『江戸語大辞典』によると、長命丸は、両国米沢町の四目屋で売った強精・催淫用の塗布剤。また、同辞典に、四ツ目は、長命丸の異称とある。

商「サア〳〵うりかいハ二だんのこと、こんにちハ、たいらいちめんどなたにもせう〳〵つゝふるまひませう。ゑちごしほざハかんせいのはくかゑん、これほどあがると、かうちうがすゞやかになつて、しよきあたりどくけしのめうやくでござる」

商人が口上をする。「さあさあ売り買いは後回しにして、今日は全ての皆様に少しずつ試食していただきます。越後塩沢寒製の薄荷園、この位召し上がるとすれば、口中が涼やかになって、暑気あたりや毒消しの妙薬でございます」。「うりかいハ二だんのこと」とは、「売り買いは取りあえず置いておいて」の意。

51〈八丁ウ・九丁オ〉（図八十七）連れが薄荷圓を飲み過ぎた仲間に水を飲ませたり、体に水を掛けたりする。

商「おれがざしきへどそくでふみこんだり、おまけにミづをぶつかけたり、イヤはやらんぼうらうぜきなてあひだハヘ」

商人が、「私の座敷（地面に敷いた竹縁）へ土足で踏み込んだり、おまけに水をぶっかけたり、いやはや乱暴狼藉な連中だよ」と怒る。

（見物客）「アイタヽヽヽこりやア、どしたんだ。ぢしんならむかふのやぶまで手をひいてつれてくれツせへ。まんざいらく〳〵〳〵」

商人が地面に敷いている竹縁を引っ張ると、その

図八十七

上にいる人が倒れ、地震だと思った。

（黒）「ちくとんべい、ミづウのませるよりハうへからぶつかけたらきゝがよかんべいサ、イヤざぶ〱〱〱〱」

「ちくとんべい」は、「ちくとんばい」の訛りで、「少し」の意。黒が「少し水を飲ませるよりは、上からぶっかけたら効き（め）が良いに違いない」と言っている。

（磯九郎）「ヤアくろめ、あによウしにやアがるのだ。このばかやらうめが」

磯九郎が、「黒め、何をしやがるのだ。この馬鹿野郎めが」と罵る。

女「ヲヤ、いぬがつるんだのかとおもつたら、にんげんがくるツたのだヨ」

発音が近いから「交尾む」と「狂う」を使うことにより滑稽さを醸しだし、言葉遊びをする。

㊾〈十丁オ〉（図八十八） 水を掛けられた旅人が濡れた服を頭に被って乾かしながら道を進む場面である。

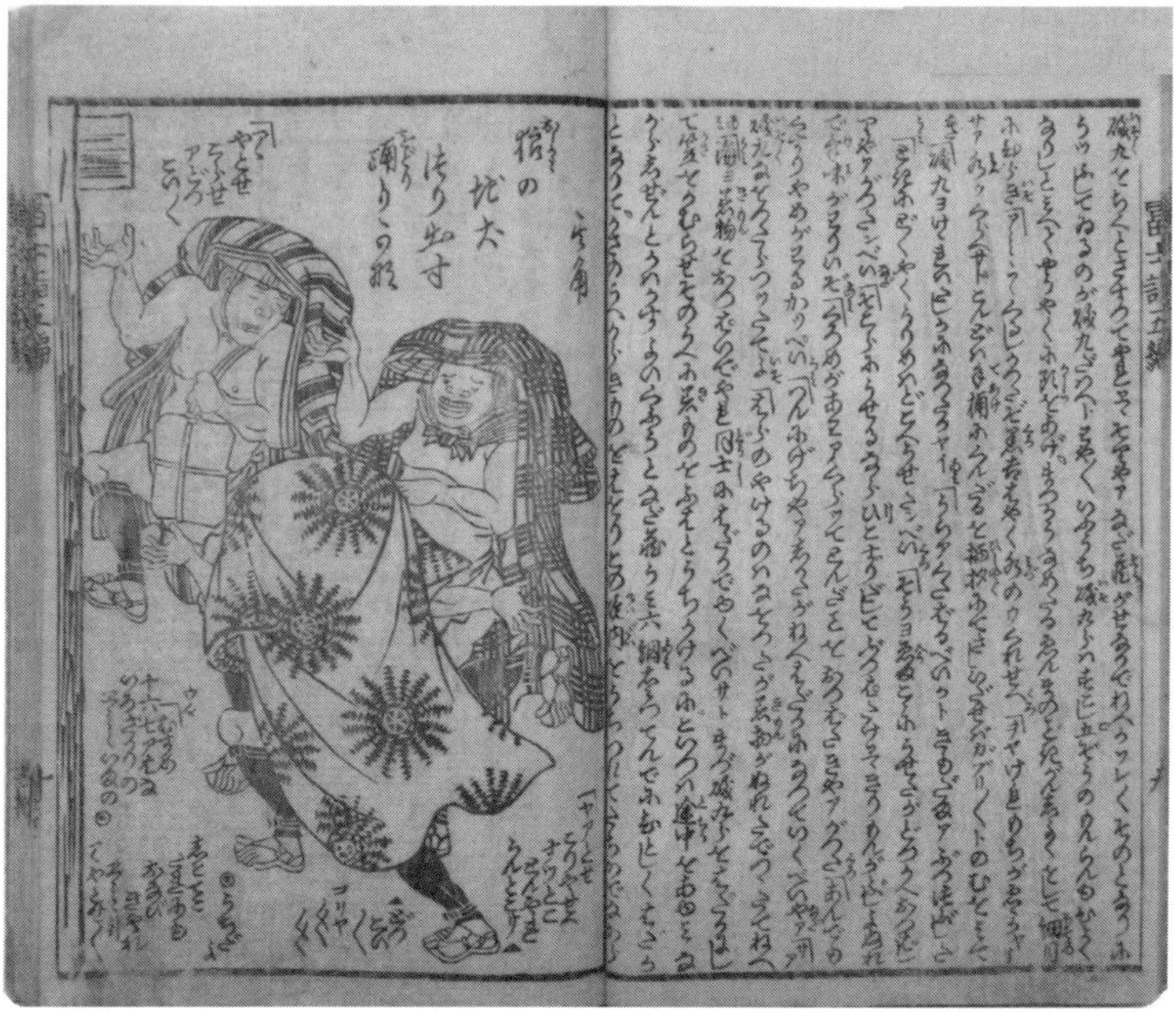

図八十八

(仲間一)「アヽ、やとせこらせ、アどつこい〳〵」

掛け声を出しながら、気を取り直して前進している。

(仲間二)「ヤアとせ、こりやせへ、すツとことん、やれ、うんとこサ、どつこい〳〵、コリヤ〳〵〳〵〳〵」

何れも掛け声である。

ウタ「むすめ十六七ア、はないろざかりの、ヱヽヽヽヽいまのうちだよ、しこてこだれにもおなびきやれ。ヱヽヽヽ引アヽ、やとせ〳〵」

「しこてこ」とは、「しこたま」の意で、数量の多いさまに言う語、ここでは「思い切り」という意味を持つ。唄の意味は「娘十六七、花色盛りで今のうちだよ、いい男を選んで、思い切り御靡きなさい」である。女の十六、七歳は、結婚適齢期。唄の典拠は未詳。

㊸〈十二丁ウ・十三丁オ〉(図八十九) 三島の茶漬屋の中で沢山食べた二人の江戸っ子と涎を流して

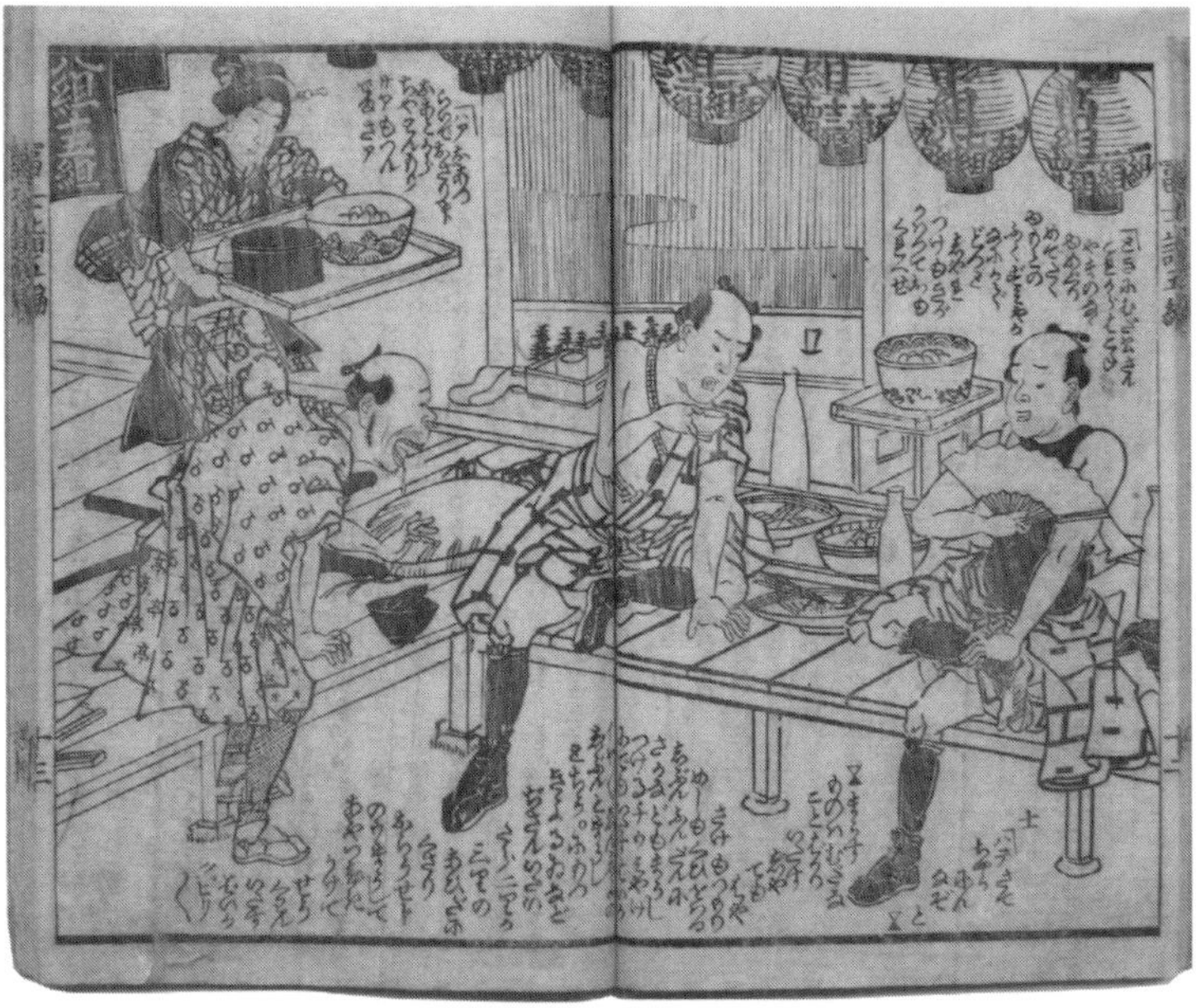

図八十九

見つめる田舎武士。

（江戸っ子）「ときにむだ公さん、これから、
はこねやまのな、ゆめぐり、めでたくゆもとの
ふくずミやかなにかで、どつとしやれつけも、
きがかハつておもくれへぜ」

「箱根山の七湯」は、『江戸の旅』の「箱根七湯」によると、「箱根にはどれだけ湯治場があったのか。俗に「箱根七湯」といわれるのは、湯本、塔之沢、堂ヶ島、宮之下、底倉、木賀、芦之湯だが、別に後発の姥子の湯を入れて箱根八湯とする場合もある」とある。「湯本の福住」は、有名な温泉旅館で、現在でも営業中。「どつと洒落つ気」は、にぎやかに冗談を言ったり、気軽に笑わせたりしようとする気持ちである。「面黒い」は、「面白い」の戯語である。二人の町人が「富士詣でこれまで謹んできたが、やっと山から下りて、これから箱根山の七湯巡りをして、湯本の福住やどこかで楽しく賑やかに過ごしたならば、気分が替わって面白いぜ」と話す。

（給仕）「ハアおあつらいでおざります。おあとからちやわんもりサアもつんでまさア」

女の給仕が「ご注文して作らせたお料理でございます、続いて茶碗盛りにも重ねるぐらい沢山盛りつけていますよ」と言っている。

士「ハテさてちやうにんなぞとまうすものハ、むだなことばかりいたすじやても。はやさけもつもり、めしもくひをハるじぶん、ふんだんにさかなどもまうしつけるチウ、ミやげにでもいたすばいか。イヤ〳〵ゑんしよのじぶんとまうし、とちう、にもつぎよるいなどぢさんいたいだら、二里か三里のあひだにくさり、おらうせじのウまうして、あやつひきかけてせうぐわんいたすばいか。グビリ〳〵」

「おらうす」は、「召し上がる」の意。「じ」とは、「不可能」の意。この台詞に方言が混じっており、内容もやや判りにくいから、解釈しておく。「はてさて町人なんてというものは、無駄なことばかりするものだなあ。もはや酒をも沢山飲んでいるし、飯も食い終わる時分、ふんだんに魚料理をまた注文するとは、土産にでも（持ち帰り）するつもりだろうか。いや〳〵炎暑の時分と申し、途中荷物魚類など持参致したら、二里か三里かの間に腐り、召し上がることはできまいと申して、あいつを騙して（食べ物を残させ）賞翫致したいものよ。（よだれが）グビリ〳〵（と飲み込んでしまう）」。田舎武士は江戸っ子の見栄っ張りが理解できないうえに、懐具合も寂しいので、何とかして残った料理をせしめようと企む。

(54)〈十五丁ウ・十六丁オ〉（図九十）二人の食べ残しにありつく田舎武士と呆れる江戸っ子。この場面の酒亭の幟には「よし丁／万久」と記載される（既に二編上巻十四丁ウラの暖簾にも「芳町／万久」とあり、舞台は相模と甲斐の国境）。佐々木氏の論文によると「万久は錦絵の「高名会席尽」（豊国・広重画、藤岡屋版、嘉永五年十二月改）にも描かれる、幕の内弁当で著名な料理屋である。恐らく、その店先での仲間内の出来事を綴ったものと思われる」と指摘される。

（江戸っ子）「けんやくで、りんしよくで、あたじけなくつて、けちくせへとハあのさむらひのことだらう。イヤおそれる〳〵」

江戸っ子が武士を嘲る。「倹約で、吝嗇で、強欲で、

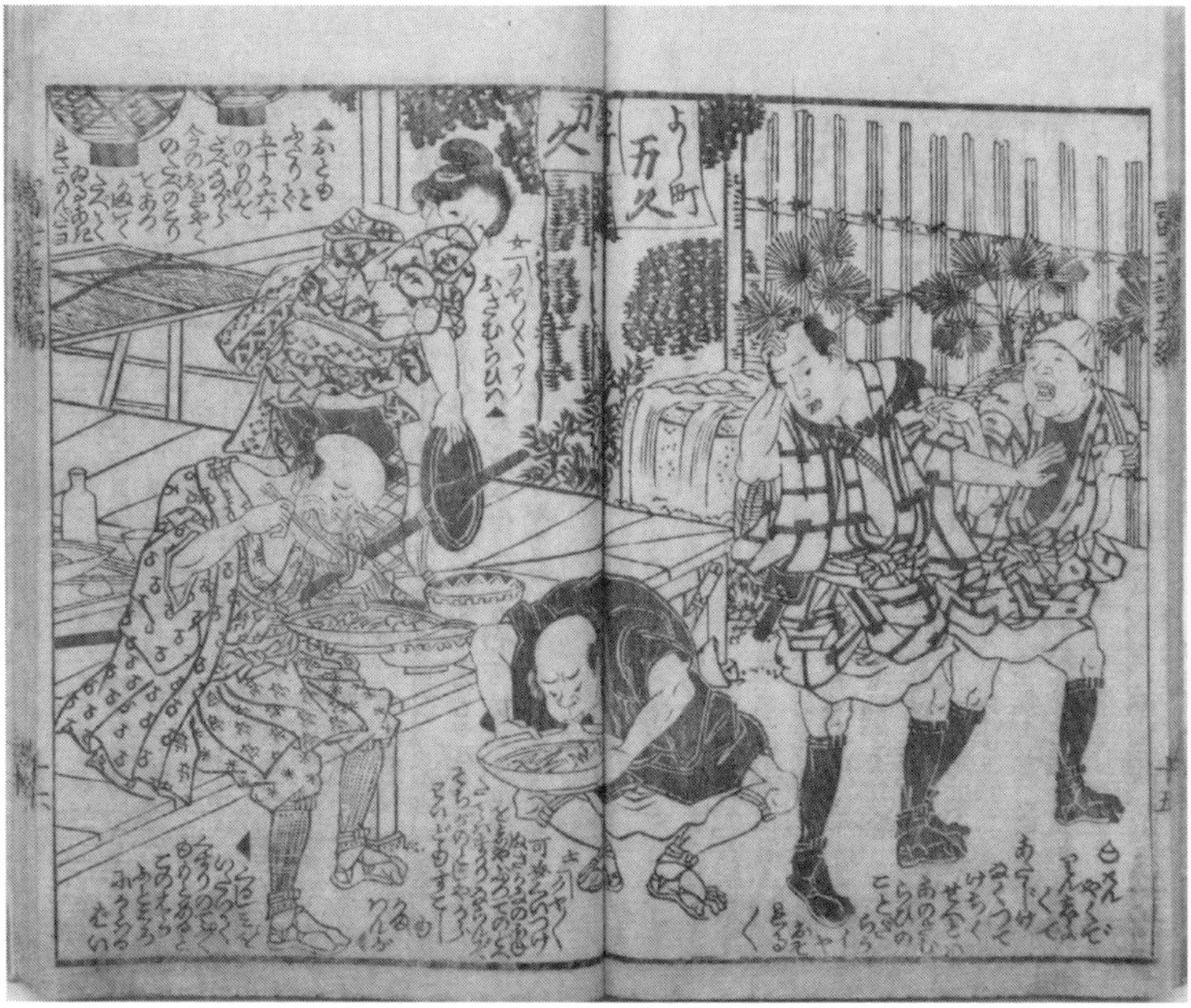

図九十

けち臭いとはあの侍のことだろう。いやはや恐れ入る」。「あたじけなく」とは、「欲が深い」の意。

士「クヤ〳〵可介、くいつけぬさかなのほねをしやぶつて、のどへたてゝハ、まかりならんぞ。そちがのことじやから、わいどもすこしもかまハんが、くるしミをいたいて、くすりのてぷ〳〵もとめると、このはらふところにかゝハるばい」

武士が下男の可介にこりゃこりゃと呼びかけて、「食べ慣れていない魚の骨をしゃぶって、喉に刺したらだめだぞ。お前のせいだから、おれに少しも関係ないが、しかしお前が苦しい思いをして、何服もの薬を求めることになったら、おれが金を払うことになるので、私の出費になるから困る」と注意する。「わいど」とは、一人称で、自分をへりくだって「ど」を付ける。「てぷ〳〵」とは、「貼貼」の意。調合して包んだ薬を数えるにいう語、「服」の意。「はらふところ」とは、「払う」と「懐」を掛ける。

女「ヲヤ〳〵〳〵アノおさむらひハおともとふたりで五十か六十のものをたべながら、今の

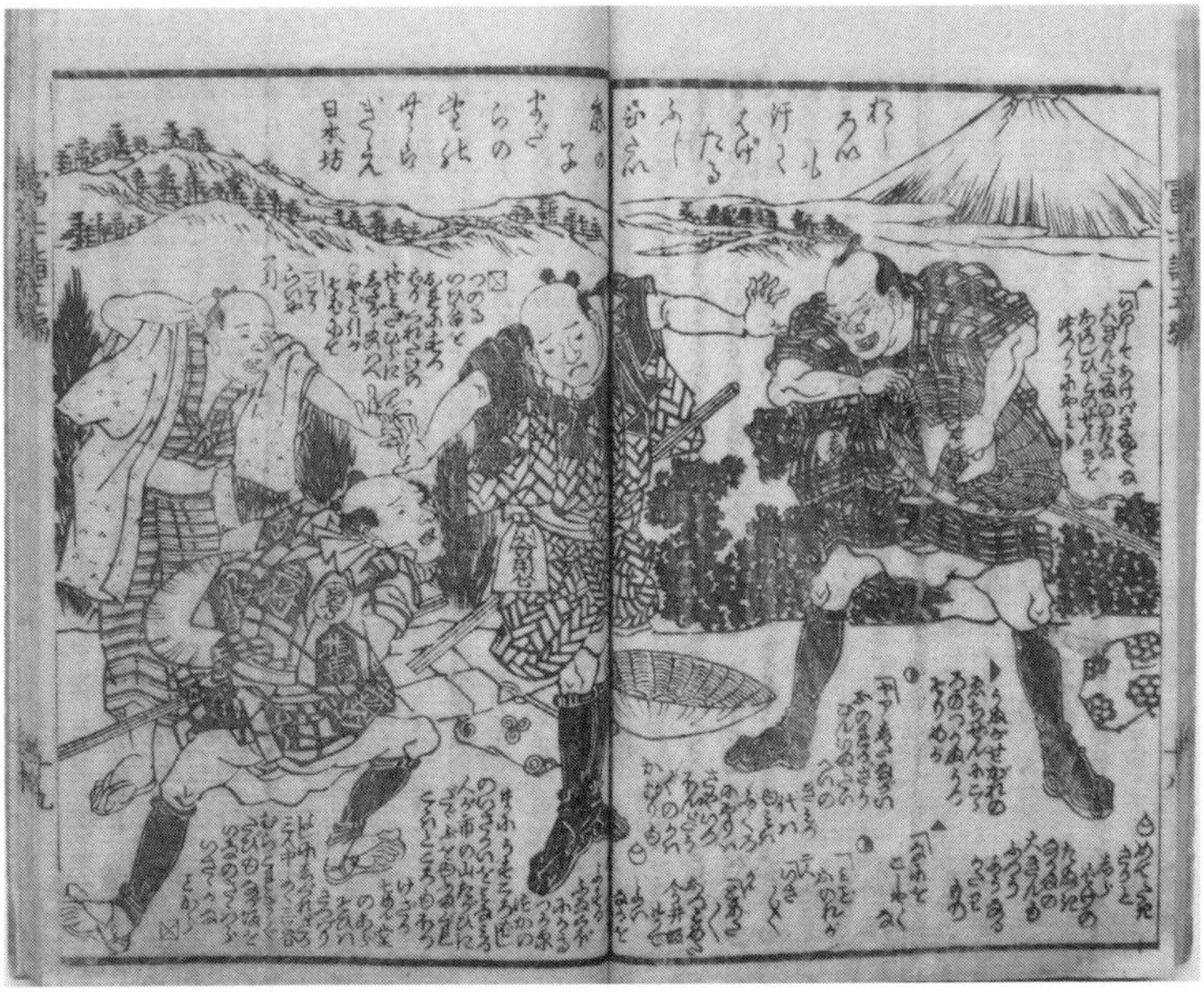

図九十一

おきやくのたべのこりをあつかましくたべている。あきれたもんだヨ」

店の女が侍の行動を見て、「おやおやおや、あの侍はお共と二人で（僅か）五十（文）か六十（文）のもの（料理）を注文して食べながら、今のお客の食べ残りを厚かましく食べている。呆れたもんだよ」と言う。江戸っ子と同様に田舎武士を嘲笑させる。

五編　下巻

㊺〈十八丁ウ・十九丁オ〉（図九十一）　この場面は三島から箱根までの地名を台詞の中に取り入れながら、しゃも七とさぎ八の口喧嘩を面白く表した。

（さぎ八）「いハしておけバさま〱な大ぎんたまのたなおろし、ひとのせんきをずつうにやミ、うぬがせがれのゑちぜんにこゝろつかぬうつそりめが」

「棚卸」は、人の欠点を一つ一つ数えあげて指摘すること。「頭痛にやみ」は、心配すること。「越前」は、包茎のこと。「うっそり」は、うっかりしていること。さぎ八がしゃも七に対し、「俺の金玉のことについていちいち抜かし、人の疝気を心配しているようだね。しかしお前が自分の包茎に気付いていないうっかりしているやつだ」と言っている。

（しやも七）「ヤア、したながいおのれがざうごん。いまたいへいのきミが代ハ、ゆミハふくろにやりハさやいりほんどう〳〵のかハかむりも、めでたきさがとしらばけのたぬきなかまの大きんもふつうようなるかたわもの」

掛詞が多用されれおり、簡単に説明しておく。適宜漢字に改めると次の通り。「ヤア舌が長い己が雑言。今太平の君が代ハ、弓ハ袋に槍ハ鞘入ほんどう〳〵（「本道」と「堂々」を掛ける）の皮かむりも、めでたき前兆と白化け、狸仲間の大金も不通用なる片端物」。訳は以下の如し。「お喋りなお前がいろいろの悪口を言っている。今は平和の時代だから、武器である弓は袋に入れ、槍は鞘入り、これは本来あるべき政治の姿であり、私が堂々の皮かぶりなのは、それと同様にめでたい兆しである、としらばっくれておこう。それに対して、お前が化け物である狸のような大金（「大掛かりな武器」と「大金玉」を掛ける）を持っているのもただこの平和な時代には不通用なものにすぎないように、お前の大金玉は実践には役に立たない」。「ゆミハふくろにやりハさやいりほんどう」と「どう〳〵のかハかむりも」の中にある「どう」を前後の文脈に掛けることにより、前文における理想的な社会と、後文に表す下品なものとの間にギャップが生じ、おかしみが漂う。「めでたきさがとしらばけ」と「しらばけのたぬきなかまの大きんも」における両文の中にある「しらばけ」は、前文に付くと「しらばっくれる」という意味を持つが、後文に付くと「うまく化ける狸のような大金玉」という意味になる。「舌がながい」とは、「お喋り」の意。「さが」は、「象徴」の意。

（さぎ八）「なにをこしやくな」

（しやも七）「ミごとおのれが」

二人「いざ〳〵〳〵」

これらの台詞は何かの歌舞伎に拠ったものであり、「ミごとおのれが」は「俺が見事にお前を倒してやろう」ということであろう。「いざ〳〵〳〵」とは、二人が同時に勝負しようと言っていることを意味する。

がん「とめた〳〵おつとめた。今井坂までよいなかを、あらなミよするふなくぼに、かゝるつか原つかのまに、うすころばしのいさかいを、ミなミる人が市の山、たがひにたがふをゆふまぐれ、こゝハところもほつけざか、七めん堂のあらそひハさつパりよしにしぐれざか、三人中よく三ツ谷むら、これまでたびもなが坂を、いなのさゝハらいさゝかな、ことからつのるいひ合を、おれにすつぱりくれたけの、ふじミだひらにしたがよいハへ」

これは東海道沿いにある三島から箱根までの地名を使い、七五調のリズムを用いて道行文にしたものである。登場する地名を並べると、今井坂、船窪、塚原、臼転ばし、市の山、法華坂、七面の社、大時雨、長坂、富士見の平、以上の如し。『五街道細見』（岸井良衛、青蛙房、昭和34年）によれば、三島と箱根間には「三島」「塚原」「一の山」「大しぐれと小しぐれ」「三ツ屋」「下長坂」「笹原」「上長坂」「山中」「箱根」が存在している。まず、この台詞の最初の部分を分析しておく。

今井坂まで
良い仲を
荒波寄する
船窪に
かゝる
塚原
束の間に
臼転ばしの
諍いを
皆見る人が
市の山

今井坂までは、仲がよかったが、荒波が船窪へかかるように束の間に仲が悪くなり、臼転ばしのように争い出して、市場に人の山ができるように喧嘩を見る人が多く集まった。二人の関係における変化は次の通り。良い仲→荒波→臼転ばし（喧嘩が臼の転んだように激しくなったという意味）。「船窪」に対して「荒波」、「塚原」に対して「束の間」、「臼転ばし」に対して「諍い」、「市の山」に対して「皆見る人」、各々土地の名称に対して内容的に或いは音においても対応している。

次の部分も同様に分析する。

互ひに
違うを夕間暮
此ハ所も法華坂
七面堂の争ひハ
さつぱり止しに
時雨坂

互いに違うことを言っているうちに夕暮れになり、ここは法華坂だから、法華の教えを思えば、極めて面倒で煩わしい争いをさっぱり止めにしてくれよ。「互ひに」の次に「たが」の縁で「違う」とした。次の「ゆふ」は「言う」と「夕間」を掛ける。地名としては「七面の社」だが、「七面堂」とした、「七面倒」と掛けるため。「時雨坂」という地名に対して「してくれ」という意を掛ける。

続く箇所も見てゆく。

三人中よく
三ツ谷村
これまで旅も
長坂を
猪名の笹原
些かな
事から
つのる
言ひ合を
俺にすつ
ぱりくれ竹の
富士見平に
したがよいハヘ

三人仲よく三ツ谷村に到着した。これまで長い旅をしてきたので、些かなことから激しく募る言い合いを俺にすっぱりと預けてくれ。そして仲良しになりなさい。

「なが坂」は「たびもながい」と地名「なが坂」を掛ける。「猪名の」はもともと「猪名野」のことで、大阪府池田市から兵庫県尼崎市、伊丹市、川西市にかけ、猪名川に沿って広がった平野。古来名勝の地で、猪名野の八景として知られた。笹の名所でもあり、「笹」の縁で「笹原」の枕とした。「いなのさゝハら」の中から、「いな」の「い」と「さゝハら」の「さゝ」を組み合わせば「いさゝ」になる。これは次に来る「いさゝかな」に繋がる。「すつぱりくれたけ」は「すつぱりくれ」と「くれたけ」を掛ける。「くれたけ」は「呉竹」のことで、竹の「節見」から「富士見平」という地名に無理なく辿り着く。最後に「富士見平」を出す理由は「平」という文字が付いているから、「平和」のことを意味する。

　やど引がそばにて「こうらいやア引」

「こうらいや」は「高麗屋」を指す。歌舞伎俳優松本幸四郎の屋号である。右の台詞には「とめた〳〵おつとめた」という表現もあった。これは恐らく松本幸四郎の決め台詞か。宿引きが「がん」の台詞を聴いて、臨場感を高めるために「こうらいや」と唱え、面白がっている。

三島から箱根までの宿名を順番に沿って並べ立て、なおかつ二人の関係を重ね合わせて見せたところに、作者の工夫が見られる。本文ではなく、挿絵の書き入れに対して、これほどの労力をかけている点に、本作の代表的な特徴が認められる。

(56)〈二十丁ウ・廿一丁オ〉（図九十二）　箱根の中宿の旅館で食事をする時にしゃも七が女性客であるお鰐に色目を使う場面。

　女中「アノお女中ハとしまだか、しんぞうだか、さつぱりしれまうさない」

宿の女中が肥えたお鰐を見て、年増か若い子かさっぱり判らないと言っている。

　（女中）「モシあなた、おてのおしるがこぼれまさア、なにかうかれていさつしやりますヨ」

しゃも七がお鰐に気を惹かれて、手に持つ汁がこぼれても気付かない。

　おやぢ「むすめヨ、けふハひるめしさア、うどん二ツですませたからあんでもしつかりつめこめさア」

親父が大食いの娘に、今日は昼飯がうどん二杯で済ませたから、何でも食べられるだけ食べろと勧める。「あんでも」とは、「何でも」の訛り。

　（がん）「えゝ、かう、しや（も）七のざまア

図九十二

ミねへ、女のねへくにへいきやアしめへし、どういうれうけんでやまあらしにこだわるだらう。あれがほんのいろきちげへだ。これからいつしよにやアあるかれねへぜ」

がんが連れのさぎに愚痴をこぼす。「ようよう、しゃも七の不様な姿を見ろよ、女がいない国へ行くわけでもないのに、何を好きこのんで豪猪のような女に惹かれているのだろう。あれが本当の色気違いだ。これからは一緒に旅などできない」。

（さぎ）「だがの、しやも公なぞにやア、五りんごたいそろつたまんぞくなをんなが、なにうんといふものか、うぬもそれにきがついているかして、人まじハりのできねへふじんだとミると、いつでもびりつくから、大わらひかん〳〵ばうずだ」

「うぬ」は、二人称だが、この場合は「あいつ」、つまり「しゃも七」を指す。「びりつく」は、「女にでれつく」の意。「大わらひかん〳〵ばうずだ」は、もともと「大笑いちゃんちゃん坊主」であり、大笑いの洒落言葉。「かん〳〵ばうず」は「かんかん坊主」

のことで、僧侶をののしり、卑しめて言う語である。「ちゃんちゃん」を置き換えて「かん〳〵」にするのは、後にしゃも七が法体となるから、ここがストーリーの前ぶれに当たる。全体の意味は次の如し。「でもね、しゃも公なんぞに対し、五倫五体揃った満足な女がどうして「うん」というものか。あいつがそれに気付いているのかな。普通の人と付き合いのできない婦人を見ると、いつでもでれでれするから、大笑いかんかん坊主だ」。

（しやも七）「モシ、ねへさん、わつちやア大のせうしよくでごぜへますから、これ此とほり、ひらもさかなも手ハつけやせん。しつれいだが、あがるならたべておくんなせへ。そのかハり、おまへのたべかけたなすのかう〳〵を、わたしがもらつていただき、からしゆといたしやす。とかく、ふじんのくひかけにかぎる〳〵」

「平」は、平皿、平椀の略。「かう〳〵」は、「漬け物」の意。「辛子湯」は、もともと血行をよくするためのものであるが、ここで、しゃも公が女の食いかけたものを食べることによって、間接に女と接吻した気分になり、体が興奮するという意味。「食ひかけ」は、既に人の「妻か、妾かになった女」を暗示するか。しゃも七が「もしもし、姉さん、私は大変少食なので、ほら、見て下さい、お味噌汁も魚も皆手を付けていません。失礼ですが、召し上がるなら食べて下さい。その代わり、お前の食べかけた茄子の漬け物を、私がもらっていただき、辛子湯とします。何と言っても、婦人の食いかけが一番だ」と言っている。

㊼〈廿三丁ウ・廿四丁オ〉（図九十三）　娘の親父がここまできた経緯を語る。

お鰐が居眠りをする。

（お鰐）「ゴウ〳〵〳〵ムニヤ〳〵〳〵」

（しやも七）「うまをのせてもつかれねへあねさんが、ミちをあるいてくたびれのいねむりとハ、どういふもんだらう」

「馬を上に乗せても疲れないのに、道を歩いて草臥れの居眠りをするのは、とても理解できない」。

おやぢ「わしらアもせんぞハむらかたのわり

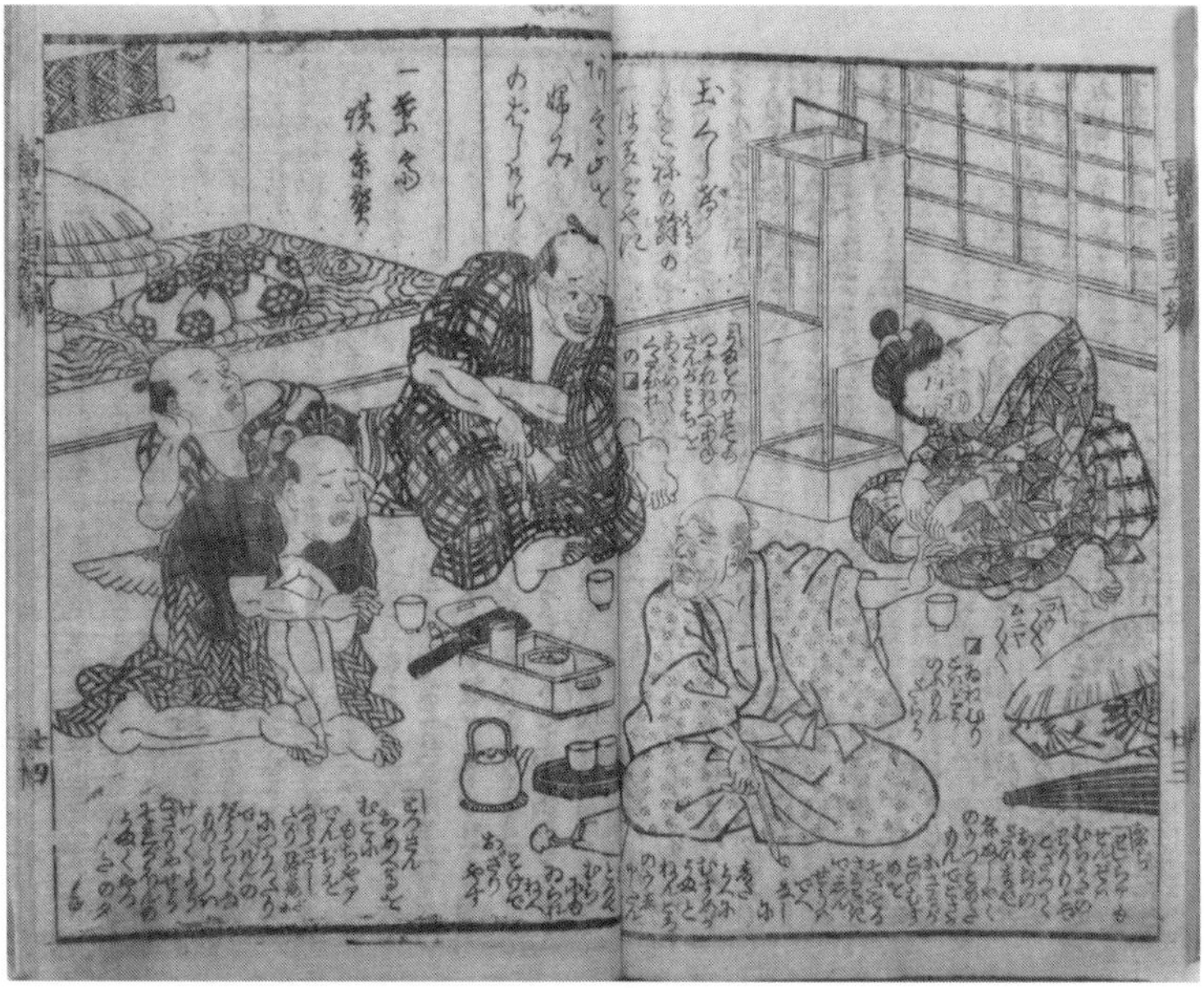

図九十三

もとでござつて、おやぢのだいまで名ぬしやくのウつとめたもんでござりおざるが、このむすめをそだてるさわぎでしんせうハでへなしにしたうへに、むすめがうまとねんごろのウし申たんで、としとつてむらにもいられねへわけでおざりやす」

おやじの先祖はおやじの代まで村方の割元で名主役を勤めていた。娘を巡るトラブルで財産を失い、娘が馬と関係を持ったから、おやじは年をとっているにも拘わらず、このような醜聞のため、村に居られなくなったと説明する。

（がん）「とつざん、おめへ馬をむこにもちやア、でんぢをならさしたり、駄荷だににつかかつたりで、人げんのだうらくなものよりハけつくようござりやせう。それがほんのうまくやつたのダ」

「結句」は、「結局」の意。「うまくやつた」は「馬とやった」と「上手くやった」を掛ける。「うま」の縁で、言葉遊びをする。がんが娘の親父に「父さん、お前は馬を婿として持ったなら、田地を耕させ

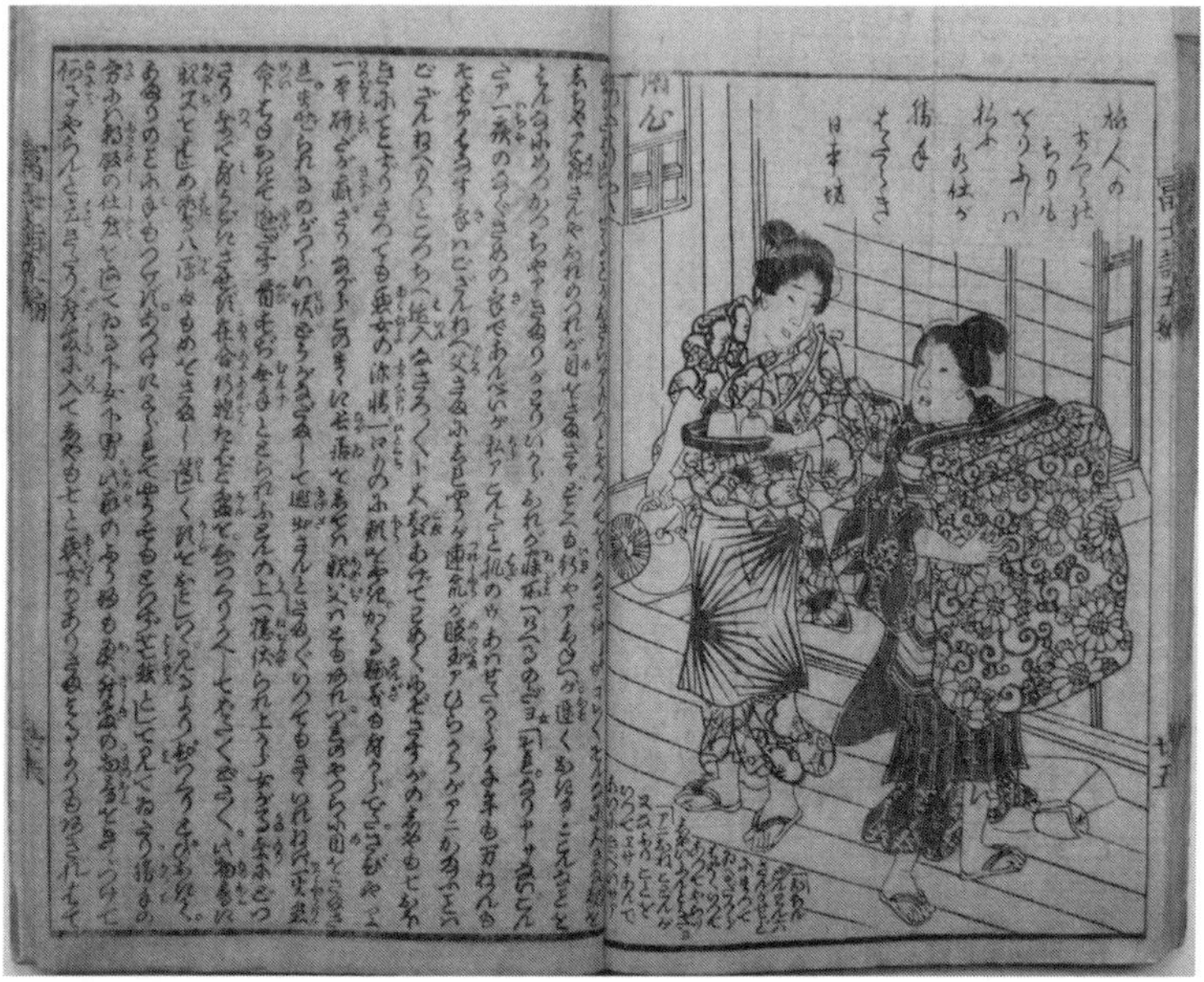

図九十四

たり、荷物を運ばせたりして、人間の道楽な者よりは結局良いことでございます。それが本当にうまくやったということだ」と言ってからかう。

58〈廿五丁ウ〉（図九十四）宿の女性使用人が冗談を言う場面。この場面は本文に関係しないものである。

（おねこ）「おちんどん、わん六さんがせどにまつている。だからはやくいつてあつてやらツしやい。ふんとうだヨ」

おねこが、おちんという女をからかっている。「恋人のわん六さんが背戸で待っている。早く逢ってあげなさい、本当だヨ」と嘘を付いている。

（おちん）「アニ、おねこどんが又なぶりことをいつてヱサ。あんであいにきべいサア」

おちんが、「なに、おねこどんがまたからかいことを言うね。どうして逢いにきたりするもんか」と言い返す。

59〈廿六丁ウ・廿七丁オ〉（図九十五）しゃも七

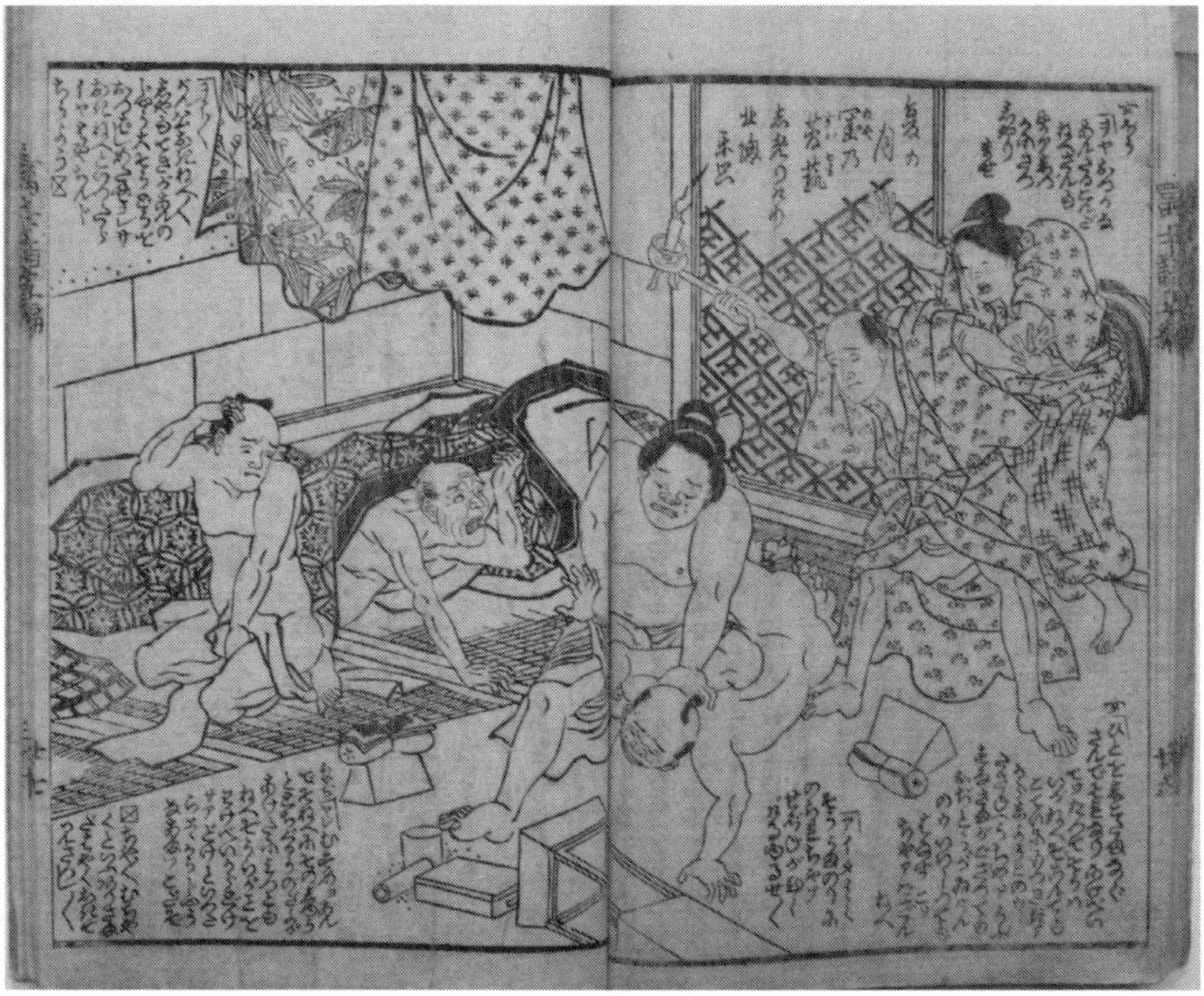

図九十五

が相部屋のお鰐の所へ夜這いをしたのち、お鰐が剛力で離さず、逃げられずにいる場面が描かれる。この場面では、襖に◇文という紋が沢山描かれている。これはお鰐に捕まえられたしゃも七が作者の仮名垣魯文であることを暗示している。

女ぼう「ヲヤ、おつかな、あんたるこんだ、ねへさんもまアしづかにさつしゃりませ」宿の女将が吃驚して、どうしたことだと言いながら、お鰐に静かにしなさいと宥める。

（さぎ）「ヲイ〳〵、がん公、おきねへ〳〵、しやもてきがあんのじやう大そうどうをおつぱじめたぜ。コレサ、おきねへといつたら。イヤはやちんじちうよう、ちや〳〵むちや〳〵といふありさまだ。はやくおきて見さつし〳〵」

さぎが連れのがん公に呼びかけ、「しゃもの奴が思った通り大騒動をおっぱじめたぜ。これこれ、起きろと言ったら。いやはや珍事中夭、茶〳〵無茶苦といふありさまだ。早く起きて見なさい」と言う。「的」は、三人称、彼にも彼女にもいう。人名・人を表す語または事物を表す語に付け、「…なる者

（物）」の意を表す。この場合の「しゃもてき」とは、（おしゃもという者」の意。「おっぱじめる」は、（おしはじめるの促音便）始めるを強めて言う語。「珍事中夭」は、「思いがけぬ災難、とんだ災難」の意。「茶々無茶苦」は、「むちゃくちゃ・めちゃめちゃ」の意。

おやぢ「ヤレ、むすめヨ、あんでそねへにそのしゆうととちぐるうのだ。よがあけたに、ミつともねへぞ。うらがことをわけべいから、どけ。サア、どけといつたら、ヱヽがうじやうなあまツこだぞ」

「あらあら、娘よ、何でそんなにその方とふざけ合うのだ。夜が明けたのに、みっともないぞ。わしがトラブルを鎮めるから、退け。ほら、退けと言ったら、ええ頑固な娘だね」と、親父が娘をたしなめる。「あんで」は「何で」の訛り。「そねへに」は「そんなに」の訛り。「とち狂う」は「ふざけ合う」の意。「ことをわけべい」にある「こと」とは、「トラブル」の意、「わける」は、「鎮める」の意、「べい」は「するつもり」の意。

（しやも七）「アイタ、、、、そううまのりにのられちやア、せぼねがひしげる、ゆるせ〳〵」

お鰐が「馬」と関係を持っているから、「馬乗り」という言い方をした。「馬乗り」とは、二つの意味を持つ。一つは「馬乗り」にされた、もう一つは「馬乗り」の鰐に乗られたという意。「ひしげる」は「押されてつぶれる」の意。

女「ひとをしこたまなぐさんで、それなりにげべいてツたつて、そうハいかねへぞ。あんでもごていにもつきだアから、しようこのウださねへうちやア、うぶすなさまがござつても、おぢとうがゐけんのウいハしつても、はなすこツちやアござんねへ」

お鰐が「私のことを散々慰みものにして、それきり逃げようとしても、それは許さないぞ。必ずお亭主にするつもりだから、証拠を出さないうちは、氏神がいらっしゃっても、お地蔵が意見をおっしゃっても、絶対に離すことはありません」と言い切る。「うぶすなさま」は、「生まれた土地の守り神」の意。「お

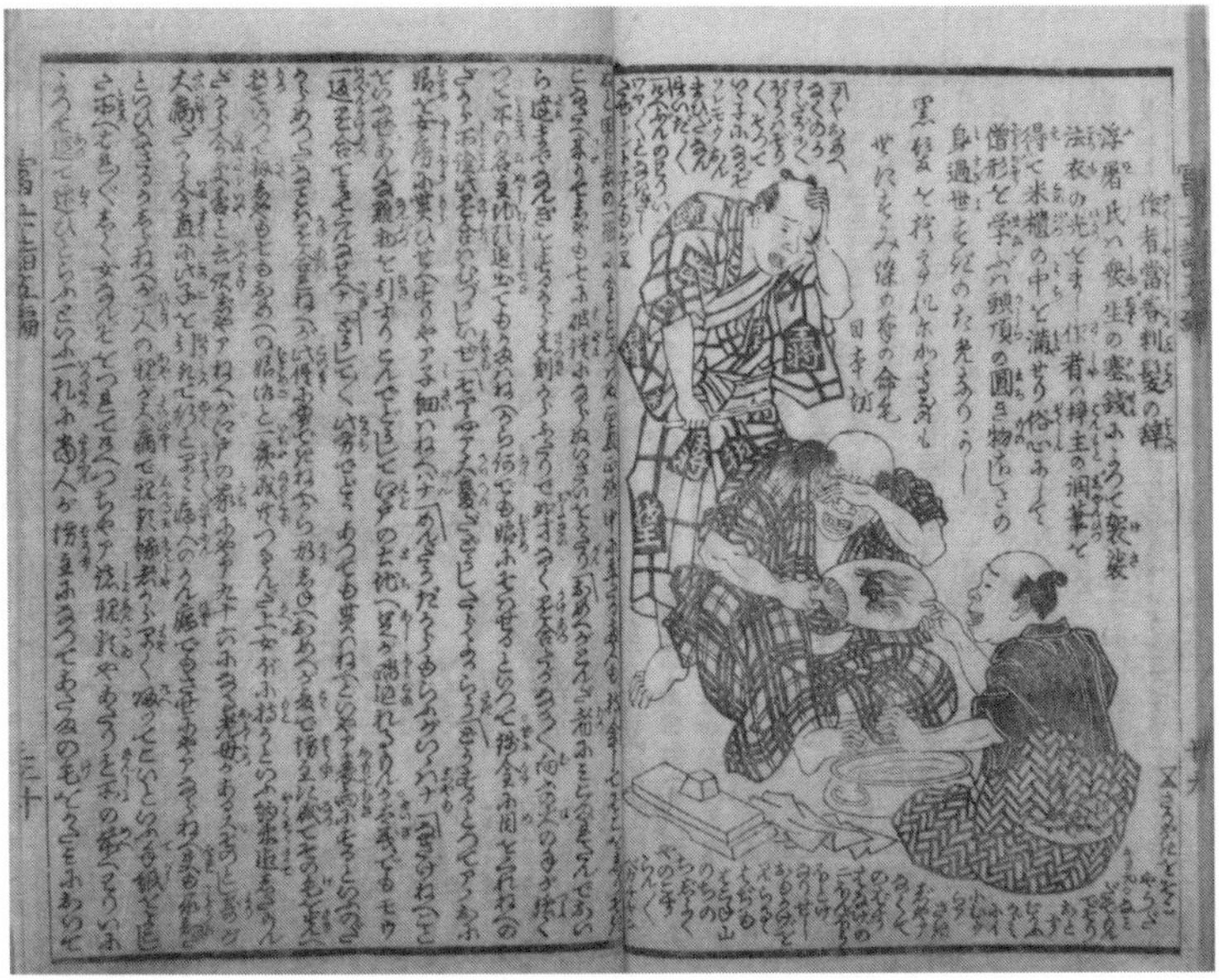

図九十六

ぢとう」は「お地蔵」の訛り。

⑹〈廿九丁ウ〉（図九十六）　泣きながら髪を下ろすしゃも七と、剃る友人、これを見て笑う一人の友人が描かれる。剃髪の理由について、前掲佐々木氏論文によると、「…仮名垣の名を印象深くするための小細工なのか、三編以降の刊行が遅れたことに対する詫びのつもりか、廓等で得た罪を懺悔するためか。いずれにせよ、剃髪の理由が明記されないということは、後述の如くあまり名誉ではない事柄に基づいたものと思われ、それすらも作品中の別趣向にしてしまう魯文の逞しさを見ることができよう」とある。

　また、同氏は挿絵に登場する剃髪を受けた男について、「剃髪される男はあばた顔で、この巻に登場する「しゃも七」である。箱根の手前にある旅籠越前屋に投宿したしゃも七は、お鰐という醜女父娘と相部屋となった。お鰐は馬と契り、故郷を追われて横浜で洋人相手の遊女に売られるという。物好きなしゃも七は、密かにお鰐に夜這いを掛けると、剛力で離してもらえない。とうとう責任を取らされる羽目になり、頭髪を形見としてお鰐に与え、横浜で待つよう約束した。そのしやも七が剃髪する場面を、魯文に取りなしたのが「作者当春剃髪の辞」である」と指摘する。

以下書き入れにある「作者当春剃髪の辞」を傍訓抜きで示しておく。

浮屠氏ハ衆生の賽銭によつて袈裟法衣の光をまし、作者ハ梓主の潤筆を得て米櫃の中を満せり。俗心にして僧形を学ぶハ頭頂の円き物ほしさの身過世すぎのためなりかし。

黒髪を捨て机にかゝる身も世にすみ染の筆の命毛　日本坊

浮屠は、僧侶の意。衆生は、信者の意。「袈裟法衣の光をまし」とは、「立派な法衣を身に付けられるという意。梓主は、版元の意。潤筆は、原稿料収入の意。「米櫃の中を満せり」とは、「金儲けをする」の意。「俗心」とは、「名誉や利益、また愛憎などにひかれる心」を指す。「学ぶ」は、「真似る」の意。「頭頂の円き物ほしさ」とは、「頭頂の円き物」と「物ほしさ」を掛ける。「頭頂の円き物」は、「頭を丸めて」という意。「物ほしさ」とは、「物質欲を満たすこと」の意。「身過世すぎ」とは、「生活」の意。「机にかゝる」とは、「著述する」の意。「身」は、「立場」の意。「世にすみ染の筆の命毛」は、「世にすみ染」と「すみ染の筆の命毛」を掛ける。「世にすみ染」は、「生きるために俗心を持たせるようになる」という意。「すみ染の筆の命毛」は、「作品を書く」の意。この辞の意味は次の通り。僧侶は信者の賽銭を貰うことによって、立派な法衣を身に付けられ、作者は出版社から原稿料収入を得て金儲けをする。俗心にして僧侶のように真似るのは、頭を丸めて物質欲を満たし、生活のためである。

黒髪を捨てて、著述する立場でいるのも生きるために作品を書かねばならぬからだ。

魯文がここで初めて坊主頭で出現したわけではない。同氏論文には「既に四編自序に剃髪の肖像画も掲げている」と指摘する。

(さぎ)「ヲヤ、おめへなくのか、ヲゝ、だがヨ〳〵、ぼうハぞり〳〵そつていゝ子になるぞ。

ソレモウおんまひだ、なんまいだ〳〵」
さぎが、頭を剃るしゃも七を宥める。「ぼうハぞり〳〵そつてい丶子になるぞ」とは、がんの台詞にもあるように月代を剃っている子を宥める言葉。「モウおんまひだ」は「もうお仕舞だ」の意であり、続けて法体の魯文に対して、類似した音の「なんまいだ」と念仏を唱えてやる。

（がん）「げへぶんのわりい、ワア〳〵となきだしたぜ、トント子どもがさかやきそるやうだ。キヨ元〇なミだでもんでそりおとす。むかふかがミにイ小むウらアさきじやアなくて、のばすはなげの二ほんぼう。ほとけなりせしおもかげを、見らる丶はぢもはこね山、のちのちじよくやのこすらん〳〵ベカチヤン」

「げへぶん」は、外聞の訛りで、「見た目」の意。しゃも七がやむを得ず剃髪し、子どものように泣き出した。がんがそれを見てからかう。ここで「キヨ元〇なミだでもんでそりおとす。むかふかがミにイ小むウらアさきじやアなくて、のばすはなげの二ほんぼう。ほとけなりせしおもかげを見らる丶、はぢもはこね山、のちのちじよくやのこすらん〳〵」とは『清元節之部』の「小紫権八其小唄夢廓」（通称「権八」。文化十三年正月十五日から中村座興行の「比翼蝶春曾我菊」の中へ出した浄瑠璃。作者は福森喜宇助、作者は初代延寿太夫の妻お悦であるといふ。この芝居は曾我狂言の中へ比翼塚で名高い権八小紫を取合わせたもので、浄瑠璃の上巻は権八が鈴が森に処刑される間際に廓をぬけてかけつけた小紫と最後の水盃をすると思つたら夢は破れるといふ夢の場、下巻は、この夢が気にかゝつて憂鬱になつて居る権八を小紫は励して、自分の変らぬ真情を明かして、前髪を剃つて落してやらうとする「髪梳きの権八」といはれる場）にある「落す前髪を、涙で揉んで剃落す、向ふ鏡の小紫、男なりせし面影を見交はす袖も比翼塚、後の浮名や残るらん〳〵」（作品の解説及び本文とも『歌謡音曲集』に拠る）を捩ったものである。普通は髪を剃る時に、水で髪を濡らしてからするが、小紫の場合は、権八との最後の別れに当たり、悲しみのあまり髪を濡らすほど涙をこぼした。ここでは、「男」を「仏」に、「見交す」を「見らる丶」

図九十七

に、「袖も」を「恥も」に、「比翼塚」を「箱根山」に、「浮名」を「恥辱」に、「残る」を「残す」に入れ替えて、場面に相応しくしている。「のばすはなげ」と「ちじよく」は、剃髪の原因を暗示した。つまり、女に関係するトラブルがあって、後に恥を残すであろうということをほのめかしている。

㉛〈三十丁ウ・三十一丁オ〉（図九十七）　髪を剃ったしゃも七は道を歩くと、子どもらに出逢い、追い掛けられ、しかもからかわれる。

（しゃも七）「アイタヽヽヽヽ、おこしてくんねへ、たてねへ〳〵」

転んだしゃも七が助けを求める。

（さぎ）「ばうさんハゆふべのつかれと見へてこしがぶら〳〵して、あしが地へつかねへぜ。あれ、ころんだ、いくじやアねへ」

「いくじやアねへ」は「意気地がない」の訛り。昨夜、しゃも七は女との情事で疲れたのだろうか、腰がフラフラして、足が地面へ付かないぜ。あれ、転んだ、意気地がない。

（がん）「きやつのおかげでいゝはぢをかくのだ。いめへましい」

同行の仲間もしゃも七を揶揄する。

女「アノぼうさんハうまとつるんだトさ、マア、あきれたもんじやアないかねへ。アレ、子どもがおつかけてくるヨ」

同「いろきちげへだトサ、すかねへのウ」

同じく一緒にいた女も「色気違いだ、好かないよ」と言う。

子「ぼうず〳〵やまいも、山のなかでおつつるめ、女馬め　うまとおつつるめ。ワアイ〳〵〳〵〳〵〳〵」

「坊主〳〵山芋」とは、『新版ことば遊び辞典』（鈴木棠三、昭和56年、東京堂出版）によれば、「坊主ぼっくり山の芋　坊主をからかう」とある。この言葉を使って剃髪したしゃも七即ち魯文を揶揄した。「山芋」から「山の中で」へ、「芋」には「蔓」があるから、「芋」の縁で「連む」へ転じる。また、『雑俳語辞典』（鈴木勝忠編、昭和43年、東京堂）によれば、「いも」と同じ発音で「痘瘡」という言葉もあり、「痘瘡顔」の略で痘痕の意を持つから、しゃも七の痘痕顔を指している。

子「おまとつるんだ坊さまだから、おまのくつウくれべいやア。アラ〳〵ぶちころんだ、ヤイミろ〳〵、アレ、おまのくそをにぎつたぞ。ワアイ〳〵〳〵」

子どもらが、「馬と連んだ坊さまだから、馬の沓をくれてやろうか」と騒ぐ。「おま」は馬の訛り。「おまのくつ」は、「馬の足にはかせるわらぐつ」の意。「馬の糞を握った」とは、「溺れ者はわらをも掴む」に近い表現で、坊主が転んでも誰でも起こしてくれないから、仕方なく「馬の糞を握った」ということ。

お鍔は馬と関係を持つ設定であった。そして馬という言葉が繰り返し使われていた。魯文が剃髪した理由も馬と関係しているはずである。魯文の仲間内では、この馬がどの女性を指しているか理解していたことであろう。五編上巻までは、登場人物が場面によって入れ替る場合が多かったが、同編下巻から一巻を通しての主人公の人物固定化が見られる。

図九十八

六編　上巻

㊷〈六丁ウ・七丁オ〉（図九十八）　旅人が箱根権現に置かれている「天水桶」を巡って、各々意見を述べる。

女「もうこれがごんげんさまでありますかへ」

於弁が巨大な天水桶を見て驚き、紛れもなくこれが箱根権現さまでありますかと尋ねる。「もう」は、副詞「まさに」に当たる。「紛れもなく」の意。

（仲間一）「あんねへが山内さんないをあんないするから、ぜにがないでもくれねへけりやアならないといふだらう。八文やるからよくしな〱」

「ぜにがないでもくれねへけりやアならないといふだらう」とは、自分が銭がないと仮に言っても、あの女の子は「銭をくれねへけりやならない」と言うであろうという意である。「あん姉」が「山内」を「案内」するから「くれねへ」わけにはいかないという「ねへ」尽くし。

（唐子甫亭）「なに、ふじのまきがりのときのめしがまだと、おらア大どころのようじんすゐかと思った」

甫亭が案内の説明を聞いて返事をする。「富士の巻狩り」とは、『曾我物語』巻第八にも書かれる「富士野の巻狩　人々鹿を射る」の場面を指す。巻狩の時は大勢の人がいるから、この大きな「飯釜」で源頼朝が食事を用意したと、案内が説明したが、甫亭は「大所の用心水」かと思った。「大所」は「大金持ちの家」の意、「用心水」は「防火用として備えておく水、用水」の意。神社には大型の天水桶を備え、金属製のものもあった。

（仲間二）「あねへや、此かまハよりともこうのごきしんじやアあるめへ。むかし、ゆしまとよし丁のはんじやうなじぶん、かげま茶やからをさめたのだらう」

富士の巻狩で使った釜を頼朝が寄進したという言い伝えを否定する。

「むかし、ゆしまとよし丁のはんじやうなじぶん、かげま茶やからをさめたのだらう」に関して分析しておく。『江戸学事典』「湯島」の項に、陰間茶屋に関して「…湯島の全盛期は宝暦（一七五一～一七六三）・明和（一七六四～一七七二）期までだったようだが、上野寛永寺という構内に三十六坊を抱える一大寺院を背景にしているだけあって、以後もそれほど急激な退潮は見なかったらしい」とある。また、同書「芳丁」の項に、「…この地の最盛期は明和（一七六四～一七七二）の中期から末期にかけてであったのであろう。陰間茶屋の繁盛は、天明までだったらしい…」と記載される。『富士詣』第六編は、万延元年冬刊行と推測されるから、湯島・芳町ともに陰間茶屋の繁栄は既に当時のおよそ百年前のことだった。従って、「昔」ということばを使った。「陰間茶屋」は、「江戸時代、まだ舞台に出ない少年の歌舞伎俳優、また、宴席に侍って男色を売った少年。かげこ」の意。「釜」は、『江戸語大辞典』によれば、「陰間」という意味を持つ。以上を踏まえると、この台詞の意味は「お姉さん、この釜は頼朝公のご寄進じゃなく、昔、湯島と芳丁が繁盛した時分、そこにあった陰間茶屋から納めたのだらう」ということ。「釜」から「陰間茶屋」への連想である。

図九十九

（案内する女の子）「うらアそんなことハしりましねへヨ」

まだ子どもなので、そういう昔の風俗話を聞かせても、分かってくれるはずがない。

63〈八丁ウ・九丁オ〉（図九十九）　寿郎次が石段から転んで、瘡が裂けてしまったから、それを拭き取る場面。

（寿郎次）「はこねでよこねがふかき事といふのも、よく〱ふかいいんねんだらう」

「箱根」と「横根」の語呂合わせに続けて、「根が深き事」から、「深い因縁」を引っ掛かる。「箱根で横根が深き事」は「根が深い」の洒落言葉と思われる。「横根」は、「横に生えた根」と「性病・梅毒」という意を掛けている。

（唐子甫亭）「いんねんハさほどふかくハあるめへが、かさけがよつぽどふかいのだぜ」

唐子甫亭が寿郎次をからかう。前世の因縁よりは、瘡気のほうが深刻であるだろう。「瘡気」は、梅毒・性病の意。

女「ぼうヨ、あのおぢイにさハらへやうにこっちへきせへ。アレ、あのできものをミせへ、あれがかさといふんだぞ。ヲヽおつかな〳〵」

「さハらへやうに」は「さわられぬように」の意。女が寿郎次の瘡を見て、恐ろしく思い、子どもをそちらへ近付かせないようにする。

（子ども）「おつかア、おぢさんばか〳〵」

子どもがそれを見て「伯父さんバカ」と喋る。

（毘沙右衛門）「さかからころげて目でもまハしてかと思つたが、なんのこともなくつてまづめでてへ。しかし、せつかくくんできたから、てうづ水をいつぱいのミねへ。ミぢんこがわいているからどうめうじのこをのむやうだぜ」

毘沙右衛門が坂から転んだ寿郎次を見て、目を回したのかなと思ったが、何のこともなかったようで、よかったと思う。しかし折角汲んできたので、寿郎次に手水水を一杯飲みなさいと勧める。手水に水蚤が湧いているから、道明寺の粉を飲むような気分だぜ、と悪戯に冗談を言う。「水蚤」の縁で、「道明寺の粉」、つまり「道明寺水」だと思って、飲みなさいという意。「道明寺の粉」は、道明寺乾飯をひいて粉にしたもので、和菓子の材料にも用いた。「道明寺水」は、道明寺乾飯を冷たい水に浸した食べ物。「水蚤が湧いている」水を「道明寺水」に例え、可笑しさを醸し出している。

㊹〈十丁ウ〉（図一〇〇）宝物館への扉が門で差されているため、中に入ろうとする人のために、神社の使用人が合図のため木槌で扉を叩く場面。

（扉を叩く人）「ポン〳〵〳〵コツリ〳〵〳〵」

（旅人）「モシどつちのはうがくにミへますね。江戸ならさつそくかけつけなけりやアならねへ。なつの火事ハけんのんだ」

神社の使用人が扉を叩くのを、火事の際に半鐘を鳴らす行為に見立てて、からかっている。『江戸学事典』「火事」の項に「江戸の名物の第一は火事である。「火事と喧嘩は江戸の花」という言葉は江戸という都市の特色を示す名言である」とある、従って、「江戸ならさつそくかけつけなけりやアならね

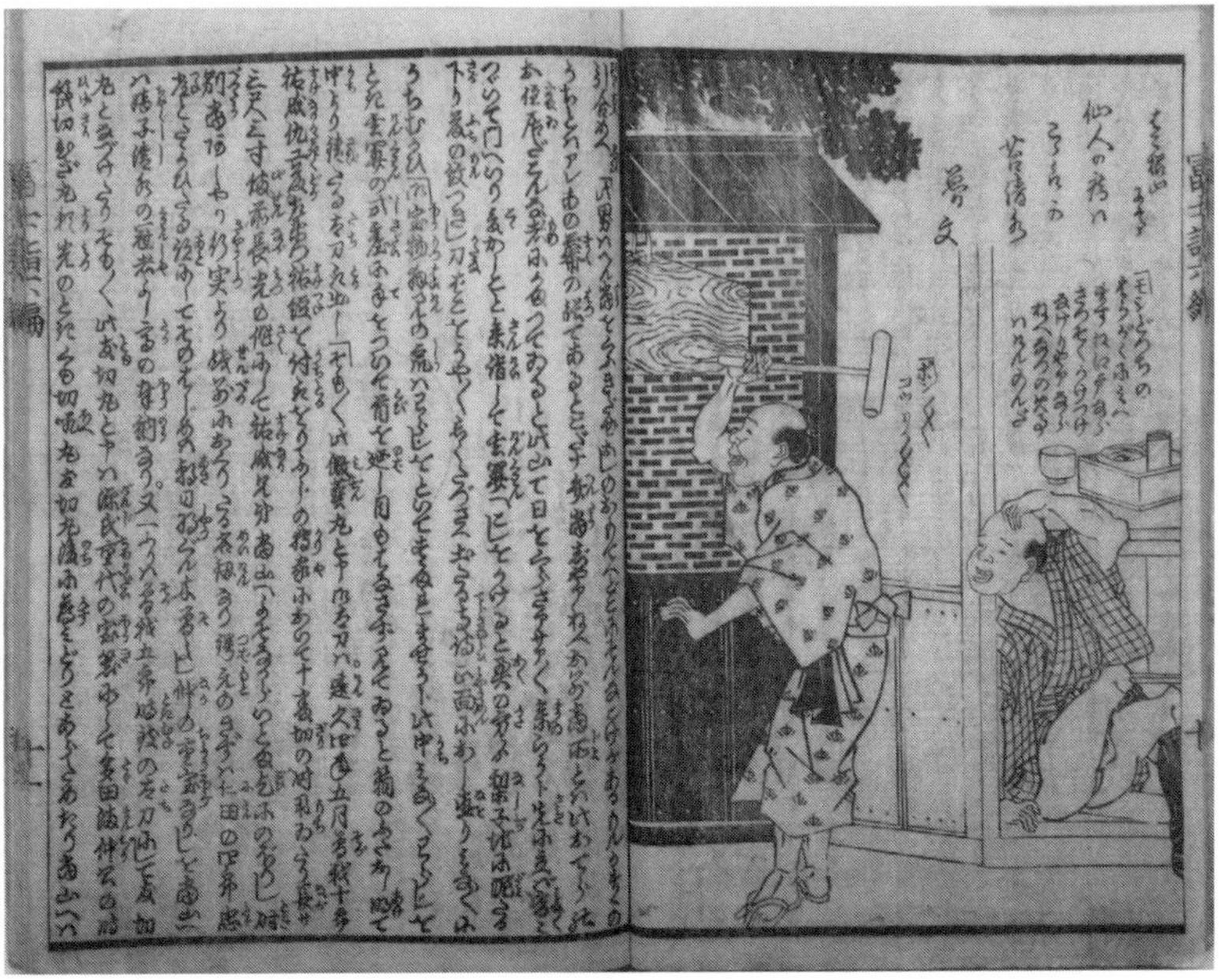

図一〇〇

へ」とは、半鐘が鳴るから、江戸ならが早速火事場へかけつけなければならないという意。「なつの火事ハけんのんだ」とは、夏をつかさどる神は「炎帝」だから、「炎」の縁で、「夏の火事ハ険呑だ」としたか。

(65)〈十二丁ウ・十三丁オ〉（図一〇一） 寺の人が旅人に宝刀の由来を語る場面。挿絵の右側の上段に「余が…箱根山に詣でしハ、五月廿八日にて、すなわち、曾我兄弟が仇討ちの日に当たり」とあり、作者自らここに訪れたことが判る。『曾我物語』巻第九「本朝報恩合戦謝徳闘諍集并序」に「建久四年癸丑五月二十八日の晩傾に、曾我十郎祐成、弟五郎時宗に向ひて屋形の次第を語りければ、うち頷きて最期と思ふぞ哀れなり」とある。

（旅人二）「カウ〳〵ミや、アノ大ぜいづれのなかに、がうてきなしんぞうがまじッてけつかるぜ。くそいめましい。しかし、アノれんぢうにやアはにあふめへヨ」

「がうてきなしんぞう」とは「美しく若い女」の意。

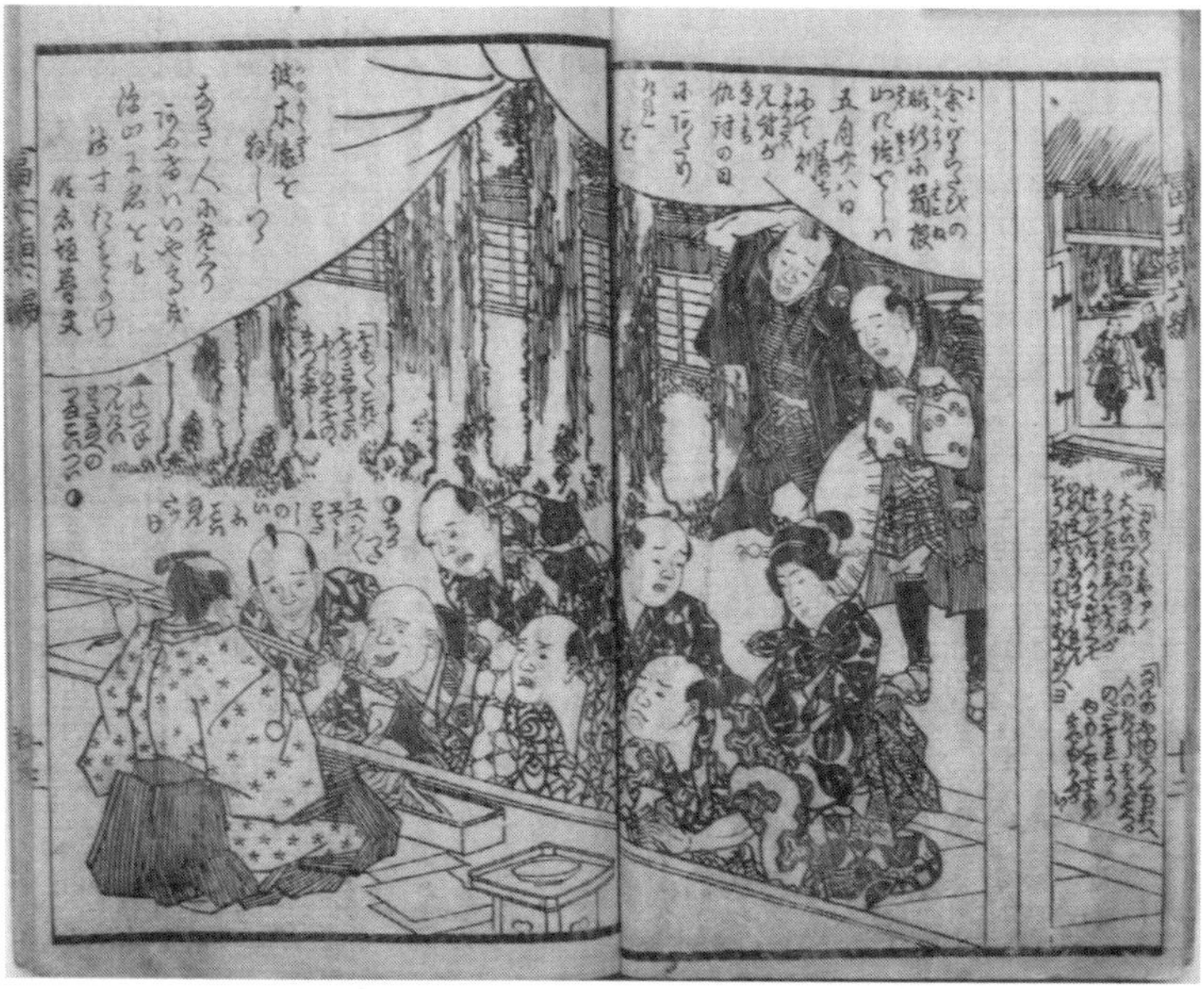

図一〇一

「はにあふ」とは「その人に適する」の意。宝刀の由来を聞いている七人の連れの中に豪的な新造が居るのを見て、他の旅人の一人が羨ましがっている。しかし連れの男どもには不釣り合いだとからかっている。

（旅人二）「なんのおもしろくもねへ、人のたからをかぞへるのだ。それよりゆもとで女あんまでもかふがいゝ」

同行する人が仲間をたしなめる。「どうして他人の宝を詮議するなどという全くつまらないことをするのだ。それよりも女按摩でも買った方がいい」。宝物館でのことゆえ、「人のたから」とする。「ゆもと」は「箱根湯本」のことである。

（宝物館の人）「そも〳〵これハそがきやうだいふじのすその、まつばやし、よしつね、べんけい、わたなべのつな、こいつハちがつた、ヱヘン〳〵ヱヽト、わたしのいふことハなんだツけ」

刀の由来を語る際に、人物関係で混乱してしまい、照れかくしをするために、「ヱヘン〳〵ヱヽト、私の言ふことハなんだツけ」と誤魔化す。「そも〳〵

これハ曾我兄弟富士の裾野〻松林」以下は、義経から曾我兄弟に伝わった名剣を説明する一節となるはずであった。「富士の裾野〻松林」は、曾我兄弟仇討ちの場所である。仇討ちで使った刀と義経との関係について、以下説明する。『曾我物語』巻第七の六「兄弟、箱根権現の別当と対面する」には「…太刀・刺刀を宝蔵より取り出だし、五郎には兵庫鎖の太刀、十郎には黒鞘巻の刺刀を賜ひけり。その後、別当仰せけるは、「この太刀は、一年、九郎大夫判官殿、木曾追罰のため上洛し給ふ時、祈祷のため権現へ納め給ふ太刀なり」」とある。また、この宝刀伝説について、新編全集本『曾我物語』頭注に次のようにある。「兵庫鎖の太刀は、「友切」とされ、源頼光なら義経までの伝来を詳しく述べる。『剣巻』では、義経が頼朝の不興を蒙って腰越から都に帰るとき、仲直りを祈って納めたもので、太刀の名を「薄緑」とし、昔の「膝丸」であるとする」。従って、曾我五郎の持つ「兵庫鎖の太刀」は義経献上の太刀であるが、弁慶は無関係。一方、『冨士詣』六編上巻の本文十一丁オ・ウに「此友切丸と申ハ…多田満仲公の時髭切ひざ丸、頼光のときくも切吼丸友切丸、後に薄ミどりとあらためたり。当山へハ九郎判官源の義経公の御奉納なり」と記載される。頼光の臣が渡辺綱であり、『日本伝奇伝説大事典』によれば、「…名剣鬚切をさっと抜いて鬼の手を切り落とした。綱は北野神社の回廊の屋根の上に落とし、手を切られた鬼は愛宕山の方へ光りながら飛び去った…」とある。源家に伝わる名剣について、『半日閑話』巻22「髭切、友切の太刀」（『太田南畝全集』第十一巻、昭和63年、岩波書店）には以下のようにある。

髭切、友切は二腰の名に非ず。源満仲筑前三笠郡大山の鍛冶を召て作らせらる太刀にして、長さ二尺七寸、髭切、膝丸と号て持玉ふ。頼光の時髭切を鬼丸、膝丸を蜘切と改らる。為義の時鬼丸を獅子の子、蜘切を吼丸と改玉ふ。然るに吼丸を熊野別当に与へらる故、播州鍛冶を召て獅子の子を手本にして、小鳥と云ふ太刀を造らる。又獅子の子を友切に改め、平治の乱に小鳥は義朝、友切は頼朝帯し玉ふ。東近江に居給ふ時、熱田大宮司に送り玉ふ。大宮司則熱田

図一〇二

社へ奉納、治承四年義兵の時熱田より申下さる。此時熊野別当為義の贈り玉ふ吼丸を義経へ奉る。義経則薄緑と改めて帯し玉ふ。後此太刀曾我氏へ渡り兵庫鎖の太刀是也。其後鎌倉殿へ召れ、鬼丸、膝丸一所になると云ふ。

以上の内容を纏める。満仲が髭切と膝丸を作った。頼光の時、髭丸→鬼丸、膝丸→蜘切と改名。為義の時、鬼丸→獅子の子→友切（後に頼朝が持つ）、蜘切→吼丸と各々改名。義経の時、吼丸→薄緑と改名。よって、曾我兄弟が仇討ちに使った刀はもともと膝丸であり、後に義経が献上した薄緑と同一であることが判る。しかし渡辺綱が使った刀は髭切であったため、寺の人が「こいつハちがつた」と言ったのである。

(66)〈十五丁ウ・十六丁オ〉（図一〇二）　老ヶ平の出茶屋で名物「甘酒」を巡る話。寿郎次が出茶屋で熱い甘酒をかぶり、慌てて立ち上がる際に茶屋の柱にぶつかって、更に犬の尻尾を踏んでしまい、犬に噛まれる場面。

この場面に登場する剃髪者も魯文である。佐々木氏の前掲論文によると、「寿郎次が甘酒を倒して大騒ぎするのを、剃髪姿の墨染め衣が見得を切りながら見ている。寿郎次の同行者は後塵を拝しており、この剃髪者突然の登場である。肩に掛けた荷物を包む袋には、例の◇文模様が見える」と書かれる。また、「茶屋の店先には、「芳延」「◇文日本坊ろぶん」「□岳岳亭春信」「□鶴秀賀」などの貼り紙が描かれている」。

女「オヤ、あぶない、なんでそんなにおにげなさるのだねへ。とつてたべやうとハ申ませんヨ。おしづかになさいまし。それ又犬が、ヲホヽヽヽヽ」

茶屋の女が寿郎次の様子を見て、「おや、危ない。どうしてそんなにお逃げなさるのだろう、貴方を捕まえて食べようとは申しませんよ。お静かになさらないと、又犬が噛みつきに来て」と声を掛ける。本文では女が寿郎次をつねって騒ぎとなっている。従って、女が私は犬ではないから、寿郎次を食べるつもりはないと解して良い。無論、「あなたと関係を持つつもりがないから、落ち着きなさい」ということの暗示でもある。

（寿郎次）「アツヽヽヽ、アイタヽヽヽヽヽいたくつて、あつくつてたままらねへ。さんしよのうをバかいかぶる、あまざけでやけどをしたり、犬にくいつかれるといふハよく〳〵けふハあく日だハへ」

寿郎次が一連の不運な出来事に遭い、悪い一日だと嘆く。「買い被る」は、物を、実際の値打以上に高く買うこと。寿郎次が出茶屋に来る前に行商から山椒を高く買わされた。それを出茶屋の女に見せたら、偽物だと言われる。実は、女が嘘を付いて山椒を自分のものにするつもりであった。

（犬の鳴き声）「キヤン〳〵ワン〳〵〳〵」

犬が尻尾を踏まれて吠える。

作者「イヤ、こいつハ大わらひなところへでつくハせた。此ことを日記へしるしてさつそくふじまうでのたねにしやう。きめう〳〵」

作者がこの場面を目にして、ストーリーの工夫をしなくても、このまま作品の中に取り入れてもよいと思ってる。ここで「奇妙〳〵」とは、「普通とちがって、非常に趣やおもしろみ、うまみなどがあること、また、そのさま」という意。この場面は、魯文と旅をともにした仲間の内の誰かが実際にこういう目に遭ったと考えられる。いわゆる「楽屋落ち」の箇所であろう。

　ながもちうた「つまよ〳〵とヲ、こひこがれてへもウヽヽヽ」

長持唄は、民謡の一つ、神事や婚礼で長持を担いで行く時、それを運ぶ人のうたう歌。この「つまよ〳〵とヲ、こいこがれても」は婚礼の場に相応しい一節。

　「ヤレ〳〵ヱヽ引、すゑにやからすのなきわかれだアヨ引ヤレ〳〵ハツハツハツ〳〵〳〵」

「末にや烏の泣き別れ」とは前の一節と併せると、「この男がいくらその女に恋心を抱いても、結局むだなことだ」という意。長持唄は、祝福の気持ちとメーセッジを込めて、歓喜の雰囲気を醸し出すというものなので、「末にや烏の泣き別れ」という言葉は相応しくない。この場面は、箱根に近いので、箱根に関わりを持つ「長持唄」について調べておきたい。『日本歌謡集成』巻十二、近世編（高野辰之、昭和18年、東京堂）に書かれる箱根が登場する「長持唄」は次の通り。

○箱でなし、箱根鼻橋馬でも超すがナア、超すに超されぬ大井川、ナヨシハアヤレ〳〵。（若松市）

○箱根ナーア八里は馬でも超すがヨー、超すにナアー超されぬ大井川だヨー、オイ〳〵〳〵。

いずれも「箱根は馬でも超えられるが」という唄い出しである。従って、この長持唄は魯文の創作としておく。この場面に描かれている寿郎次が茶屋の女にちょっかいを出そうとしたが、このしたたかな女は寿郎次に対してその気がない。寿郎次の片思いはどうせ叶えないから、それを見抜いた長持の人足が「末にや烏の泣き別れ」という言葉を予告として持ち出したと思われる。

六編　下巻

(67)〈十八丁ウ〉（図一〇三）　畑宿を目指す大徳屋黒兵衛と駕籠屋が話しを交わす場面。

　（駕籠屋）「へイかご、ハイかご、だんな、は

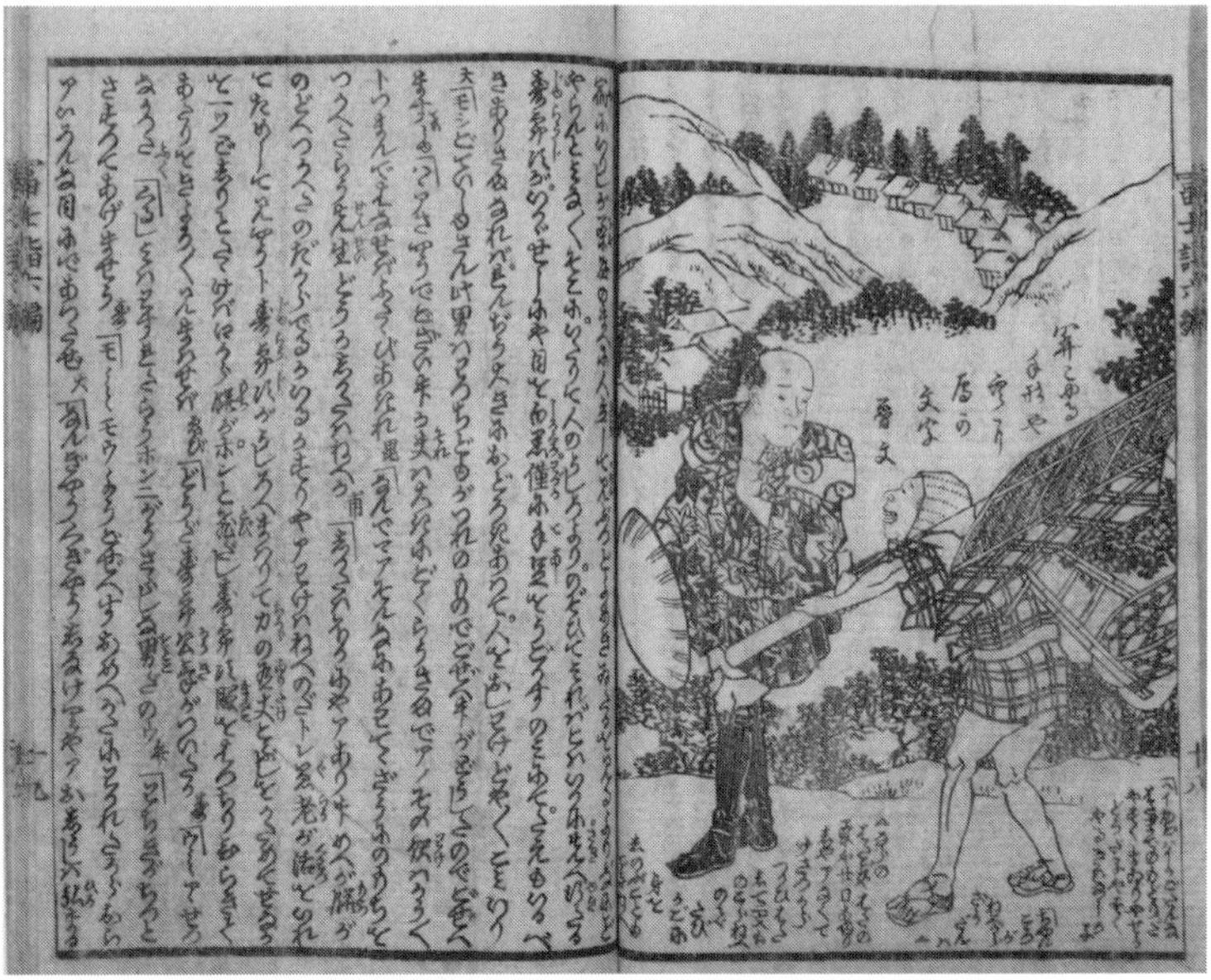

図一〇三

たまでのもどりだ、やすくまいりやせう。どうだね、やすくやるきハなしかね」

「畑までのもどりだ」の「畑」は、東海道の小田原から箱根の間にある立場である。戻駕籠なので、「安くするから、乗る気はありませんか」と駕籠屋が声を掛ける。

(大徳屋黒兵衛)「ちゃんこがねへから、ざうだんハならのはたごや、はたの茶や、廿日あまりじやアなくて、けさつからつかひはたして二文ものこらねへので、たびかごに身をしのぶこともできねへ」

「ちゃんこがねへ」とは、「ちゃんころ一文なし」の意で、銭一文も持っていないこと、無一文の状態。「ならのはだごや、はたの茶や、廿日あまり…つかひはたして二文ものこらねへ」とは、近松門左衛門作「冥途の飛脚」の新口村の段「忠三郎内の場」にある「借駕籠に日を送り、奈良の旅籠屋、三輪の茶屋、五日、三日、夜を明し、二十日あまりに、四十両、使ひ果して二分残る」(本文引用は新編日本古典文学全集『近松門左衛門集(二)』、昭和50年、小

図一〇四

学館）に拠る。「冥途の飛脚」の忠三郎は「二十日あまり」を贅沢に過ごしたが、私の場合はそうではないということ。「つかひはたして二文ものこらねへ」とは、典拠の「使ひ果して二分残る」の言い換え。駕籠屋のしつこい勧誘に、遠回しの、しかも難しい言い回しで対応することにより、相手を断念させる効果があるかもしれない。

⑥⑧〈十九丁ウ・二十丁オ〉（図一〇四） 畑宿の茶屋で喉に雑煮餅が詰まった寿郎次を助ける場面。

（唐子甫亭）「ドシヤン〳〵ヲットそりやこそ、とびだした。なんとぎバへんじやくでもおれがれうぢにやアおよぶめへ。心もちハどうだ〳〵」

「耆婆」は、古代インドの名医。「扁鵲」は、中国春秋時代の名医。二人併せて「耆婆扁鵲」とは、「世にもまれな名医」を意味する。「心持ちハどうだ〳〵」とは、「餅ハどうだ〳〵」に引っ掛ける。唐子甫亭が「お前の背中をぱっと打つこ、喉に詰まっている餅が飛び出した。なんと耆婆扁鵲でも俺の療治に及ぶまい。気分はどうだ」と、自分の腕前を自慢する。

（寿郎次）「ワハヽヽヽヽアヽヽフウ〳〵〳〵モヽヽヽモウ大丈夫だ。ありがてへ、イヤハヤくちからざうにもちがとんだめにあいやした」

「くちからざうにもちがとんだめにあいやした」とは、「口から雑煮餅が飛んだ」と「飛んだ目に遭いやした」を掛ける。

（茶屋の主人）「これハ〳〵おいしやさまごくらうさまでござりました。よほどのなんざんでございましたが、おかげでやす〳〵うミおとしまして、よいこもちになりました。めでたい〳〵」

茶屋の主人が、寿郎次の喉から餅が飛んで出たのを見て、「お医者さま」と褒めながら、寿郎次をからかっている。「よほどのなんざんでございましたが、おかげでやす〳〵うミおとしまして、よいこもちになりました」とは、二つの意味を持つ。一つは、「よほどの難産でございましたが、おかげでやす〳〵産ミ落としまして、よい子持ちになりました」であり、一つは、「難産」が餅を吐き出すのが難しいの意で、「おかげでやす〳〵熟みおとしまして、よい心地になりました」ということを意味する。「熟み」は「十分に、完全に」の意。

最初の台詞「心もちハどうだ〳〵」に呼応して、「よいこもち（心地）になりました」と答える。「こころもち」と「こもち」は雑煮餅の縁。

たび女「オヤ〳〵たび介、ちよつとミやヨ、てつかいせんにんハくちからじぶんのからだをふきだしたといふが、アレ、あのひとハもちをのどからはきだし（た）ヨ。ヱヽきたない。ゲヱヽ〳〵〳〵」

旅女が寿郎次の様子を見て気分が悪くなる。「てつかいせんにんハくちからじぶんのからだをふきだした」とは、『日本国語大辞典』（以下、『日国』と称す）「鉄枴」の項にある『伊京集』の用例が参考になる。「鉄枴　テッカイ仙人吐気出現我身者也」とあり、気を吐いて自分の姿を出現させる仙人であったことが判る。

（たび介）「こいつハめうだ、ひでさと〳〵」

まず「ひでさと」の意味を確認しておく。「ひでさと」は俵藤太秀郷のこと。俵藤太は平安前期の鎮守府将軍藤原秀郷の俗称。「とうた」を濁音にすると、

「どうだ」になる。『日国』によれば、「どうだ」は「理解しがたく肯定しがたいことへの、拒否・非難の気持ちを表す」とある。従って「こいつハめうだ、ひでさと〳〵」とは、「こいつハ妙だ、理解できない嫌なものを見てしまった」という意味。この台詞は、謎掛けのように、物事をストレートに言わず、読者に考えさせるもの。

まご「どう〳〵〳〵ヱヽこのどうぢくせうめ、うぬあにヨウそべりやアがるだへ。まめへくらつて屁べいたれやアがつて、はらでへこのウぶつたヽくまにやアゐねぶりばかりしてけつかる」

「どうぢくせう」とは、「奴畜生」であり、ののしっていう語。「そべり」とは、「だらしなく横になる。寝ころがる。寝そべる」の意。「腹太鼓」とは、馬の陰茎が勃起して腹をたたくこと。馬子が、豆を食って屁ばかりたれて腹太鼓を打っ叩く間に居眠りばかりする馬を罵倒している。この挿絵は、ある者は馬のことを叱り、ある者は喉に雑煮餅が詰まるという、世間の雑多な有様を現している。

⑲〈廿二丁ウ・廿三丁オ〉（図一〇五）甫亭一行が畑宿の茗荷屋で挽物を土産に買う場面。

（福六）「おまへのとこのだんなどのにハよこはまでちかづきになりましたから、ゆもとにあるけれどおもいめをしてこヽでかつてゆくのだから、おめへのはうでもたてひきにまけておいてくんなせへ」

「かつて」は買うと舁く（担ぐ）を掛ける。「立て」は「中心になるもの」を意味する。例えば、立女形など。立て引きは交渉の意。湯本でも売っているが、わざわざこの店で土産を買うならば「重い目を」するから安く、軽くしてくれと求める。「御前の所の旦那殿には、横浜で近付きになりました」とあるのは、魯文の横浜旅行における楽屋落ちか。

（店員）「イヱモウ、わたくしかたハわき〳〵とちがひまして、しよけさまがたよりごちうもんをうけますから、かけねハいつせつまうしませぬ」

「わき〳〵」とは、「他の店」の意。「掛け値」は、値段を高く付けること。店員が福六の話しを聞いて、

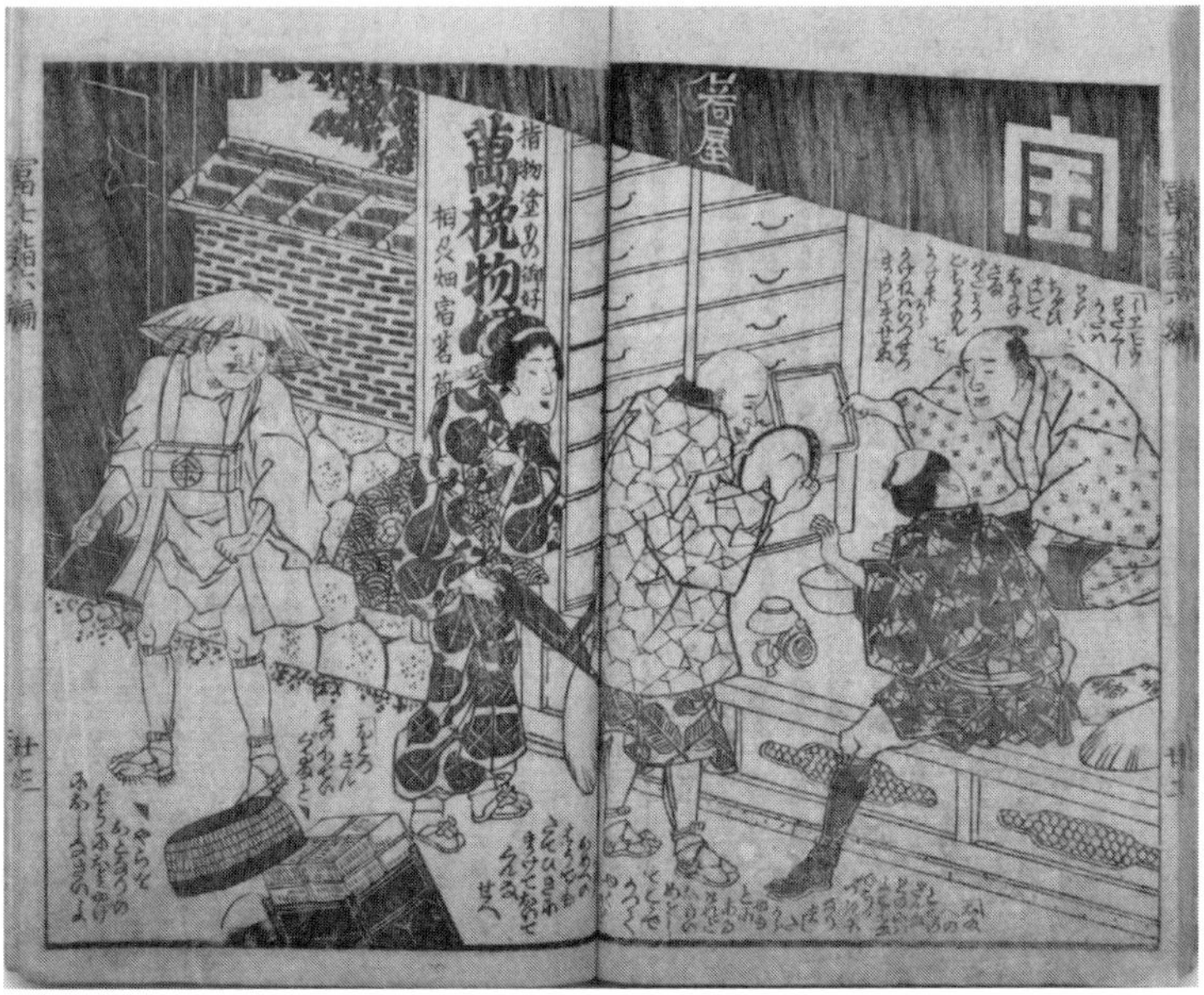

図一〇五

他の店と違って、諸家から注文を受けるから、掛け値は全くしませんと言っている。

（於弁）「おとつさん、そのほていぐるまとやらをおとなりのぼうにおミやげにおしなさいよ」

於弁の父親の名前は「甫亭」であり、七福神の一人「布袋」に由来する。布袋車を隣家の坊やに土産としろと甫亭に言う洒落。挿絵にもあるが、「布袋車」は未詳。商品としては、「ほていぐるま」以外にも、盆やお碗、独楽、打出の小槌も描かれる。畑宿は挽物細工、即ち寄木細工発祥の地として知られる。従って布袋車も木製の玩具と思われる。

⑺〈廿五丁オ〉（図一〇六） 茗荷屋の庭で甫亭父娘が池を見る場面。書き入れは次の一丁と連続する。しかし廿五丁オは挿絵としては、あまり緊張感を伝えていない。続く一丁は毘沙門が庭の泉水に落ちた場面である（図一〇七）。この場面に「茗荷屋庭前の真景」という書き入れがある。「真景」という言葉を使う理由は、作者が実際に現地へ行っていたこ

図一〇六

とを意味する。原景をスケッチして挿絵の中に取り入れた。茗荷屋は畑宿にある本陣ゆえ、格式のあるものとして知られている。

（於弁）「ヲヤ、あぶない、はやくあげておやんなはいヨ」

泉水に落ちた毘沙門を見て、早く上げなさいと呼び掛ける。

（寿郎次）「サア、とんだことをやらかしたぞ。じぶんでおちたのハしかたがねへが、せんすゐハどろだらけだ、そうどう〳〵」

「せんすゐ」とは「泉水」で「庭先に作った池」の意。「じぶんでおちたのハしかたがねへが、せんすゐハどろだらけだ、そうどう〳〵」とは、「誤って庭の泉水に落ちたのは、自分のせいだから、どうしようもないことであるが、本陣の泉水を泥だらけにしたから、大変だ」ということである。

（毘沙門）「アプ〳〵〳〵アフ〳〵〳〵、ヤレ、たすけぶね〳〵」

「たすけぶね」とは、緊急時、また吃驚した時に助けを求める言葉。この場合は毘沙門が泉水に落ち

図一〇七

ているから、「船があったら助かる」ということを意味する「助け船」と「危ないから、助けて」を掛ける。

（福六）「これサ、なにをひつぱるのだヨ。じやうだん所か、はなせ〳〵」

「所か」とは、受ける語句が、下の語句以上に否定されるべきものである事を強調するのに用いる。福六の髷が枝に引っ掛かり、それを知らずに、誰かが悪戯をしているのかと思い込み、「冗談ではない、悪戯などやめて、放せ」と叫ぶ。

（大黒）「なにをあハをくふのだナ。ソレ、えだよりまげへ引か丶つたのじやアねへ、まげがえだへ引か丶てゐらア、はやく〳〵〳〵」

大黒が慌てている福六に対して、枝がお前の髷を掴みにきたのではなく、お前の髷が枝に引っ掛かっただけだと言っている。

⑺1〈廿八丁ウ・廿九丁オ〉（図一〇八） 挿絵に「湯本福住家の夕景」という書き入れが書かれる。この挿絵も、魯文が実際に行ったところの風景をスケッ

図一〇八

チしたものであろうか。

（旅人）「きたぞや〳〵きたわいな」

箱根湯本で一番有名な温泉旅館である福住家に「やっと着いたなあ」と、旅人が仲間に言う。

（入浴客一）「およんなせへな」

入浴後に涼んでいる客であろうか。寄っていけと誘う。

（入浴客二）「モシちつとあそびにおいでなせへ」

これから入浴する客の方は、声を掛けた仲間に、もう一度入浴を勧めている。

（下女）「吉さん、おゆかへ。ふうさんもはいりにいつたヨ、はやくおいでよ」

吉さんに、お湯へ行くのかと聞き、仲間も入ったよと勧誘する。

(72)〈三十丁ウ・三十一丁オ〉（図一〇九）七人の旅人が福住家で食事をしている時に、知り合いの音曲師が近くにいると聞いて、店の者に頼んで合流させる場面。清元初音も歌沢小勝も魯文に近い実在の

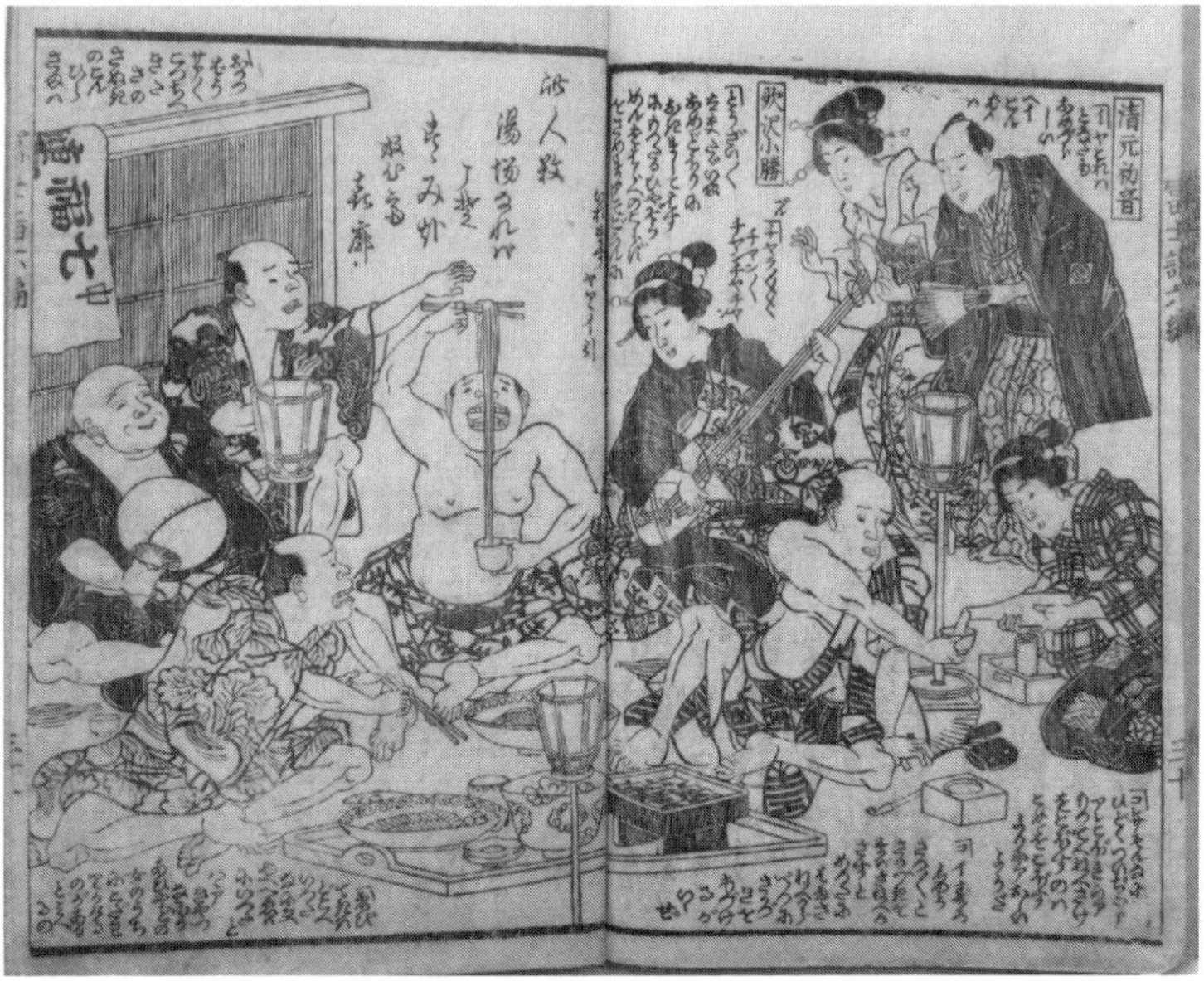

図一〇九

人物と思われるが未詳。

清元初音「イヤこれハどなたもおめづらしい。へイ、こんばんハ」

思いがけずに会った知人達に挨拶をする。

べん「チヤラ〳〵〳〵チヤン〳〵チヤンチヤチヤン」

三味線を弾く音。お弁を「弁才天」に見立てる。弁才天は、七福神の一つ。その像は、宝冠・青衣の美しい女神であらわされ、琵琶をひいている。

歌沢小勝「とうざい〳〵太夫たゞいまおめどおりにおきまして、はすにもつたるひやぞうめんをはらへのこらずをさめまアして、ごらんにいれます。ヤア丶イ引」

素麺を食べる人の姿を見て、口上を述べる。「斜に持つたる冷や素麺」とは、挿絵の如く普通の食べ方ではない方法で素麺を食うことを意味する。この台詞は、何かの見世物の口上を振ったものと思われる。

（仲間一）「おかつばう、サア〳〵こつちへきたさのさぬきのこんぴらさまハ」

「きたさのさぬきのこんぴらさま」とは、江戸時代、民謡などのはやしことばである「きたさのさ」ということばに、語呂を合わせて「讃岐の金毘羅」とつづけた洒落言葉。もともとは「来たさ」(来たらよい)という意。「小勝坊、こちらへ来たらいいよ」と呼び掛ける。

(寿郎次)「コレサ、そんなにひどくついぢやア、アレ、こぼれらア、もつてへねへ。さけをこぼすのハこめをこぼすよりやアおしいようだ」

寿郎次が酒を注いでくれる女に注意を促す。「さけをこぼすのハこめをこぼすよりやアおしいようだ」とは、「米を零したらまだ拾えるが、酒を零したらもうどうしよもない」ということ。

(仲間二)「ヲイ、寿ろしゆう、さつ〳〵とさかづきをまハさねへか。さすとめつたにはなさねへからべつにさかづきをあづけるがいゝぜ」

「差す」は酒を注ぐこと。一旦杯を手に持つとなかなか他に渡さない寿郎次を見て、別の杯を彼に預け、その杯は他の人に回せと言う。「寿郎州」は、「寿郎さん」の意。

(仲間三)「ゑびてきハどこへいつた。なに、又ゆへへゑりにいつたと。ハヽアきやつなにかあひやどの女のうちに、こだわりかけるのがあるとミへるの」

仲間がゑびを探したところ、「又湯へ入りに行つたと」聞き、納得したようで、あいつは「相宿の女の内に」気に入ったのがいて、その女に会うための口実として湯に行ったと推測している。

以上の如く六編は上下巻を通して七福神に見立てた七人の旅人が活躍している。

第四節　四編から六編までの検討

以上、挿絵中の書き入れに対する翻字作業を終えた。三編までのものと具体的にどのような変化があったかを、同じ手法で試みておきたい。

まず各編に配される挿絵を一覧する。

四編

㊳五丁ウ・六丁オ　㊴八丁オ　㊵八丁ウ・九丁オ

㊶十一丁オ　㊷十二丁ウ・十三丁オ㊸十七丁ウ・

十八丁オ　㊹二十丁ウ・廿一丁オ　㊺廿二丁ウ　㊻廿三丁ウ・廿四丁オ　㊼廿五丁ウ・廿六丁オ　㊽廿八丁ウ・廿九丁オ・廿九丁ウ　㊾三十一丁ウ・三十二丁オ

五編

㊿六丁ウ・七丁オ　(51)八丁ウ・九丁オ　(52)十丁オ

(53)十二丁ウ・十三丁オ　(54)十五丁ウ・十六丁オ

(55)十八丁ウ・十九丁オ　(56)二十丁ウ・廿一丁オ　(57)廿三丁ウ・廿四丁オ　(58)廿五丁ウ　(59)廿六丁ウ・廿七丁オ　(60)廿九丁ウ　(61)三十丁ウ・三十一丁オ

六編

(62)六丁ウ・七丁オ　(63)八丁ウ・九丁オ　(64)十丁ウ

(65)十二丁ウ・十三丁オ　(66)十五丁ウ・十六丁オ

(67)十八丁ウ　(68)十九丁ウ・二十丁オ　(69)廿二丁ウ・廿三丁オ　(70)廿五丁オ・廿五丁ウ・廿六丁オ　(71)廿八丁ウ・廿九丁オ　(72)三十丁ウ・三十一丁オ

次に書き入れの内容を以下の項目に分類する。

（一）ａ言葉遊びに由来するもの

ｂこれに含まれるが、特に卑俗な内容を一括りとして提示する。

（二）音曲に由来するもの

（三）芝居に由来するもの

（四）楽屋落ちに由来するもの

（五）風俗に関係するもの

続いて㊳～(72)が、（一）～（五）のいずれに分類されるかを示してみる。書き入れは一丁の中に複数あるので、例えば、㊼のように（三）と（五）のいずれにも分類される場合もある。また単に場面の筋に即した単純な書き入れのみのものは除外した。

（一）ａ言葉遊びに由来するもの　㊺㊶㊻㊼㊿(51)(53)(55)(56)(57)(59)(60)(61)(62)(63)(64)(67)(68)(69)(72)

ｂこれに含まれるが、特に卑俗な内容を一括りとして提示する。　㊸㊻(56)(58)

（二）音曲に由来するもの　㊹㊻(52)(60)(66)

（三）芝居に由来するもの　㊸㊼㊽㊾(55)

（四）楽屋落ちに由来するもの　㊾(54)(59)(60)(61)(65)(66)(69)(70)(71)(72)

（五）風俗に関係するもの　㊼

さて、各編に納められた挿絵番号を、念のため確認しておく。
四編＝㊳〜㊾　五編＝㊿〜61　六編＝62〜72

（一）のa項目に分類した書き入れは、全部で二十点あり（三編までは十四点）、その中で四編に属するものが四点、五編に属するものは九点、六編に属するものは七点ある。五、六編に登場するものが明らかに多い。b項目においては、四・五編にそれぞれ二点登場するが、六編には見られない（三編までは六点）。a項目について、四編に登場するものが何故少ないか。四編は三編に比べると、違った趣向があると思われる。四編の中では、四編下の三十一丁ウラまでは、挿絵に書かれた内容がほぼ本文に書かれたものと一致している。また、四編の挿絵に描かれた場面を観察すれば、その由緒も見えてくる。それは冨士詣における究極的な目的である「御来光を拝む」ことであった。この目的に至るまでは、作者が一歩一歩読者の関心を引き寄せて、出来るだけこれに関わりのないものを取り入れなかったためであろう。四編の終盤になると、やっと「富士詣」という中心的な目標が終わり、続いて箱根からの旅が始まり、横浜を目指して、その途中の滑稽な出来事を記事にした。従って、言葉遊びに由来するものも急に増えたと考えられる。

（二）の音曲は、四・五編は各々二点、六編は一点しかなかったものの（三編までは三点）、（三）の芝居の関係では、四編だけで四点を占めており、残る一点は五編に登場した（三編までは五点）。音曲と芝居に関わる要素が何故四編に集中しているのだろうか。それは、ようやく神聖なご来光を拝むことが終わり、長い間謹んできた行儀・礼法からも解放され、これまでの苦労を労うために出したと思われる。

（四）の楽屋落ちは各編書き入れに登場し、四編が一点、五編が四点、六編が六点あった（三編までは八点）。これも（一）の言葉遊びの項に分析したように、四編は「富士詣」のクライマックスに当たるから、これと関係のないものを避けたと言えよう。初編から三編までは、三編にある四点が最高であったが、六編は六点と数を増している。また直接魯文自身を露出するのは五編下巻から始まり、六編へと続いている。

五の風俗関係は、四編に限り一点があった（三編までは五点）。三編までのもの（五点）と比べてみると、格段に少なくなったことが判る。

以上の如く、分類した諸要素が各編に必ず出現するとは限らない。各々の場面に応じて諸要素の取捨をも求められている。『冨士詣』における魯文の手法について、前掲佐々木氏論文に拠ると、「富士登山やコントは趣向で、その中に遊戯生活が活写されているのである。既に『七偏人』に見られた、体験にも基づく悪ふざけをのみ中心に据えるのではない。自らの不名誉な失敗談をもネタにさえするという、手の込んだ悪摺の如き性格を濃厚に持っている。悪摺の流行を誘引した一作という位置付けも可能であろう。たとえ先行作の流用であっても、趣向の点で普遍的な笑いや穿ちを確保していたので、悪摺の要素と相俟って広範な支持を得て魯文の名を高めたのである」と指摘する。悪摺的傾向は五編下巻以降顕著になることが判明した。

むすび

その一　『冨士詣』初編から六編までの挿絵の効力

『冨士詣』初編から六編までの挿絵を見ると、本文に基づきつつそれを具体化するものもある。特に滑稽本の場合は、この類の挿絵が多いであろう。しかし『冨士詣』の場合、これに該当する挿絵は極めて少ない。前掲の分類項目に入らなかったものが、これに相当した。従って殆どの挿絵が、本文に描かれなかった内容を付加しているといってよい。本文で展開されるギャグに加えて、挿絵で今一つのおかしみを堪能できるのである。（一）に分類した言葉遊びは、その典型であろう。（二）の音曲、（三）の芝居、（五）の風俗は、直接の滑稽ではなく、背景にある典拠や実態を理解した上で、それがどのように弄くられているかを判別し微笑むという楽しみ方である。しかし（四）の楽屋落ちに関しては、自己満足には違いないが、少々複雑な事情も隠されているように思われる。その点を追求するべく、初編から六編までの全体的な旅程を振り返ってみよう。

初編から三編までは、女子も登山を許されたというタイムリーな話題に基づいて、富士山の頂上を目指し、「御来光を拝む」までを、滑稽を交えながら描いていった。一方、四編から六編までは、御来光を拝み終えた後に江戸へは戻らず、更に箱根へと歩みを進める。『冨士詣』という書名ながら、作品の約半分が下山以降の出来事である。続編ともいうべき存在が許されたのは、本作の好評を承けてのことであろう。

さて、佐々木氏前掲論文では、『仮名反古』を引きながら「魯文が本作の執筆途中、箱根から横浜へと旅立ったこと」を指摘していた。この旅に関する具体的な記述は、『冨士詣』六編「附言合併凡例」に見出せる。前掲佐々木氏論文より引用しておく。
○僕今年皐月廿日あまり五日の旦、俄に思ひ立て東海道に杖を走、箱根路に赴き権現の灵山に詣で、帰路に七湯をうちめぐり小田原より北に入り、道了宮参詣より蓑毛を越て大山不動尊に詣、四ツ谷より海道に出て新港横浜を一覧す。然るに此日ハ水無月はじめ二日にて、当地の鎮守弁財天の祭礼なり。開発より始ての祀式なれバにや、練もの踊家台等善尽し美つくし、近郷の見物市中に充満して、錐を立べき寸地もあらず。その夜ハ其処に宿をもとめ、翌朝知己の案内を乞て、軒をならべし通商の繁盛より、異人の商館波止場の荷揚ことなるさまを一覧なし、……これらを残さず見果て、その月四日に帰宅しぬ。夫よりして五編の下の巻と此六編の著述にかゝれバ、世にいふだら〳〵急にして目に触れたるも、もらせる物あり。実地を踏ども急げる儘に地理順逆も覚束なし。再考して校訂せんとするに売出しの時に違へバ、遺憾ながらも夫成けりに傭書にゆだねて梓にものしぬ。通家の嘲哢さぞありなん」。（部分的に原文の句点を残した）
従って富士下山以降の内容は、魯文と仲間内の実体験に基づいて書かれたものであろう。続編に相当する内容を体験に基づいて執筆する理由について、以下、主人公の固定化と挿絵の効力という視点から考察してみたい。

『冨士詣』について、興津要氏は『転換期の文学』等で、この作品がヒットした理由を述べている。一つは、万延元年に女子も富士登山を許されて赴く者が多かったという穿ちであった。もう一つは、特定の主人公を設定せず、コント毎に登場人物を入れ換えるという趣向であった。しかし『冨士詣』の挿絵についてては言及しなかった。

しかし、初編から六編までの挿絵についての書き入れを翻字・分析した結果、興津氏の指摘した「特定の主人公を設定せず、コント毎に登場人物を入れ換える」という趣向は、『冨士詣』の前半にあたる五編上巻までに限られていることが判った。仔細に検討すると、初編下巻を通して「駄金」と「画好」を中心とする講中が主人公ではある。しかし脚絆の履き違いを見咎められた恨みから褌を隠し、夜這いに失敗した挙げ句、罪をなすりつけるべくその褌を置いて逃げるという一連のコントであり、その意味では興津氏の指摘通りではある。

一方、五編下巻になると同巻の終わりまで「しゃも七」を中心とする三人組が主人公である。「お鰐」という醜女に懸想した「しゃも七」が夜這いを掛けると放して貰えず、とうとう責任を取らされ、証拠の頭髪を差し出すはめになる。更にその後の道中でも道行く人々から罵声を浴びせられる。筋立てが複数の構成要素から成り、しかもコントとは必ずしも言い難いような内容である。既に指摘したように、この「しゃも七」は魯文その人を作中に写したものである。

さて、『冨士詣』の中で魯文が顔を出すのはこれが二回目である。三編上巻に本文と挿絵両方に「日本坊」なる作者名で堂々と登場していた。二度目は「しゃも七」という作中人物であった。本文中では魯文であるという痕跡は残していない。廿九丁ウラの挿絵において、髪を剃る「しゃも七」に対し「作者当春剃髪の辞」なる書き入れを配して何者なのかを明かしていた。ここに挿絵が持つ一つの役割が見出せよう。本文に描かなかった情報を補足する、あるいは種明かしをするというものである。

三編に登場した作者は、蛇に追われるという役回りであった。安珍清姫伝説を下敷きにして実は作者の女難を暗示するものであったが、この時点では魯文周辺の仲間か、よほど鋭い読者でなければ見抜けない。しかし五編登場時は、より多くの読者が作者の受難は女性に起因するものであることに気付くようにしてある。

今一つの作者の登場場面は、やはり挿絵の中で、六編上巻十五丁ウラ・十六丁オモテに寿郎次の失敗を見咎めて、作品のネタにしてやるとほくそ笑む姿であった。前述の如く、六編は魯文の旅行体験に基づいているので、旅先での仲間の失敗を暴露したことになる。これも本文中では、単に寿郎次がヘマをした滑稽譚に過ぎないが、この挿絵を伴うことによって実話であると判る仕組みになっているのである。

このように本作において、挿絵は作者と読者をひそひそ話を通して絆を形成してゆくような働きを持っている。本文はどうしても筋の流れを重んじなければならないし、滑稽本という性格上どうしても笑いを中心に据えなければならない。そして読者は本文を先ず読むという作業が要求され、その内容を咀嚼しなければならない。謂わば作者主体の要素が強い。無論読者が様々な本文解釈をすることは承知しているが、滑稽本の場合は内容を深読みするという場合は少ないと思われる。

それに対して挿絵の方は、読者の解釈の度合いが高く、想像力も喚起しやすいと思われる。そこに読者とのスキンシップの如き要素を添付すると、作者と読者の距離は縮まるであろう。また作者を露出させる挿絵を伴った前作が不評であれば、後続作ではそれを放棄するであろうし、好評であれば続編においても採用し、場合によっては採用数も増加すると思われる。

さて、主人公の固定化に関して今一つ指摘しておきたい。六編になると、「七福神」（恵比須、大黒天、毘沙門天、弁財天、布袋、福禄寿、寿老人）を踏まえた七人の人物が登場する。これは、箱根山七福神に由来しているのであろう。その人物名をあげると、下記の通り。唐子甫亭、娘御弁、大徳屋黒兵衛、西の宮恵美介、百足屋毘沙右衛門、長頭屋福六と呼ばれるものだった。この中で、唐子甫亭と呼ばれるものは、勿論、坊主頭の布袋を掛けており、剃髪した魯文のことを意識しているのかもしれない。この七人が、時に一斉に登場する場面があれば、必要に応じて個別に登場する場合もあった。これらの人物の登場は、主人公がより固定化していくことになり、換言すれば、「特定の主人公を設定した」という性格が明らかになった。このような変化は、五編上巻までとは、別の趣向であった。

前述の如く、六編以降は魯文の旅行体験に基づいて執筆されていた。主人公の固定化はこれと無縁ではあるまい。恐らく同行した一行、即ち六編上巻十五丁ウラ・十六丁オモテの挿絵に、さりげなく描き込まれた「岳亭春信」「鶴亭秀賀」「芳延」が、七福神のいずれかであると思われる。ここでも本文に書かれていない作者の耳打ちが、挿絵によって読者に届けられていた。五編下巻で魯文の女性スキャンダルを自ら暴露する挿絵が歓迎された結果を承けているからである。

してみると作者にとって、挿絵は読者の声を窺う装置の一つともいえよう。読者の歓迎振りは売れ行きや貸本屋の評判によって提示される。本文以上に制作者側からも、購買者側からも絆を形成しやすいという双方向性を有した重要な構成要素が挿絵であった。

その二　楽屋落ち歓迎の背景に在るもの

魯文にとって初めての滑稽本である本作は、当初は無難な書き入れ記述から出発したことと考えられる。二編までの売れ行きに自信を持った魯文は、三編から次なる趣向を目指すことになった。それが楽屋落ちの多用であろう。名を高めつつあったところへ、自分自身のそして仲間の更なる露出を企てた。六編以降に描かれる箱根から横浜までの旅は、五編下巻の挿絵の暗示と本文を併せ見ると、女性問題でしくじった魯文が責任を取るべく発生した可能性が高い。特別の事情があって、行かざるを得ないというような状況に置かれていても、魯文が消極的な態度を取らず、この旅を通じて創作の材料を得るべく敢行したのである。そして、作品中に自身、及び仲間内の様々な実体験を暴露した。その逞しさが読者に親近感を持たせ、更に人気を博した。

そしてこの方針は、本作の銀主である細木香以（前掲佐々木氏論文に拠る）を、更に悦ばすことにもなったのである。人気を博した魯文が読者を更に満足させるため、五編下巻からはこれを主にした作風へと変えた。このような変化は、作者の知名度が一層アップし、同時により多くの人に注目されることになったからであろう。その結果、作品の売れ行きが益々好調になっていく。

体験暴露が人気を博するためには、その体験の主が著名人である必要がある。一般人の私的な側面を声高に叫んでも顧みられることはない。著名人であれば、その私的側面を聞いた一般人は、より身近な存在に感じられる。あるいは贔屓の著名人に関して、より多くの情報を知りたく思い、私的体験に耳を傾ける。これは将に現在のテレビでのトーク番組のように、作家がタレント化してゆく現象に似ている。マスコミ関係の連中によるタレント化が顕著になったのは、まさに幕末のこの時期であろう。


挿絵を多用して初版は一編上下二冊という、本作出版に伴う決して安くはない費用は、パトロンである細木香以に頼ってきた。しかしある時期を堺にして、出版社からの依頼もあったものと思われる。この点に関して、前掲佐々木氏論文によれば、以下の如し。

おそらく当初は香以あたりが銀主になっていたと思われる。悪摺めいた、挿絵を多用した遊戯の一書を執筆させたのであろう。これが好評を博し、裏の版元であった恵比寿屋が八編以降刊行を全面的に引き受けたものと考えておく。

しかしこれまで考察してきたように、本作の版権を出版社に譲る時期は登場人物の配置が大きく変化する六編あたりを想定するべきではないか。繰り返すが、初編から五編上巻までは、富士登山という穿ちの合間に自分達を露出させ、場面毎のコントに応じて登場人物を入れ換えるというものであった。しかし同編下巻から魯文の露出が高まり、実体験を中心にした内容に大きく旋回し、登場人物の固定化がなされ始めた。魯文が内容変更を行ったのは、読者の意向を素早く察知したからである。売れ行きの結果を心配する必要がない銀主に依存した出版物から、より多くの読者を獲得する商品へと移行させようとしたのである。

陰の版元でもあり、いかなる読者よりも先んじて作品に目を通した恵比寿屋が、この変化に気付かないはずはない。みずからの刊行物にしても十分採算が合うと判断して、版権獲得へと至ったものであろう。作者魯文にとっては、より多くの読者を悦ばせることになるし、パトロンにとっては、金を出さなくても済む一方、自分に関わりのある作品が沢山出版できたら、知名度が更に高まる。勿論、出版社側も大いに儲けたこと間違いはない。その証拠としては、前掲佐々木氏論文に指摘する如く「事実、本作は刷りを重ね、版面の疲れた一本（アドミュージアム東京蔵本）を見出すことができる。徳島文理大学蔵本は、初版とは異なる版木を使用していることも判る」のである。

『滑稽冨士詣』と名付けつつ、冨士登山を終えた場面から商品化への道筋をつけた魯文にとって、本作が実質的な出世作となった。それはヒット作という意味だけではなく、創作における主体性を確保したという点でも位置付けられるべきである。

以上、『冨士詣』の十編の内六編までを翻字・分析、及び略解してきたが、本作に関しての更なる穿ちの実態解明を追究するため、今後も引き続き取り組むつもりである。

なお、本稿では、現在許容されない表現を用いてある。原文尊重の立場からの使用であることをお断りしておく。

あとがき

本書では『日本近世小説における挿絵の効力』(『世間娘気質』と『滑稽冨士詣』を中心に)という主題で挿絵が果たす様々な機能を論じてきた。近世期における異なる時期、そして異なるジャンルにおいて、各作品の挿絵はどのような特徴を持っているのかを更に分析したい。

第一章では浮世草子の挿絵について考察した。西鶴の作品と八文字屋本の『色三味線』にあるものと、そして江島屋の刊行物である『娘気質』を見てきた。浮世草子第一期に属すべく、西鶴の作品にある挿絵は、一場面に限られており、台詞と書き入れはほぼ入っていなかった。異時同図を用いながら場面の展開を訴える挿絵もあったが、基本的には一場面の読解を助ける役目であった。『色三味線』になると、画面がまだ単純なものの、挿絵に台詞と書き入れが多くはないが出始めた。『娘気質』の挿絵には、全ての挿絵に台詞が沢山添えられ、画面の複数提示をしている。画面が多くなったゆえ、作風はカット風へと変わった。

以上を踏まえれば、挿絵の変化が見えてくる。即ち単純なものから複合化に転じた。このような変化は、自然に進化したものなのか、さもなければ積極的に工夫したものなのか。既に『色三味線』の挿絵を分析したように、画面に台詞、或いは書き入れがあることによって、描かれている人物の性格や、社会地位などが鮮明に表現できることになる。読者にとっては従来のものより一場面における理解がより豊かなものになるというメリットがある。従って『色三味線』の陰の作者である江島其磧がこれまでの他作品と差別化するために、同時に読者に歓迎させようとして、挿絵に台詞と書き入れを積極的に取り込んだと思われる。

この後、八文字屋と利益の分配を巡って関係が悪化したゆえ、江島其磧が独立し、江島屋を開いた。八文字屋に対抗するため新しい工夫に迫られた。気質物という内容上の新しさに加えて、挿絵においても台詞と書き入れの多用、そして画面分割手法を取り入れることを決めたと思われる。筋を語る挿絵の登場である。一場面の理解を深める働きから、一編の筋を予測させる機能を持つことは、読者にとってどのようなメリットがあるのか。それは読者に想像力をより自由に発揮させる機会を与えたと思う。読者が一つの挿絵の中にある複数の画面を総合的に考え、各々がどのように繋がっているかを考えながら一つの短編の粗筋を予測してみる。そして予測した結果を本文に照らして確認し、当たったら喜びを味わうことができ、次編の作を読む意欲が増すことになる。読者は本文の鑑賞のみならず、挿絵によって筋の予想が当たるか否かを試す作業も加わり、クイズ的な楽しみが湧いてくる。其磧は読んで味わうという方式に加えて、見て考えるという新機軸を打ち出したのであった。

第二章では、『娘気質』とほぼ同時期に刊行された江戸版の草双紙の一つである赤本『桃太郎昔語』の挿絵に盛り込まれた情報を分析した。桃太郎譚については、周知の素材であり、筋も単純なものである。それを使って、作者の力量が発揮できる箇所を見出して、独自色を配当してゆくのである。『昔語』における挿絵の中では、穿ち、絵解き、歌舞伎趣味という要素を溶け込ませることによって、新しい趣向を打ち出した。それは上方に比べて、絵そのものに強い拘りを持つ江戸の嗜好に応える工夫であった。

第三章では、異色の挿絵を持つ滑稽本である『滑稽冨士詣』を考察した。『冨士詣』には一般の滑稽本に見られるカット風ではなく、草双紙風の細密な挿絵と書き入れを多用している。その挿絵の働きの一つは実際旅行先の場所等を軸に、筋を示すものである。もう一つは、本文には見られなかったおかしみを盛り込み、場面毎の滑稽さをより豊かにした。挿絵だけでも独立した滑稽が与えられているのである。今一つが楽屋落ちの暴露であった。それは作り手のグループと読者を繋ぐ装置となった。例えば、三編上巻に見られた千社札を取る場面もその一例である。作者側の趣味、嗜好などを読者に知らせることで、親近感が高まる。作者は既にマスコミに携わる人々がタレント化する状況を察知したと思われる。そしてそのような私的暴露性を持つ作品が売れるか否かで読者の反響を窺う。売れるということは読者が歓迎しているということである。読者と作者を繋ぐ一つの装置として挿絵が機能していた。挿絵は双方向性の情報共有の場としても働いていたのである。

以上、挿絵の変遷について見てきた。時代の推移に伴い挿絵に描かれている内容は本文に対して従属的な存在から出て独立したものへと変わった。もう一つの情報を提供する存在へと成長したのである。本文は作者から読者への一方的な働きかけという性格が強い。しかし挿絵の方は、読者が主体的に関わる余地を大きく持っている。近世期の作品は商品という宿命を持たざるを得なかった。作者は作品本文そのものを工夫するのみならず、更なる歓迎を得るための創意が求められた。それが読者に参加型の楽しみを与える装置である挿絵であった。その結果、挿絵が物語をそして本文に描き切れなかった情報をも語る力を持つようになったと言えよう。

最後に中国大衆文学の成長と日本文学の特徴について少し言及したい。周知の通り、中国文学について近代まで公式文の地位を占めていたのは文言文であった。同時に、低俗な文学と貶まれていた所謂白話文の存在もあった。文言文を白話文にしようとする動きは既に唐の時代に遡る。明清時代に完成した「四大奇書」と呼ばれる『三国志演義』、『水滸伝』、『金瓶梅』、『西遊記』のうち、『三国志演義』のみ文言文ながらも判りやすい表現で書かれたものを除き、他の三つは全て白話文であった。清の末期から文言文を白話文にする声が一層高まった。中華民国になると、文言文が廃止され、白話文は公式文になった。文言文から白話文になるまでのプロセスを見れば、それは下から上へと向かうものであった。これらの作品を見ると、内容的にスケールの大きさを持つのみならず、成立におけるスケールの大きさを持っていた。このような巨作ができた背景には、中国歴史の長さに加えて、広大な国土と人口の多さも考えられる。下の人々の声を掬い上げながら、長い年月をかけて完成に至ったのであった。

一方、日本近世文学については、挿絵の生長にも代表されるように細密さを追求する特徴がある。その細密さは読者の参加によって成長した。読者の声は作品の規模や構想を拡大させる方向へ確かに導きはした。近世期の作品は売れた結果として長編になったものが主流であった。しかし中国白話文長編小説のように内容的に規模や構想を拡大するのではない。舞台を変化させながらも描き出す内容は大きく変化することはない。繰り返しの中に更なる細密さを求めてゆくのである。近世期という太平の世に加えて、島国に住む日本人の拘りは外へや上へではなく、より内部へという方向性を持っていた。

言うまでもなく中国文化は古くから日本文化に多大な影響を与えたものの、挿絵の変遷を考察することを通じて、日本独自の進化した歩みを発見できた。特に読者の反応を意識して、独自色のあるものを創作することは、印象的なものであった。中国文学と日本文学の特徴について、一言でいえば、中国文学は広大な黄河のように壮美であるが、日本文学は精巧な盆栽のように異彩を放っている。

初出一覧

第一章　浮世草子における挿絵について―『世間娘気質』を中心に―

第一節　西鶴本の挿絵について　↓「浮世草子における挿絵について―『世間娘気質』を中心に」（「文学論叢」第28号　平成23年3月）を加筆修正した。

第二節　『けいせい色三味線』と『世間娘気質』の挿絵を巡って

その一　両作の文字情報について　↓「浮世草子における挿絵について―『世間娘気質』を中心に」（「文学論叢」第28号　平成23年3月）を加筆修正した。

その二　『色三味線』の挿絵について　↓「浮世草子における挿絵について―『世間娘気質』を中心に」（「文学論叢」第28号　平成23年3月）を加筆

修正した。
その三　『娘気質』の挿絵について　↓「浮世草子における挿絵について―『世間娘気質』を中心に」（「文学論叢」第28号　平成23年3月）を大幅に加筆修正した。
むすび　↓「浮世草子における挿絵について―『世間娘気質』を中心に」（「文学論叢」第28号　平成23年3月）を加筆修正した。

第二章　『桃太郎昔語』に対する再考　↓「『桃太郎昔語』に対する再考」（「比較文化研究所年報」第27号　平成23年3月）を加筆修正した。

第三章　『滑稽冨士詣』の書き入れを巡って
第一節　初編から三編までの翻字と略解、及び分析　↓「『滑稽冨士詣』における挿絵の役割―初編から三編まで―」（「文学論叢」第29号　平成24年3月）を大幅に加筆修正した。
第二節　初編から三編までの検討　↓「『滑稽冨士詣』における挿絵の役割―初編から三編まで―」（「文学論叢」第29号　平成24年3月）を加筆修正した。
第三節　四編から六編までの翻字と略解、及び分析　↓　書き下ろし
第四節　四編から六編までの検討　↓　書き下ろし
むすび　↓　書き下ろし

参考文献一覧

①『浄瑠璃名作集』中、（有朋堂文庫）、松山米太郎校訂、大正7年
②『浄瑠璃名作集』上、（日本名著全集）、黒木勘藏校訂、昭和2年
③『浄瑠璃名作集』下、（日本名著全集）、黒木勘藏校訂、昭和4年
④『風俗図絵集』（日本名著全集）、昭和4年
⑤『歌謡音曲集』（日本名著全集）、黒木勘藏校訂、昭和4年
⑥『日本歌謡集成』巻十二近世編、高野辰之編、昭和18年、東京堂
⑦『五街道細見』岸井良衞編、青蛙房、昭和34年
⑧『転換期の文学』興津要著、昭和35年、早稲田大学出版部
⑨『滑稽冨士詣』上・下、興津要校、昭和36年、古典文庫
⑩『江戸名所図会』角川文庫、鈴木棠三・朝倉治彦校注、昭和43年
⑪『歌舞伎年表』第七巻、伊原敏郎編、昭和48年、岩波書店
⑫『古版小説挿畫史』（『水谷不倒著作集』第五巻）水谷不倒著、昭和48年、中央公論社
⑬『本朝世事談綺』（『日本随筆大成』第二期、第十二巻）、昭和49年、吉川弘文館
⑭『東海道名所記』（近代文学資料類従、古板地誌編7）、昭和54年、勉誠社
⑮『絵本と浮世絵』鈴木重三著、昭和54年、美術出版社
⑯『今様張込風俗問答』（『洒落本大成』七巻）、浜田啓介校訂、昭和55年、中央公論社
⑰『絵本通俗三国志』第五巻、落合清彦校訂、昭和58年、第三文明社
⑱「上方子ども絵本の概観」（『近世子どもの絵本集　上方篇』）、中野三敏著、昭和60年、岩波書店
⑲『近世子どもの絵本集　江戸篇』鈴木重三・木村八重子編、昭和60年、岩波書店
⑳『江戸の旅』今野信雄著、昭和61年、岩波新書

㉑『卯月の紅葉』(『近松全集』第四巻)、大橋正叔校訂、昭和61年、岩波書店
㉒『半日閑話』(『大田南畝全集』第十一巻)、日野龍夫校訂、昭和63年、岩波書店
㉓「浮世草子の挿絵―挿絵の変遷と問題点―」神谷勝広著、「近世文芸」50、平成元年6月
㉔『けいせい色三味線・けいせい伝授紙子・世間娘気質』(新日本古典文学大系)、長谷川強校注、平成元年、岩波書店
㉕『世間子息気質・世間娘気質気―江戸の風俗小説―』中嶋隆(訳注)、平成2年、社会思想社
㉖『芝居絵に歌舞伎をみる』平成2年、麻布美術工芸館
㉗『耳袋(上)』長谷川強校注、平成3年、岩波文庫
㉘『江戸の風呂』今野信雄著、平成3年、新潮社
㉙『見世物研究』朝倉無声著、平成3年、思文閣
㉚『古今和歌集』(新編日本古典文学全集)、小沢正夫・松田成穂校注・訳、平成6年、小学館
㉛『江戸商売図絵』三谷一馬編、平成7年、中央公論社
㉜『冥途の飛脚』(新編日本古典文学全集『近松門左衛門集(二)』)、坂口弘之校注・訳、平成9年、小学館
㉝『近世風俗志(五)』宇佐美英機校注、平成14年、岩波文庫
㉞『曾我物語』(新編日本古典文学全集)、梶原正昭・大津雄一・野中哲照校注・訳、平成14年、小学館
㉟『幕末・明治豆本集成』加藤康子編、平成16年、国書刊行会
㊱「友の会・セミナー」第80回「千社札にみる江戸の社会」滝口正哉、平成21年4月21日開催、「友の会」ホームページより引用
㊲「挿絵小説の展開――挿絵と本文の関係に留意しつつ」佐々木亨著、「文学」11・12月号、平成21年11月、岩波書店
㊳「『滑稽冨士詣』論序説―滑稽本としての占める位置を中心に―」佐々木亨著、「近世文芸研究と評論」77号、平成21年11月

（出版後記）

徳島文理大学博士後期課程に在籍していた時に、指導教官である佐々木亨先生に大変お世話になりました。長い間先生のご丁寧な指導の下で、文学博士号が授与されました。あらためて先生に敬意を申し上げたいと思います。なお、理事長の村崎正人先生にも大変お世話になりました。学費減免で助かりました、感謝しております。当時、文学研究科科長である岡地ナホヒロ先生、副審査の大伏晴美先生と中山弘明先生にも感謝の気持ちでいっぱいです。

香川大学法学研究科に在籍していた時に、指導教官である村上博先生（当時、学部長を務めている）、山田健吾先生（現在、広島修道大学法学部部長を務めている）、森道哉先生（現在、立命館大学政策科学部在職）、三野靖先生（現在、香川大学法学部部長を務めている）に、いろいろお世話になりました、この場を借りて、先生の方々に感謝の意を述べたいと存じます。

高松大学に在籍時に、学長である佃昌道先生を始め、細川進先生（故）、瀬戸廣明先生、土田哲也先生、稲井富赴代先生の方々には、大変お世話になりました。四年間、私の面倒を見てくださり、進学にも色々ご指導をいただき、誠にどうも有り難うございました。

拙作の出版に色々支援して頂いたアジアユーラシア総合研究所の川西重忠先生（故）、河野善四郎先生、友人である李海様（貴州民族大学外国語学院日本語学科長）と厚徳社の中條英明様、なお、図版の処理に手伝っていただいた鄭州市信息技術学校の張全尚様と中州古籍出版社の謝暁敏様、いつも励ましてくださる先輩であり、現在鄭州日産自動車会社に務めている袁西恩様にも感謝の意を表したい。また、香川県牟礼町出身の友人である津寺剛様に大変お世話になりました、長期間に渡り多大なご支援を頂き、どうも有り難うございました。
平素より大変お世話になった司富春先生、胡宝新先生、楊東彩先生、李慕傑先生、周継昌先生、孫燦義先生、張振喜先生、陳書本先生、王在玉先生、王学俊先生、万林先生、万進化先生、王学明先生（故）、袁継紅先生（故）、趙志勇様、劉暁陽様、張俊峰様と李龍海様にも、幼い時から現在に至り、皆様のご指導とご支援とご厚情をいただき、心より感謝申し上げます。

日本滞在中にお世話になった友人の賀中華様、時健様、多田易加様、多田佳加様、中尾隆洋様、山田美智子様、徐哲様、徐廸飛様及び独立行政法人日本学生支援機構（JASSO）の皆様、米山奨学会の川上忠昭様、財団法人倉岡奨学会の皆様にお礼を申し上げたいと思います。皆様のご支援ご協力があってこそ、私の10年間の学習研鑽生活が無事に送られました。

尚、2013年帰国してから、大勢の先生の方々と専門家の講座を受けており、しかも、貴重なアドバイスもたくさん頂いて、大変勉強になりました。ここで感謝の意を述べたいと存じます。どうも有り難うございました。

お世話になった先生の方々のお名前は下記の通り（時間順で、敬称略）：
孫有中、修剛、周異夫、徐一平、譚晶華、趙華敏、林洪、韓宝成、武尊民、徐曙、冷麗敏、小松知子、近藤ブラウン妃美、曹大峰、朱桂栄、趙冬茜、金永洙、劉玉琴、張林、松岡栄志、施小偉、杜勤、肖平、林璋、李国棟、銭暁波、丁国旗、佟君、宮偉、王暁梅、陈多友、林青華、王琢、林少華、劉偉、呉春燕、王勇、葛継勇、田中史生、郭万平、王宝平、町泉寿郎、牧角悦子、呂長順、蒋雲斗、李紅、王鉄橋、孫成崗、鄭憲信、何建軍、王磊、井力、辺冬梅、張鴻鵬、張瑜、王志軍、孫麗娟、万人立、宋世磊、王先進。

中原工学院比較文化研究所の馬春麗所長と国別及び区域研究所の張英波副所长のご意見をも頂きまして、有難うございました。

２０２２年2月から中原工学院で教鞭をとり始めた永嶋洋一先生（九州大学大学院比較社会文化学府博士課程修了、博士学位取得、専攻：比較社会文化）にたくさんのご意見を頂き、大変助かりました。ここで感謝の意を申し上げたい所存です。

私は中原工学院外国語学院に就職して以来、李長林書記、郭万群院長、柳素平書記と姚暁鳴院長に色々お世話になりました。いつも暖かく見守って下さり、衷心から感謝しております。

最後になりますが、２００３年から２０１３年まで、10年間私の留学生活を応援してくれた家族に感謝しております。亡くなった父、高齢になった母、そして、当時両親の面倒を見ていた姉王喜英と義理の兄張全尚一家、妹王衛雲と義理の弟張明君一家、家族全員全力の応援があってこそ、私が学業に専念できたわけです。改めて感謝の意を述べたいと思います。どうも有り難うございました。

拙作にはまだ足りないところが色々あると存じますが、先生の方々に引き続きご指導ご鞭撻のほど何卒よろしくお願いいいたします。

（著者略歴）

王　学鵬（おう　がくほう）

１９７３年河南省周口市太康県生まれ。文学博士。中国致公党党員。現在、中原工学院在職。２００３年３月より２０１３年３月まで日本留学。２００７年高松大学経営学部卒業（経営学学士）。２００９年香川大学法学研究科卒業（法学修士）。２０１３年徳島文理大学より文学博士号が授与される。専攻、日本近世文学。著作５冊、論文10数篇。本作の出版には中原工学院学術専著出版基金の援助をもらっている（中原工学院学術専著出版基金資助）。

電子メール：①w_gakuho@yahoo.co.jp

②xp312wang@163.com

日本近世小説における挿絵の効力

2022年5月30日　初版第1刷発行　45万字

著　者　王　学鵬
発行者　谷口　誠
発行所　一般財団法人　アジア・ユーラシア総合研究所
〒151-0051　東京都渋谷区千駄ヶ谷1-1-12
Tel：03-5413-8912　Fax：03-5413-8912
http://www.obirin.ac.jp
E-mail: n-e-a@obirin.ac.jp
印刷所　株式会社厚徳社

ISBN978-4-909663-39-9